De kauwgomdief

Douglas Coupland

De kauwgomdief

Vertaald door Ton Heuvelmans

Anthos|Amsterdam

We acknowledge the support of the Canada Council for the Arts which last
year invested $20.1 million in writing and publishing throughout Canada.

 Canada Council   Conseil des Arts
for the Arts   du Canada

ISBN 978 90 414 1021 4
© 2008 Nederlandse vertaling Ambo|Anthos uitgevers,
Amsterdam en Ton Heuvelmans
Oorspronkelijke titel The Gum Thief
Oorspronkelijke uitgever Penguin Canada
Omslagontwerp Roald Triebels, Amsterdam
Omslagillustratie © Lonny Kalfus/Riser/Getty Images
Foto auteur © D.J. Weir

Verspreiding voor België:
Veen Bosch & Keuning uitgevers n.v., Wommelgem

V: Broeder, bent u op weg naar huis?
A: Broeder, zijn wij niet altijd op weg naar huis?

– *Vraag die vrijmetselaars elkaar stellen om zich als zodanig bekend te maken in gezelschap van vreemden*

Roger

Een paar jaar geleden viel het me op dat alle mensen boven een bepaalde leeftijd, ongeacht hoe ze er aan de buitenkant uitzien, vrijwel voortdurend dromen van de mogelijkheid om te ontsnappen aan hun huidige bestaan. Ze willen niet langer zijn wie ze zijn. Ze willen ontsnappen. Dat geldt onder anderen voor Thurston Howell the Third, Ann-Margaret, de volledige bezetting van *Rent*, Václav Havel, spaceshuttle-astronauten en Snuffleupagus uit *Sesamstraat*. Het is een universeel verschijnsel.

Zou jíj ook willen ontsnappen? Overvalt jou ook regelmatig het verlangen om iemand anders te zijn, wie dan ook, dan wie je zelf bent – degene die een baan heeft en een gezin onderhoudt –, iemand anders dan degene die een redelijk niet-onaardig leventje leidt en die probeert vriendschappen in stand te houden? Met andere woorden, dan degene die pas noemenswaardig zal veranderen als de lijkkist wordt binnengedragen?

Er is niets mis mee dat ik ben wie ik ben, of dat jij bent wie je bent. En uiteindelijk is dit leven best vol te houden, toch? Ach, ik red me prima. Dat zegt iedereen. Maak je om mij maar geen zorgen. Misschien word ik wel dronken en ga ik om elf uur 's avonds nog shoppen op eBay, en misschien koop ik dan allerlei rare rotzooi waarvan ik de volgende ochtend niet meer weet dat ik erop geboden heb, zoals een zak van tien kilo vol met verschillende munten van over de hele wereld, of een clandestiene opname van het optreden uit 1981 van Joni Mitchell in het Calgary Saddledome.

Ik gebruikte de frase 'een bepaalde leeftijd'. Wat ik daarmee bedoel is de leeftijd die mensen hebben in hun hoofd. Meestal is dat tussen de dertig en vierendertig. Niemand is veertig in gedachten. Als het op je innerlijke leeftijd aankomt, spelen halskwabben en genadeloze levervlekken geen enkele rol.

Zelf ben ik in gedachten altijd tweeëndertig. In gedachten drink ik sangria op het strand van Waikiki; Kristal van Bakersfield staat met me te flirten, terwijl Joan, die onze twee kinderen nog moet krijgen, boven in onze hotelkamer op zoek is naar een zonnebril die niet zo in haar oren snijdt. Tegen etenstijd ben ik licht verbrand en als ik van deze vakantie thuiskom, staan er op kantoor een bonus van vijfduizend dollar en een hypermoderne computer op me te wachten. En als ik ook nog zes of zeven kilo zou afvallen en het rood van de zon bruin werd, zou ik er behoorlijk goed uitzien. En niet alleen goed: ronduit sexy.

Klinkt er iets van spijt door in mijn woorden?

Goed, een beetje dan misschien.

Goed, laten we wel wezen – ik ben de Koning van het Ontslaggesprek. En Joan was een engel. Het is mijn makke dat ik liever pijn lijd dan ongelijk krijg.

Ik voel me sneu omdat ik de paar mogelijkheden die ik in mijn leven heb gehad om gewaagde zetten te doen, heb verprutst. Ik probeer ermee te leven dat het me zowel door mijn luiheid als door mijn waardeloze normbesef niet lukt om nieuwe kansen te grijpen. Moet je mij horen: verprutste mogelijkheden en gemiste kansen – dat zijn voor mij nu duidelijke begrippen, veel duidelijker dan toen mijn wereld langzaam maar zeker instortte. Het heeft hoe lang – vijf jaar? – geduurd voordat ik gewend was aan het idee dat ik alles verpest heb. Ik lijd eronder, en niet zo zuinig ook. Het beste deel van mijn leven is voorbij, en wat er nog over is jakkert zo snel verder dat het lijkt of ik met secondelijm vastzit aan een voortrazende tijdmachine.

Zelfs in mijn dromen is er geen ontsnapping mogelijk. Vroeger waren mijn dromen dubbel geïsoleerd met roze glaswol, maar twee baantjes geleden of zo ontstond er door mijn gevoel van mislukking een gat in de isolatie, waardoor mijn dromen veranderden in nachtmerries. Ik droomde over die maandagmiddag ergens in de jaren negentig toen Lars, mijn vriendje van school die een agressieve effectenmakelaar was geworden, me een week na de begrafenis van mijn moeder – een week! – belde en zei dat ik alles wat ik geërfd had moest omzetten in aandelen Microsoft. Ik verbrak ter plekke onze vriendschap. Ik schold hem uit voor parasiet. En als Microsoft plotseling door de grond was gezakt en van de aardbodem was verdwenen, dan zou ik de hele kwestie vergeten zijn en misschien zelfs Lars vergeven hebben, maar het pakte anders uit. Hun kloterige besturingssysteem veroverde de wereld, en de honderdduizend dollar die ik van mijn moeder erfde, zou op dit moment ruim dertien miljoen dollar waard zijn.

Ik droom tegenwoordig ongeveer één keer per week over Microsoft.

Maar goed, er gebeuren ook leuke dingen in mijn leven. Ik ben dol op mijn spaniël, Wayne, en hij is dol op mij. Wat een naam voor een hond trouwens: Wayne, alsof hij mijn accountant is. Honden horen alleen klinkers. Dat is een feit. Als ik Wayne 's avonds binnenroep, hoort hij de W en de N niet. Ik kan ook gewoon Ayyyyyyyyyyyy roepen, en dan komt hij ook. Ik zou ook Pijijijijn kunnen schreeuwen, en zelfs dan komt hij nog. In mijn vorige baan vertelde ik een keer aan Mindy de controleur hoe dol ik was op Wayne, en weet je wat ze zei? Ze zei:

'Honden zijn net mensen, alleen mag je honden gewoon dood-
maken als ze je de keel uit hangen.' Dat zet je natuurlijk wel
aan het denken. Een op de drie gezinnen heeft een hond, maar
toch zijn ze (vanuit Mindy's standpunt) niet meer dan een soort
wegwerpfamilieleden. Er moet een wet komen die het doden
van honden verbiedt. En katten dan? Oké, katten ook. En slan-
gen? Of zeeapen?

Ik trek de grens bij zeeapen. Ik trek overal grenzen. Daarom
vinden mensen mij vaak een Meneertje Moeilijk. Bijvoorbeeld:
mensen die in de rij staan om te pinnen en die te ver van de au-
tomaat af staan, raken hun plaats in de rij aan mij kwijt. Je weet
wel wat voor lui ik bedoel: van die types die vijftien meter achter iemand blijven staan omdat ze niet de indruk willen wekken dat ze de pincode proberen af te kijken. Kom nou, zeg. Als
ik dat soort mensen zie, dan denk ik: man, jij moet wel met een
enorm schuldgevoel zitten als je het zo overduidelijk uitdraagt
tegenover de hele wereld, met die exorbitante filosofie over in
de rij staan van je. En dus kom ik in beweging en dring gewoon
voor. Dat zal ze leren.

En verder? Ik vind ook dat als iemand op de snelweg vlak
achter je komt rijden en met zijn lichten begint te knipperen
omdat hij wil dat je van de inhaalstrook af gaat zodat hij kan
passeren, hij iedere vorm van straf verdient die je maar kunt
bedenken. Zelf minder ik dan onmiddellijk vaart, totdat ik dezelfde snelheid heb als de auto naast me, zodat ik de Snelheidsmaniak passend kan straffen voor zijn onhebbelijke gedrag.

En eigenlijk is het niet zozeer zijn onhebbelijke gedrag dat
ik dan bestraf als wel het feit dat hij anderen zo duidelijk liet
weten wat hij wilde.

Snelheidsmaniak, beste vriend, laat anderen nooit weten
wat je wilt. Want als je dat wel doet, kun je ze net zo goed gedrukte kaartjes op geschept papier sturen met de mededeling:

'Hallo, ik wil graag dat jullie ervoor zorgen dat ik dit soort kaartjes nooit krijg.'

Verbitterd?

Ik ben helemáál niet verbitterd.

En wat dan nog als het wél zo was? Als je verbitterd bent, weet je in ieder geval waar je aan toe bent.

Goed, die laatste zin heb ik niet helemaal goed geformuleerd. Ik probeer het nog een keer: als je verbitterd bent, weet je in ieder geval dat je net zo bent als iedereen.

Streep dat ook maar door. Wat vind je hiervan: als je verbitterd bent, weet je in ieder geval dat je deel uitmaakt van de grote familie van alle mensen. Je weet dat je niet echt sexy bent, maar je weet ook dat je ervaringen universeel zijn. 'Universeel' is een fantastisch woord. Je weet dat we leven in een wereld vol verbitterde idioten, een wereld vol ouder wordende, verbitterde idioten die mislukt zijn en die in gedachten altijd tweeëndertig zullen blijven.

Mislukkingen.

Maar verbittering betekent niet altijd mislukking. De meeste rijke mensen die ik ken zijn ook verbitterd. Dus zoals ik al zei: het is een universeel verschijnsel. Halleluja!

Ooit was ik jong en fris en dom, en wilde ik een roman schrijven. Ik wist ook al hoe hij zou gaan heten: *De handschoenvijver*. Wat een titel, *De handschoenvijver*. Ik kan me niet herinneren wat mijn inspiratiebron was, maar die woorden deden me altijd denken aan de titel van een roman of film uit Engeland – zoiets als *Under Milk Wood* van Dylan Thomas – of een toneelstuk van Tennessee Williams of zo iemand. In *De handschoenvijver* zouden personages voorkomen als Elizabeth Taylor en Richard Burton, filmsterren van twee generaties geleden, met een dodelijk drankprobleem, aarzelende seksualiteit en zachte, teder gevormde lichamen – uit de tijd dat het publiek nog niet besloten had dat spiertonus en niet een persbericht bepaalde wat sexy was en wat niet. De hoofdpersonen in *De handschoenvijver* schreeuwden, gilden en krijsten elkaar gemene, geestige en afschuwelijke dingen toe. Ze dronken als snoeken, neukten als konijnen en betrapten elkaar erop dat ze neukten als konijnen. Bij dat soort gelegenheden zeiden ze nog geestiger dingen tegen elkaar dan anders. Op het laatst waren alle personages helemaal gek en was de mensheid verdoemd. Einde.

Ik heb zojuist 'handschoenvijver' gegoogeld en dit was het resultaat:

www.ongerijmdheden.net... Index van de onderwerpen
... Deel 1: Inleiding, opsomming en verklaring. ... als onderwerpen schijnbaar niet bij elkaar passen zoals trouwen met de handschoen, vijver bij paarden, tang op een varken wijst 'Ongerijmdheden' u de weg.

Zie je dat goed: nog nooit zijn die twee woorden met elkaar in combinatie gebracht. Een komma tussen 'handschoen' en 'vijver' telt niet als een echt verbindingsteken. Dat wil zeggen dat ik het copyright heb op *De handschoenvijver*!

Bethany

Ik ben dat dode meisje en je hebt tegen mijn kluisje gespuugd, ergens tussen de korte pauze en de lunchpauze.

Ik ben niet echt dood, maar ik kleed me alsof ik liever dood wil zijn. Meisjes als ik hebben bepaalde dingen gemeen: we hebben een hekel aan de volle zon, we dragen zwarte kleren, en we voelen ons opgesloten in ons lichaam als in een mascotte van acrylbont bij een footballwedstrijd. Meestal wil ik dood zijn. Het is ongelooflijk, dat vlees van mij waar ik mee zit, en waar ik zit en met wie. Ik wou dat ik een geest was.

En trouwens, ik zit niet meer op school, maar dat van dat spugen is echt gebeurd: een kort ogenblik dat een heel leven typeert. Ik werk bij Staples. Ik ben verantwoordelijk voor het bijvullen van Gangpad 2-Noord en 2-Zuid: Plastic Beschermhoezen, Indexen & Tabbladen, Notitieboekjes, Post-it-producten, Blocnotes, Exclusief Papier en 'Sociale Kantoorbenodigdheden'. Of ik mijn werk haat? Ben je gek? Natuurlijk haat ik mijn werk. Iedereen met wie ik hier samenwerk is ofwel beschadigd, ofwel een embryo die wacht op een beschadiging – net van school en zo traag als een modem uit 1999. Het feit dat je geboren bent en de middelbare school hebt doorlopen betekent niet dat de maatschappij je niet alsnog kan aborteren. Word eens wakker, zeg.

Ik zal nu proberen iets positiefs te zeggen. Ter compensatie.

Van Staples mag ik zwarte lipstick dragen op mijn werk.

Ik stond vanochtend op de bus te wachten, en er zat een mus in de azalea naast het bushokje. Ik keek ernaar en plotseling gaapte hij... Er steeg een piepklein pluimpje warme mussenadem op vanaf die tak. En merkwaardig genoeg moest ik toen ook gapen, dus gapen is niet alleen besmettelijk van de ene persoon op de andere, maar ook van soort op soort. Hoe lang is het geleden dat onze oudste voorouders twee kanten op gingen, waarna de ene groep zoogdieren werd en de andere vogels? Vijfhonderd miljoen jaar geleden. Dus wij gapen hier op aarde al een half miljard jaar.

Nu we het toch over biologie hebben: ik vind klonen heel erg goed. Ik snap niet waarom gelovige mensen zich daar zo druk over maken. God heeft de originelen gemaakt, en klonen is gewoon een kwestie van fotokopiëren. Nou en? En waarom maken mensen zich zo druk over de evolutie? Iemand moest de bal toch aan het rollen brengen; het spreekt toch vanzelf dat je probeert uit te zoeken hoe dat rollen precies begonnen is? Relax, zeg! De ene theorie sluit de andere toch niet uit?

Gisteren zei Roger – iemand van het werk – dat het eigenlijk raar was dat wij mensen, die meer dan wat ook op aarde geëvolueerd zijn, de aarde nog steeds moeten delen met al die schepsels die nog steeds niet geëvolueerd zijn, zoals bacteriën en hagedissen en insecten. Roger zei dat mensen eigenlijk een speciale, afgezette vipruimte voor zichzelf zouden moeten hebben. Ik zei dat die afgezette vipruimtes allang bestaan, en dat we die 'parkeerplaatsen' noemen, en dat als Roger de milieuridder wilde uithangen, hij dan een paar dagen op een parkeerplaats moest gaan staan om te zien hoe leuk dát is.

Rustig, Bethany. Kijk even uit het raam.

Ik kijk uit het raam.

Ik ga me concentreren op de natuur. Kijken naar planten en vogels brengt verkoeling voor mijn hersenen.

Het is nu laat in de middag, en er komen ongeveer honderdduizend kraaien van overal uit de stad aangevlogen, op weg naar hun megaslaapplaats, een elzenbosje langs de snelweg in Burnaby. Daar vliegen ze iedere avond heen, en ik weet niet waarom. Het zijn gemeenschapsdieren, denk ik. Kraaien zijn slim. Raven zijn nog slimmer. Heb je ooit een raaf gezien? Het zijn net mensen, zo slim zijn ze. Toen ik veertien was, liep ik op een middag schelpen te zoeken aan het strand. Vlak bij me streken twee raven neer op een stuk hout. Daarna volgden ze me over het strand en hipten van houtblok naar houtblok. Ze praatten tegen elkaar – en ik bedoel echt kletsen – en ze hadden het duidelijk over mij. Sindsdien ben ik ervan overtuigd dat er overal in de kosmos intelligente vormen van leven bestaan – sterker nog: het universum is speciaal ontworpen om waar en wanneer mogelijk leven te maken en te cultiveren.

Ik denk ook dat als raven tweeënzeventig in plaats van zeven jaar zouden leven, ze al miljoenen jaren geleden de aarde hadden overgenomen. Zo slim zijn ze wel. De intelligentie van raven heeft zich anders geëvolueerd dan menselijke intelligentie, maar benadert die wel. Buitenaardse wezens zouden weleens net zo kunnen doen en denken als raven of kraaien.

En nog iets over kraaien – ik was helemaal niet van plan hier zo lang over door te gaan – is dat ze voor ons misschien zwart lijken, maar voor andere vogels hebben ze net zulke waanzinnige kleuren als pauwen of parkieten. De menselijke kleurwaarneming mist een klein deel van het spectrum dat alleen voor vogels zichtbaar is. Stel je eens voor dat wij de wereld konden zien zoals vogels, al was het maar voor even. Dan zou alles wonderbaarlijk mooi zijn. Dat is trouwens ook een reden waarom ik alleen zwart draag. Wie weet wat je over het hoofd ziet als je naar mij kijkt.

Het is nu vijf minuten later.

Mijn moeder heeft gebeld met de vraag of ik wilde overwegen met haar de Hubble-telescoop in Californië te bezoeken. Ik dacht dat de Hubble in de ruimte zweefde, maar nu blijkt dat hij een tweelingbroertje heeft in Yreka, in noordelijk Californië.

Mijn moeder vertelde dat mensen die nergens in geloofden en de telescoop hadden bezocht, daarna trots waren dat ze leefden. In plaats van die kille, miezerige witte sterretjes leek het universum volgens haar op een reusachtig goed onderhouden aquarium. De sterren waren geen lichtstipjes, maar maanvissen en kwallen en zeepaardjes en zeeanemonen. Ik liet haar woorden tot me doordringen, en verdomd: dat mens heeft gelijk.

Ik vertelde haar dat mensen mij altijd behandelen als een buitenaards wezen; ik heb ook nooit anders verwacht, en het is niet iets om laaiend enthousiast van te worden.

Dat was natuurlijk olie op het vuur voor mijn moeder. Waarom kan ik me nou nooit eens aanpassen?

Het feit dat ik op mijn vierentwintigste nog steeds zwarte lipstick draag zou haar toch iedere hoop moeten ontnemen dat ik ooit nog normaal word.

Nadat we hadden opgehangen, dacht ik: stel dat ze nu ter plekke dood blijft, vlak na ons telefoongesprek. Haar laatste woorden tegen mij zouden dan zijn geweest: 'Stel je eens voor, Bethany, het universum is zo ongelooflijk mooi. Als je twijfelt aan mijn woorden, waarom ga je dan niet zelf kijken?'

Roger

Verdriet!

Het verdriet is overal – een blauwe plek die niet geel wordt en langzaam vervaagt, onkruid dat een hele oogst verstikt. Verdriet is iedere bejaarde die ooit eenzaam overlijdt in een lullig klein kamertje. Verdriet tiert welig op straat en in winkelcentra. Verdriet in ruimtestations en pretparken. In cyberspace, in de Rocky Mountains, in de Mariana-trog. Allemaal verdriet.

En ik zit hier op het kerkhof te lunchen: casinobrood met cervelaat, te veel mosterd en zonder sla of tomaat, een appel en een biertje. Ik geloof dat de doden tot ons spreken, maar volgens mij niet met woorden. Ze maken gebruik van de middelen die tot hun beschikking staan: een windvlaag, een rimpel op een spiegelglad meer, sap dat kriebelt in een slapende boomstam, of een bloeiende bloem die anders nooit was opengegaan.

Het regent uit de hemel en de wereld straalt, een grafsteen glanst als bergkristal, het gras als glas. Er steekt een briesje op.

Joan probeerde zo nuchter mogelijk te doen toen ze het nieuws kreeg: kanker in de milt. Wat is een milt, verdomme? Een milt is een lichaamsdeel uit een tekenfilm, niet iets dat een echt mens heeft, laat staan iets dat ziek wordt en doodgaat.

Joan probeerde mij ervan te overtuigen dat iedereen die ooit geleefd heeft diverse malen kanker krijgt – zelfs een foetus kan kanker krijgen –, alleen slaagt ons lichaam er meestal in de kanker kwijt te raken voordat hij zich kan uitzaaien. Met kanker bedoelen wij al die stukjes en beetjes en dingen die ons lichaam niet kan kwijtraken. Ik vond dat een geruststellende gedachte. Daardoor leek kanker gewoner en benaderbaar te worden. Universeel. Ik wilde mijn hand in Joans lichaam steken en de kanker uit haar trekken – en als ik er toch was, zou ik meteen ook de sleutels, gouden munten en tropische vogels meenemen – en ik zou iedereen de wonderen kunnen tonen die wij in ons dragen.

Ik geloof dat emoties net zo schadelijk voor ons lichaam zijn als vitaminen, röntgenstralen en verkeersongevallen. En wat ik op dit moment ook voel – nou ja, God alleen weet welke delen van mijn lichaam op dit moment worden vernietigd. En dat verdien ik ook. Omdat ik geen goed mens ben, omdat ik een slecht mens ben, die toevallig ook het spoor bijster is.

O! Als ik tien jaar terug zou kunnen reizen, toen ik mezelf nog een goed mens vond en voordat ik besefte dat ik het spoor bijster was. Iedere seconde voelde alsof ik weer iets geflikt had. Iedere seconde voelde alsof het vijf uur was: het moment van de vrijheid. Het paradijs!

Weet je hoe ik Joan heb leren kennen? Ik had net geluncht met Alex en Marty. Ik had drie glazen rode wijn op, en ik wist dat het niet verstandig was om naar kantoor te gaan – het was in de tijd dat je eigenlijk niet meer kon drinken tijdens de lunch zonder ontslagen te worden, en ik wilde geen risico nemen; het was mijn derde baan in vijf jaar tijd. En dus verzon ik dat ik iets moest ophalen van de stomerij. Het was 'wel trui/ geen trui'-weer. De zon kwam achter de wolken vandaan, en ik stond op de hoek van Seymour en Nelson, badend in een schitterend vloeibaar geel licht. Het voelde alsof ik werd opgebeamd naar de zon, en de hitte op mijn huid voelde aan als muziek. Toen verdween de zon weer achter de wolken, en plotseling had ik het gevoel dat ik opgesloten zat in een vliegtuig-wc. Ik sloot mijn ogen en deed ze weer open, en aan de overkant van de straat zat een waarzegster.

Wel heb ik nou!

Ik stak de straat over, legde een briefje van vijf voor haar neer en zei: 'Brand maar los.'

De waarzegster had geen moeite gedaan een aura van geheimzinnigheid te cultiveren. Ze zag eruit alsof ze zojuist haar uitkering had ontvangen en op weg was ecn slof sigaretten te kopen voor haar zes buitenechtelijke kleuters: bezweet, zonder make-up, een paar bruinleren herenschoenen.

Maar ik wilde dat me de toekomst voorspeld werd. Zo'n soort bui krijgt een mens misschien eens in de tien jaar, als een soort hevige dorst, en als je die eenmaal hebt, móét je hem lessen. En dus zette ik door. 'Wat hebt u mij zoal te vertellen?'

Ze keek me aan alsof ik haar huiswerk was. Ze greep mijn hand, drukte een paar keer in de muis van mijn duim, keek naar me op en zei: 'Ik zie u zitten op een open plek in het bos, en alle dieren uit het bos zitten om u heen. Er zit een blauwe gaai op uw linkerhand, een zwarte eekhoorn op uw rechter… Hij slaapt, hij rust, hij voelt zich volkomen op zijn gemak.'

Ik had iets heel anders verwacht, maar door haar woorden ging ik me heel lekker voelen in mijn hoofd.

Ze tuurde in mijn handpalm, keek me weer aan en vervolgde: 'U was nogal lastig als puber, en waarschijnlijk hebt u uw ouders het bloed onder de nagels vandaan gehaald, en waarschijnlijk hebben ze toen de moed opgegeven.'

Ze was goed.

Ze zei: 'Toen u rond de twintig was, zag u iets waar u zo van schrok dat u weer op het rechte pad kwam. Wat was dat voor iets?'

'Moet u dat niet aan míj vertellen?'

'Een auto-ongeluk.'

Shit, ze was retegoed.

'Hoeveel dodelijke slachtoffers?' vroeg ze.

'Vier.'

'Vier mensen, en daarna bent u naar uw ouders gegaan. U zei iets tegen hen in de geest van: "Pap, mam, ik zie in hoezeer ik gedwaald heb, en ik heb besloten dat ik niet langer degene wil zijn die ik ben. Ik ga mezelf helemaal veranderen. Ik word een beter mens, iemand voor wie ikzelf respect kan hebben." Uw moeder moest huilen.'

Om ons heen gonsde het van de mensen en het verkeer, maar dat geluid had net zo goed uit een tv op de achtergrond kunnen komen. Ik stond met mijn mond vol tanden.

'Maar het punt is,' vervolgde ze, 'dat u maar een béétje veranderd bent, en voor korte tijd. U kon de moed niet opbrengen om door te gaan op het criminele pad van uw puberteit, en u was te lui om echt een goed mens te worden. U vraagt zich af waarom ik u zo raar aankeek. Nou, nu weet u waarom.'

Ik was enigszins aangeschoten, dus ik zei: 'Mijn verleden ken ik wel. Vertel me nu maar eens iets over mijn toekomst.'

Ze zei: 'Wat moet ik u vertellen – dat uw toekomst er anders uitziet, of beter? Dat kan ik niet, want u zult nooit veranderen. Misschien krijgt u wel een zoontje met rood haar en een dochter die linkshandig is. Misschien wordt u wel gebeten door een kwal in Mexico en bent u binnen een uur dood. Maar wat dan nog? In uw eigen gedachten bent u en blijft u een slapjanus. U zult niet veranderen, wat u ook meemaakt. Wat maakt het uit?'

Ze zei: 'U denkt zeker dat ik van het woonwagenkamp ben, maar wat dan nog? Wat maakt dat uit? Ik heb een bepaalde kracht, ook al wil dat niet zeggen dat ik die steeds hoef aan te wenden. Het grootste deel van de tijd negeer ik mijn krachten, maar vandaag zit ik verlegen om geld, en dat geld krijg ik van u. Honderd dollar. Nu meteen betalen, graag.'

'Waarom zou ik?'

'Omdat ik anders nog veel meer over u ga vertellen dat u liever niet wilt horen. U kunt mijn stilzwijgen afkopen.'

En dat deed ik.

Ze vouwde de vijf biljetten van twintig en haar kaarttafel op en liep weg.

Toen hoorde ik achter me een vrouwenstem: 'Jij bent vast dol op dieren.'

Ik draaide me om en daar stond Joan met een Jack Russell die aan zijn riem trok omdat hij de krantenstalletjes langs de stoeprand wilde besnuffelen.

'Hè?'

'Dieren. Ik durf te wedden dat jij altijd tegen dieren praat als je er een tegenkomt. Zoals hier en nu, bijvoorbeeld.'

Ze was net zo oud als ik, maar met minder kilometers op de teller. Ze leek op Jane, van de Dick-en-Jane-boekjes, maar dan volwassen, gezond, met appelwangen en popelend om mijn grammaticale fouten te verbeteren. Ze zag misschien ook wel dat ik een volslagen mislukking was, maar toch benaderde ze me. Zíj vroeg míj ten dans. Ik keek naar haar hond, Astro. 'Hé, hallo, jongen. Ja, ik ben dol op dieren.' Ik krabde hem achter zijn oren. 'Waarom vertelt jouw vrouwtje mij dit allemaal, denk je?'

'Waarom?' vroeg ze. 'Omdat mensen die tegen dieren praten vaak heel ongeremd zijn. Onder bepaalde omstandigheden laten ze zichzelf helemaal gaan; bijvoorbeeld als ze met dieren praten, of met waarzegsters. Een waarzegster geeft je als het ware toestemming om te ontspannen en niet alles op te potten. Je kunt haar alles vertellen. En als het voorbij is, gaat de kurk er weer in en voel je je opgelucht omdat je je even hebt kunnen laten gaan.'

'Heb je haar gehoord?'

'Ik kon er niets aan doen. Die kleine Astro hier moest nodig, en dus moest ik wel blijven staan.'

'En zij heeft gezien dat je al die tijd stond mee te luisteren?'

'Ja.'

'En toch wil je nog steeds met me praten?'

Brendan had inderdaad rood haar en Zoë is linkshandig.

Maar ik ben nooit in Mexico geweest, en dat zal ook nooit gebeuren.

Bethany (de echte)

Mussen!

Overal mussen!

Bij McDonald's! Op de parkbanken! Op boomtakken!

Roger, wat ben je toch een afschuwelijke loser, dat je je dagboek in de koffiekamer hebt laten liggen. Alsof niemand het zou vinden, en zeker ík niet! Ik word niet goed van de manier waarop je mij en mijn moeder en mijn leven beschrijft. Ik word zó niet goed dat ik erover denk je aan te geven en te laten ontslaan. Maar dat zou te veel eer zijn voor jou, dat zou te goed in je straatje van zelfverklaarde loser passen. Ik hoor het al: Dat kutwijf heeft me laten ontslaan omdat ik iets heb geschreven over haar zwarte lipstick. Je had het over mijn lichaam, Roger, en hoe het voelde om in mijn lichaam te zijn. Wat voor seksmaniak ben jij eigenlijk?

Maar dat stukje over die mus was leuk, dat moet ik toegeven. En ik heb ook weleens vogels zien gapen, maar als ik dan denk aan jou die naar mij staat te staren terwijl ik naar bussen staar bij een bushalte, dan word ik helemaal niet goed. Trouwens, als je me bij de bushalte zag staan, waarom ben je dan doorgereden? Leuk hoor.

En waarom jat je al mijn opmerkingen over vogels en biologie? We moeten het toch ergens over hebben in de kantine, behalve over Darrell en Raheed en Shawn, die altijd zitten te kankeren op klanten, vooral de zuigers op de afdeling Handheld en Palmtops. Klanten zijn allemaal hetzelfde. Het zijn allemaal net kinderen. Ik haat kinderen. Kinderen zijn net kleine volwassenen met een hersenbeschadiging, niet in staat tot een normaal gesprek en met een concentratiespanne van nul. Kinderen zouden verplicht op school moeten zitten tot hun eenentwintigste, als ze normaal kunnen praten. Darrell, Raheed en Shawn zouden eigenlijk ook moeten worden weggestuurd totdat ze behoorlijk kunnen praten, maar dat wordt dan op hun vierentachtigste, áls ze het al ooit leren. Man, ik word gek van dat gekanker van ze. Hoe haalt Shawn het in zijn hoofd jou te vertellen dat er in de zesde klas op mijn kluisje is gespuugd!

En denk maar niet dat ik niet gemerkt heb dat je je afgelopen donderdag hebt laten overplaatsen van Laserprinters naar het papiermagazijn, zodat je kon drinken onder het werk. Ik was in de kantine en verslikte me in een hapje van een cracker, ik pakte jouw waterfles die op het aanrecht stond en nam een paar slokken, en het was wodka. Ja, je wordt omringd door lui die succes hebben. En ik heb ook gehoord dat je een of andere nerd voor vijfduizend dollar aan computertroep hebt verkocht en vergeten bent hem te vertellen dat dat spul niet werkt op een Mac. Chris moest overwerken en al die spullen terugnemen, en hij heeft je minstens een uur lang lopen vervloeken.

Ik vind het vervelend voor je dat er allerlei mensen in je naaste omgeving doodgaan of vertrekken, dus daar wil ik niet al te lullig over doen. En ook nog twee kinderen... Echt waar? Want, Roger, je kunt 's morgens niet eens behoorlijk een das strikken op je halfgewassen overhemd, dus ik vraag me af of je kinderen wel behoorlijk te eten krijgen.

Dat was gemeen van me. Sorry. Shawn zegt dat je op jezelf woont.

Mijn moeder – in jouw lezing lijkt ze een soort mystica die in haar leven niets anders doet dan liedjes zingen en die iedereen een soort kampvuurgevoel geeft over zichzelf. Alsjeblieft, zeg! Dat mens heeft me mijn hele leven lang gekoeioneerd, en ze is ook ingezetene van een heel ver land dat Nutteloosheid heet. Vorige week drukte ze op de verkeerde knoppen en heeft ze een kadetje tien uur lang geroosterd in de magnetron. In de flat rook het daarna nog dagenlang naar kortsluiting.

Ja, ik weet wat je denkt: Bethany woont bij haar moeder. Waarom kunnen kerels rustig thuis blijven wonen, maar zit er als een vrouw dat doet een luchtje aan? Heb jij de laatste tijd een beetje bijgehouden wat een koopflat kost? En beschouw jij werken bij Staples als een loopbaan? Ik kan me niet eens voorstellen dat de overheid wat wij doen als werk beschouwt. Werk is iets wat je je hele leven moet kunnen doen. Werk houdt een bepaald uitzicht op hoop in. Blaadjes papier klaarleggen waarop klanten hun merkstiften kunnen uitproberen is niet bepaald een scenario dat veel hoop biedt. Mensen zetten alleen maar kriebels. Het zou leuk zijn als er zo nu en dan eens iemand 'kut' schreef of een anarchistisch symbool tekende. Ik kan nog steeds niet geloven dat mensen echt betalen voor pennen, en dan hebben we het over het artikel dat wereldwijd het meest gejat wordt. Dood aan Staples!

Gelukkig heb ik jouw waardeloze dagboek om me op af te reageren als ik vanmiddag de versieringen voor Halloween ophang. (Nota bene: welke idioot koopt een pot oranje en zwarte zuurtjes om Halloween te 'vieren'? Iedereen denkt dat ik, omdat ik zwarte lipstick op heb, iets met Halloween heb. Het is zo'n gênant feest. Eigenlijk zouden ze het Dag voor het Alter Ego moeten noemen – iedereen verkleedt zich als iemand die hij liever zou zijn dan zichzelf. Dat is net zoiets als wat jij zei over mensen die eruit willen stappen, of mensen die van alles willen zijn behalve wat en wie ze zijn. Ik zou me verkleden als de bijna uitgestorven ivoorgebekte specht. Stel je voor: iedereen zou zich afvragen of je wel bestond, hopend dat het wel zo was, en een glimp van je willen opvangen.)

Trouwens, heb je die tatoeage van de duivel op Shawns enkel gezien? Ik dacht altijd dat een tatoeage betekende dat je een slet was, maar nu denk ik dat het precies het tegenovergestelde is. Als je een tatoeage laat zetten, dan wil je dat je seksuele partner zich jou herinnert en zich met je verbonden voelt, en dat betekent dat het meer te maken heeft met monogamie dan met sletterigheid. De natuur is geraffineerd: maar weet je, zwarte lipstick of niet, voor mij ligt de grens bij tatoeages. Want ik wil graag dat mijn huid doodsbleek is. Michael Jackson-wit. Het moet lijken alsof ik heel snel blauwe plekken krijg. Het moet lijken alsof ik smaak naar amandelspijs.

Ik vind het onvoorstelbaar dat ik dit schrijf aan een maniak als jij. Nou ja, zo heb ik tenminste íéts te doen, hier bij Stomples.

Dit ben ik van plan. Als wij elkaar weer zien, mag geen van ons beiden laten merken dat we de dingen gelezen of geschreven hebben die we gelezen en geschreven hebben. We doen alsof we honden en katten zijn, net als anders. Dat maakt het leven interessant, wat een behoorlijke uitdaging betekent hier. Man, wat zou ik op een dag graag een magazijndeur opentrekken en mensen ontdekken die choquerende dingen doen.

Beschrijf eens iets choquerends, Bethany…

Goed, wat dacht je hiervan? Chris maalt met een buitenmodel eikenhouten pepermolen crack fijn op de aars van Shawn, omdat haar neus door de coke zo ongevoelig is geworden dat ze op zoek moest naar een nieuw absorberend membraan. Dat is nogal choquerend. Leuk om te zien. Of anders Kyle die woorden gebruikt van meer dan drie lettergrepen. Maar kerels als Kyle hebben geen woorden nodig om te slagen in dit leven, alleen maar een strakke spijkerbroek en een of ander haarproduct.

Wat staat er op mijn lijstje voor vandaag? Afgezien van de versieringen voor Halloween moet ik Jamies uitstalling 'Maak je kantoor gezellig' op de afdeling Kantoormeubilair opnieuw inrichten. Het enige wat ze hoefde te doen was koffiekopjes op een bureau zetten en een lullige knuffel naast het computerscherm leggen. In plaats daarvan heeft ze een soort vogelverschrikker gemaakt met een met bubbelfolie gevulde panty als hoofd en met een merkstift slordig een gezicht getekend. Het is gewoon… gestoord.

Trouwens, je bent me nog wat schuldig, knakker. Ik liep door jouw gangpad, en toen moest ik een hele stapel Sharpiepennen opnieuw op de juiste plek leggen omdat iemand alles door elkaar had gehaald, een of andere anarchist in opleiding. Ik heb je ook behoed voor een flinke uitbrander door het stof en de vingerafdrukken af te vegen op die kartonnen display met Zebra-vulpotloden.

Denk er goed aan: laat me niet merken dat je dit gelezen hebt.

De handschoenvijver, begin

'Je bent weer dronken.'

'Ik ben altijd dronken, ruziezoekend kreng dat je bent. Stil.'

'Ik ben niet stil voor jou, mislukte vent die je bent. Nepkerel.'

'Ik ga tenminste niet naar bed met de sprinklermonteur, bij wijze van wraakoefening.'

'Dat is tenminste een man.'

'Wat bedoel je daarmee, Gloria?'

'Zoek dat zelf maar uit. Ik neem nog een whisky.'

Gloria en Steve waren dronken en ad rem. De wintertijd was net ingegaan en de wereld werd veel te snel donker. Ze waren allebei uit hun respectieve schuilplaatsen gekropen en waren op zoek naar drank in de woonkamer. Het vertrek werd gekenmerkt door oosterse tapijten die zo dun waren als rijstpapier, en door lelijk, duur eikenhouten meubilair dat tegen het einde van de negentiende eeuw was vervaardigd door ondervoede, ongeschoolde, schurftige kinderen in fabrieken op het platteland van Michigan. Hier en daar lagen plakkaten vervilt huisstof op plekken waar Gloria nooit de moeite had genomen tijdens haar ongeregelde buien als ijverige gastvrouw haar zeemlap langs te halen.

Het jaar was 2007. Steve had een hoofd als een prop papier na zes uur vergaderen op de faculteit, de chemicaliën in Gloria's bloed schoten alle kanten op na een onverwacht afgezegd rendez-vous met Leonard, de directeur van het plaatselijke theaterrestaurant. Ze zou over drie weken de hoofdrol spelen in een productie van het plaatselijke theaterrestaurant van *Lady Windermere's Fan*, en ze was onzeker of ze de hoofdrol wel aankon.

Steve brulde: 'Ik wil meer whisky. Ik ben nog lang niet dronken genoeg.' Hij schonk zijn glas vol en deed er daarna alsnog een ijsklontje in.

'Weet je zeker dat je er ijs in wilt? Dat verdunt misschien je roes.'

'Waarom zitten wij altijd alleen maar op elkaar te vitten?' Hij zuchtte, liet zijn ijsklontje rinkelen en hoestte.

Voor haar veertigste hadden al Gloria's andere krachtige emoties het pand verlaten om een pakje sigaretten te kopen, en ze waren nooit teruggekeerd. Woede was het enige wat bleef. 'Wij vitten niet. Wij drinken. Dat is iets heel anders.'

Steve keek op zijn horloge. 'De gasten komen over een halfuur. Wat eten we?'

'Geen idee. Ik bedenk wel iets.'

'We krijgen eters en je hebt nog niets te eten bedacht?'

'Nee.'

Roger

Het is verbazend dat je een enorme oetlul kunt zijn, maar dat je ziel het nog steeds prima met je uithoudt. Een ziel zou eigenlijk het wettelijke recht moeten hebben ertussenuit te knijpen als je bepaalde grenzen hebt overschreden: voor mij ligt die grens bij vals spelen met golf; voor mij ligt de grens bij een diefstal van boven de honderdduizend dollar; voor mij ligt de grens bij bestialiteit. Stel je alle zielen ter wereld eens voor, liftend langs de snelwegen op zoek naar een nieuwe plek om te wonen, stuk voor stuk met een zelfgeschilderd bord waarmee ze jou proberen te verleiden:

    … Ik kan zingen!
    … Ik vertel moppen.
    … Ik ken shiatsu.
    … Ik ken Katharine Hepburn.

Ik verdien geen ziel, en toch heb ik er een. En dat weet ik omdat hij pijn doet.

Maar vanochtend kwam ik bij de Oasis Car Wash een oude vriend van de middelbare school tegen, Teddy, die psychiater was geworden. Terwijl ex-gevangenen onze achteruitkijkspiegels poetsten en onze zonnebrillen en kleingeld jatten, vroeg ik hem of hij tot algemene conclusies over de mensheid was gekomen.

Hij vroeg: 'Wat voor conclusies?'

'Nou, je weet wel – dat iedereen op aarde, en niet alleen jouw patiënten, een puinhoop is.'

Hij leefde op. 'O god, man, je moest eens weten. Iedereen is een regelrechte ramp.'

Zijn Chrysler 300 kwam uit de wasserij gereden en we namen afscheid. Voor het eerst in maanden voelde ik me duizend procent goed. De definitie van gezondheid is dezelfde ziekte hebben als ieder ander.

Waarom, zo vraag je je misschien af, besteed ik het luizige loon dat ik met mijn werk verdien aan een autowasserij? Omdat dat me een goed gevoel geeft. Omdat het betaaldag was. Omdat mijn auto het enige is in mijn leven wat werkt. Het is een Hyundai Sonata, en er mankeert nooit iets aan. Het is een oersaaie wagen, maar hij doet het. Ik identificeer mezelf met mijn auto.

Ik keek even op en zag door de deur van de koffiekamer dat Shawn zich verkleed had als Wonder Woman. Ze is trots op haar tieten en pronkt ermee. Ik denk dat als mensen echt het lef hadden, iedereen zich zou verkleden voor zijn werk, en niet alleen met Halloween. Zou het leven daar niet een stuk interessanter door worden? En nu ik erover nadenk: waarom doen ze dat eigenlijk niet? Wie heeft ooit bepaald dat iedereen zich 364 dagen per jaar moet kleden als schaap? Het zou stukken gemakkelijker zijn om met mensen te praten, net zo makkelijk als met een hond. Hé, leuk kostuum, ik ben dol op vampiers. Zullen we een pilsje gaan drinken? Halloweenkostuums zijn ook een manier om alle remmen los te gooien, net als je de toekomst laten voorspellen en praten tegen honden van vreemden.

En ik? Ik zou me verkleden als matador. Mijn figuur kan er nog best mee door als ik een maand lang op mijn suiker en koolhydraten let. Wat een kick zou het zijn om een zwaard te dragen. Ik zou me voortdurend afvragen hoe het zou zijn om er een groot dier mee te steken, om bloed te zien op het staal. Ik zou een… man zijn. Ik heb de laatste twee zinnen herlezen.

Misschien wil ik ook alleen maar een onzichtbaar wapen dragen. De psychoten zijn onder ons.

Ja, dit wordt mijn kostuum. Ik ga net zo gekleed als nu, maar ik draag een holster met een handvuurwapen. Dan ben ik 'de vent die ieder moment als een gek kan gaan schreeuwen om chocoladecornflakes'.

Inderdaad, de psychoten zijn onder ons. Ik ben geen psychoot. Maar ik ving een glimp van mezelf op in de spiegel op de heren-wc, en wat ik zag was verontrustend: een opgeblazen drieënveertigjarige, gelige huid in het licht van die ene tl-buis, roos, rode vlekken op mijn schedel waar ik gekrabt heb vanwege mijn vetzucht. Geen wonder dat ik onzichtbaar ben geworden voor mensen van onder de dertig. Als ik in mijn Hyundai kruip, ben ik de Onzichtbare Man. Ik zou allerlei misdaden kunnen plegen, en als de politie getuigen verhoorde, is het enige wat ze zich zouden herinneren: 'Een of andere vent in een auto.'

Een of andere vent verkleed als Cupido stak net zijn hoofd om de deur en vroeg waar de maxiblikken Maxwell House-koffie staan. (Vraag: wie koopt er nou koffie in een winkel voor kantoorbenodigdheden?)

Waarna Cupido vertrok en koers zette richting Gangpad 3-Zuid, terwijl ik hier zit te piekeren.

Piekeren waarover?

Piekeren over Cupido en zijn pijlen. Piekeren of ik ooit nog verliefd zou kunnen worden. Heb ik die laatste zin geschreven? Wat is het volgende – krijg ik borsten? En opnieuw moet ik denken aan die pruilende waarzegster die ik jaren geleden raadpleegde op die straathoek. Als je niet verandert, wat heeft het dan voor zin dat je iets overkomt? Het overkomt gewoon een onveranderd iemand.

De handschoenvijver, opnieuw

'We kunnen onze gasten geen soep uit blik voorzetten als diner. Dan maak ik me belachelijk tegenover de hele Engelse faculteit.'

'Doe je dat al niet dan? En bovendien hebben we geen soep in blik.'

'Jezus, Gloria, het is de bedoeling dat je geestig bent. Te allen tijde. Hé, wat zit daarin...?' Steve rommelde in de la met aluminiumfolie en ontdekte een fles gin. 'Gin?'

'Die is voor als ik te lui ben om naar de drankkast te lopen.'

'Zullen we wat aardappels schillen en die koken?'

'We hebben geen aardappelen. We zijn blut. We geven al ons geld uit aan whisky. We kunnen zelfs geen pizza bestellen.'

'Zullen we de gasten zo dronken voeren dat ze geen trek meer hebben?'

'Daar ben ik vóór,' zei Gloria, 'maar we zullen hun als gebaar toch iets moeten voorzetten.'

'Er staat nog kaas in de koelkast. Hij zit onder de blauwe schimmel. Hij krijgt kleintjes.'

'Schraap de schimmel eraf. Er staan nog wat crackers in het kastje boven de gootsteen.'

'Die staan er al vanaf 11 september 2001.'

'Hoe weet je dat zo precies?'

'Die heb ik gekocht om op te eten terwijl ik de hele dag naar

CNN zat te kijken, en telkens als ik nu zo'n cracker eet, word ik weer bang voor het lot van de wereld.'

Gloria knabbelde aan een cracker. 'Ze zijn zacht geworden. Ik bak ze wel op, dan worden ze weer knapperig.'

Steve bracht de kaas weer tot leven, terwijl Gloria de crackers begon op te bakken. Het stel had wat anderen zouden noemen best wel lol, maar toen sneed Steve in zijn vinger. 'Au, shit'

'De kaas zit onder het bloed.'

'Waar zijn de pleisters?'

'In de la onder de telefoon.'

Steve trok de la open, vond de pleisters en een doos met likeurbonbons. 'Hoe lang liggen die hier al?'

'Sinds kerst drie jaar geleden.'

Hij verbond zijn hand, pulkte het cellofaan van de bonbons en at er vijf op, toen Gloria plotselinge gilde: 'Niet opeten! Die kunnen we onze gasten voorzetten.'

'Als dessert?'

'Precies.'

Steve ging zitten en staarde naar de telefoon. Hij stelde zich voor dat hij over superkrachten beschikte en de telefoon op wonderbaarlijke wijze kon laten rinkelen. Maar dat gebeurde niet.

Steve keek altijd uit het raam en omhoog naar de lucht op zoek naar vliegtuigen. Hij stelde zich voor dat hij naar een vliegtuig kon turen en het voor zijn ogen kon laten ontploffen. Dat gebeurde nooit. Het enige wat de eindeloze vergaderingen draaglijk maakte, was dat hij vanuit zijn stoel zicht had op de aanvliegroute naar het vliegveld en op heldere dagen zijn pyrokinese kon oefenen, terwijl zijn ondergeschikten zaten te intrigeren en samen te spannen. Wat hij niet wist was dat als hij zijn 'pyrokinesegezicht' opzette, hij wijs overkwam en er knap uitzag. Het was die illusie van wijsheid en mannelijkheid die zijn ondergeschikten het muiten beletten. Steve legde nooit een verband tussen het feit dat zijn medewerkers zich op heldere dagen veel beter en aangenamer gedroegen dan op bewolkte dagen.

'Godverdomme, die warmwaterkraan!' riep Gloria.

Steve ontwaakte ruw uit zijn dagdroom. 'Wat is daarmee?'

'De straal is niet krachtig genoeg om jouw bloed uit de gleufjes en barstjes van de kaas te spoelen, en nu wordt de kaas helemaal slap.'

Steve draaide de koudwaterkraan open. 'Vlug afspoelen en dan een paar minuutjes in de vriezer. Dan halen we hem eruit en schrapen de zachte buitenkant eraf, met het bloed.' Steve sperde zijn neusgaten open. 'Volgens mij zijn de crackers klaar. We hebben nauwelijks genoeg kaas voor de crackers.'

Gloria voelde een krachtige golf van liefde voor haar man door zich heen gaan. Die ontstond uit het niets en kwam totaal onverwacht. Ze besloot er de komende minuten geen weerstand aan te bieden. 'Ik denk dat ik even terugschakel van whisky op gin,' zei ze.

'Doe dat maar, schatje. Hé, kijk eens even: we hebben nog augurken in de deur van de koelkast, twee augurken. Dat is onze groente. Nu hebben we de hele schijf van vijf compleet.'

Bethany

Ik ben dol op *De handschoenvijver*.

Het leven van Steve en Gloria is zó beperkt. Het is niet te geloven hoe beperkt een mensenleven kan worden. Ik zit in de bus en de wereld wordt zo klein als de punt aan het einde van deze zin. Dan word ik wakker, als uit een betovering, kijk uit het raam en zie dat, terwijl ik geobsedeerd was door het feit dat mijn moeder mijn oude make-up heeft weggegooid, de rest van de mensheid bezig was met microchips ontwerpen en geld inzamelen voor weeskinderen in verre landen.

Ik vind dat ik meer van de wereld moet zien. Ik ben ooit maar twee keer naar Seattle geweest en één keer naar Banff. Vorig jaar ben ik naar een concert van een death-metal band in Victoria geweest, maar Victoria telt niet. Ik denk de laatste tijd vaak aan Europa. Ik ga online en bedenk droomreizen naar Londen en Parijs, wat typisch meisjesachtig escapistisch is, en nogal gênant, maar op een dag wil ik gewoon ergens heen!

Mijn god, ik heb het punt bereikt dat ik naar mijn schaduw kijk, en besluit dat hij als een blok aan mijn been hangt en mij vastpint aan deze stomme winkel in deze stomme buitenwijk in deze stomme nieuwe eeuw. Mijn vraag-van-de-dag is: 'Als mijn schaduw zich eens losmaakte van mijn lichaam? Als ik op een dag eens de ene kant op ging en mijn schaduw de andere?' Zou dat niet raar zijn, als mijn schaduw naar een andere plaats trok en daar een eigen leven opbouwde, als hij daar een eigen flat betrok en een baantje nam? Misschien zou ik zelfs wel gaan samenwonen met die dolende zielen die het lichaam van de eigenaars hebben verlaten. Misschien leiden die een veel leuker leven dan toen ze nog aan ons vastzaten. We zouden een rechtelijke procedure starten om hen te dwingen bij ons terug te komen, maar vergeet dat maar.

Het grote nieuws van vandaag is dat ik een pakje Wrigley's Orbit White-kauwgom heb gejat uit het rek vooraan, toen de hele ochtend alle stukjes heb opgekauwd, een voor een, en toen uitgekauwde propjes onder de uitstaldoos van de Bic Soft Grip heb geplakt. Hoezo geen leven aan de zelfkant? En laten we de koe bij de hoorns vatten: kan kauwgom je tanden écht witter maken? Kyle had altijd gele tanden. Dat was voordat hij bij Stompels kwam werken. Toen viel ons ineens op dat zijn tanden spierwit waren gebleekt, en in plaats van hem belachelijk te maken, besloot iedereen ook zijn tanden te laten bleken.

De brave na-apers.

Zijn er tegenwoordig nog mensen met tanden die gebroken wit zijn?

O, en voor de lunchpauze kwamen er twee homo's binnen die prijsetiketten wilden voor hun garageverkoop, en ze kozen de dure met touwtjes en metalen oogjes. Ik heb hun adres onthouden, want als ze zoveel zorg aan alles besteden, hebben ze waarschijnlijk ook mooie spullen in de aanbieding.

Terug naar jou. Wie is Joan? En ook al heb je vijftig baantjes gehad, het lijkt me dat je beter ergens anders had kunnen komen werken dan hier. En je had het ook over een auto-ongeluk van een poos geleden. Wie zijn daarbij omgekomen? Wat is er gebeurd? Grappig eigenlijk dat ik je al die vragen wel durf te stellen op papier, maar niet als je voor me staat. Trouwens, het is best grappig om te doen alsof ik dat allemaal niet van jou weet. Krijg jij daar ook een kick van? Laten we het zo houden. Zo blijft het leven interessant.

Vijf minuten later: Kayla kwam binnen en stelde me een krankzinnige vraag. Ze wilde weten of het waar was dat tomaten 's nachts groeien. Ik zei: 'Wát?' Maar ze zei dat tomaten behoren tot de familie van de nachtschadeachtigen, en een van de kenmerken daarvan is dat ze 's nachts groeien. Ik vroeg haar waarom ze míj dat vroeg, en ze zei: 'Nou, jij kleedt en gedraagt je alsof je geboeid bent door de dood, en uiteindelijk ís nachtschade giftig, en zo.'

'Dus dat vraag je míj omdat ik zwarte lipstick op heb?' zei ik.

'Zo ongeveer, ja.'

Ik zei dat ze het maar moest googelen.

Tien minuten later: net terug uit het pc-gangpad. Ik kon haast niet wachten tot Kayla terugkwam; het idee dat je voedingsstoffen kunt genereren zonder zonlicht was zo spannend dat ik het onmiddellijk nader wilde onderzoeken. Helaas kon ik het antwoord online niet vinden, maar nu heb ik me vast voorgenomen een tuintje aan te leggen met planten die alleen maar groeien in het donker.

Het is nu heel stil hier in de koffiekamer – ik zit hier graag alleen. Ik kan me alleen maar concentreren als het helemaal stil is om me heen, zoals in een bos, zonder mensen. Als puber deed ik dat vaak; dan trok ik kilometers ver de wildernis in, zodat ik geen enkel menselijk geluid meer hoorde. Dat was perfect. Als ik er nu aan terugdenk, kan ik me eigenlijk niet voorstellen dat ik nooit ben opgegeten door een poema.

Maar ik moet nu denken aan wat je helemaal in het begin zei: over mensen die willen ontsnappen aan het leven, ook al ziet hun bestaan er van buitenaf fantastisch uit. Ik heb in een tijdschrift een foto gezien van een gezin in een ondergelopen gebied ergens in het zuiden. Ze zaten op het dak van hun huis te barbecueën en zwaaiden lachend naar de camera in de helikopter. Het leek alsof ze een kaartje met 'Verlaat de gevangenis zonder te betalen' hadden getrokken en gedwongen waren veranderd zonder daar zelf voor gekozen te hebben.

Blairzilla is net binnengekomen. Afgelopen met de rust.

Doe maar weer net of je mij bent.

Roger

Een paar jaar geleden moest ik de begrafenis regelen voor mijn zoon Brendan. Joan was helemaal kapot, en ik werd ook bijna gek van verdriet. Ik herinner me dat ik daar zat met de directeur van het uitvaartcentrum en zat te piekeren over de tekst van de overlijdensadvertentie en over wat voor sprekers ik zou vragen. Ik kwam er niet uit, en de directeur – een oudere man met wit haar, een hoofd in de vorm van een steen die is opgegraven uit een Schotse akker, iemand die voor behoorlijk hete vuren had gestaan – zei dat er helemaal niemand hoefde te spreken, en dat we dingen van school konden voorlezen, zoals het Onzevader. Hij zei dat de meeste mensen dat uit hun hoofd kennen, en dat we zo met enige waardigheid de plechtigheid tot een goed einde konden brengen.

Hij moet mijn drankkegel geroken hebben – tequila –, want hij keek me even aan, liep naar zijn bureau en haalde een fles heel turfachtige whisky tevoorschijn – het was bijna grondvocht – en schonk ons allebei een paar vingers in. Hij zei dat de meeste mensen die een begrafenis komen regelen nergens in geloven. Hij zei ook dat als hij iets had geleerd van zijn werk, het wel was dat als je geen geloof hebt in tijden van voorspoed, je niet moet verwachten dat je dat ineens krijgt in tijden van crisis. Hij zei dat films, televisie en *Readers's Digest* ons leren dat een crisis een enorme persoonlijke verandering tot gevolg heeft, en dat die grote veranderingen de pijn verzachten. Maar voor zover hij kon beoordelen komt een grote verandering haast nooit voor. Mensen voelen zich alleen radeloos. Ze hebben geen idee wat ze moeten zeggen, voelen of denken. Ze raken in de knoei en blijven in de knoei. Een paar gebeden en gezangen als zoethoudertjes maken het gebrek aan inzicht in een crisis nog enigszins draaglijk. Die man was een echte zielenherder. Waarom gaan dat soort mensen niet in de politiek?

Het auto-ongeluk. Oké. Het was begin jaren tachtig en we zaten in twee auto's: Jeff reed vóór mij in de gekraakte Cutlass van zijn ex-stiefvader. Bij hem zaten Corrine, Laszlo en Heather. Ik volgde in mijn Monza 2+2.

Jeff was een schooier die ik had leren kennen tijdens mijn verblijf van een maand op een *community college*. Hij was dan misschien een schooier, maar dan wel een ontzettend leuke schooier, en er viel altijd wel iets met hem te beleven, ook al betekende het dat hij bijvoorbeeld een melkfles uit het raam van zijn flat op vierhoog gooide terwijl hij op zijn zitzak voor de tv zat en geen idee had waar die fles terecht zou komen. Hij kon choquerende dingen doen. Op een zomerdag wandelden we high van de paddo's in Stanley Park, en hij begon plotseling de bloemen van rozen- en magnoliastruiken te plukken. Met de bloemblaadjes vormde hij het woord K-L-Y-S-M-A, met letters van bijna twee meter groot, voor de ramen van de cafetaria in het park, vanwaar alle gezinnen met jonge kinderen hem aanstaarden. Daarna hield hij een wedstrijdje krijsen met een pauw. Heb je die beesten ooit tekeer horen gaan?

Die avond, toen we allemaal stoned waren van de wiet en in groepsomhelzing op de parkeerplaats van de Fraser Arms stonden, stelde ik voor dat Laszlo zou rijden in plaats van Jeff. Toen sloegen bij Jeff de stoppen door. Plotseling was ik een lul en een slappeling, en uiteindelijk zat ik dus alleen in mijn Monza, en ik probeerde plankgas de anderen bij te houden, want niemand had mij verteld waar het volgende feestje zou zijn. Het regende en tussen het vliegveld en Richmond schoten ze van de brug af, zo de rivier in. Het laatste wat ik zag was de auto die razendsnel zonk, en Corrine die op de achterruit bonsde en mij recht aankeek. Het licht in de auto brandde. Toen zonk de auto zo snel dat hij uit het zicht verdween. Toen was er alleen nog het wilde water, net als aan het begin der tijden.

Zo snel gebeuren dingen in een auto. Tijd wordt verbrijzeld, verwoest. Het zinken van de auto duurde vijftien seconden, maar de nasleep ervan bijna vijfentwintig jaar.

De waarzegster had gelijk: na het ongeluk veranderde ik mijn leven enigszins. Maar ik werd lui, en bovendien veranderden er ook andere dingen. Daar wil ik het voorlopig bij laten.

De handschoenvijver

Steve besloot belangstelling te ontwikkelen voor stof afnemen. Met die interesse voor ogen haalde hij een verknipte on-
derbroek uit de la met lappen en een blikje Pledge Citroen uit
het gootsteenkastje. Hij betrad de woonkamer en werd rijkelijk beloond.

'Jezus, Gloria, heb je de laatste tijd nog boven op de piano
gekeken? Daar kun je poolbiljarten. Er ligt zoveel stof dat het
godverdomme wel een biljartlaken lijkt.'

'In Afrika sterven mensen van de honger en jij maakt je
druk om een beetje stof?' antwoordde Gloria. 'Ik heb een pesthekel aan stof afnemen. Je druk maken om stof is zó burger-
lijk.'

'Ik heb een programma op tv gezien.' Steve bestudeerde de
bovenkant van de piano van dichtbij. 'Dat ging over stof. Een
laag stof is een soort ecosysteem. Het bevat wroetende dier-
tjes en organismen die bovenin leven. Het vergaat en composteert, en trekt zo weer andere organismen aan. Stof bestaat
voor negentig procent uit dode huidcellen.'

'Steve, ik moet bijna kotsen. Doe die lap weg. Laat dat stof
rustig liggen, als het dat leuk vindt.'

'Het is hier een beestenbende, Gloria.'

'Steve, ooit konden we ons een werkster veroorloven.'

'Ja, nou ja, we hadden ook ooit aandelen.'

'Daar hebben we het al wel duizend keer over gehad. Ik ga

heus geen kamermeisje worden omdat Pets.com naar het zuiden is verhuisd. Je moet je status handhaven. Het begint met stof afnemen, en voor je het weet sta ik op de hoek van de straat lucifers te verkopen. Ga even zitten en schenk iets in.'

'Ik denk dat ik dat maar doe, ja.'

Steve en Gloria dronken in stilte, een stilte die Steve al snel verbrak. 'Zullen we wat van die crackers en die kaas eten? Ik heb trek.'

'Ja, ik ook.'

'Een paar maar, hoor. We moeten wat bewaren voor de gasten.'

'Precies.'

Binnen een paar minuten waren alle kaas en crackers op, en Gloria had ook nog de twee augurken opgegeten. Wat moesten ze nu hun gasten voorzetten? Steve herinnerde zich dat er achter in het kastje nog een pak pannenkoekmix stond. Zou er meelworm in zitten? Maakt niet uit. Die gaan wel dood door de hitte.

Roger

Hier is wat basisinformatie: mijn naam is Roger Thorpe, en ik ben verreweg de oudste ~~gevangene~~ werknemer bij Staples. Ik zou het personeel in twee categorieën willen indelen: degenen zonder hoop (levend volgens een twaalfstappenplan à la de AA en de eeuwigdurende onnozelaars) en de jongelui die een snelle pitstop maken voordat ze ergens een echte baan vinden. Ik las vorige week in de krant iets over een wetenschapper die beweert dat de mensheid zich in het huidige nieuwe millennium zal opsplitsen in twee verschillende soorten. De ene soort is een ras van supermensen, de andere een soort Gollumachtige, zwakzinnige bultenaren. Zijn argumentatie is dat selectieve fokmethoden een onderklasse zullen vormen, die zich vervolgens zal onderscheiden als een afzonderlijk ras. Wetenschappers hebben al een deel van ons DNA geïsoleerd dat 'intelligente', 'sociale' types wel hebben en anderen niet. Ik vind dat die wetenschappers maar eens een dagje naar Staples moeten komen en daar wat DNA-monsters nemen. Volgens mij zitten wij hier al in die toekomst en moet de rest van de mensheid moeite doen om ons bij te houden.

En ik? Ik vlei mezelf graag met de gedachte dat ik een soort derde ondersoort vertegenwoordig: de onzichtbare man van drieënveertig.

Ik vind het erg prettig dat ik onzichtbaar ben voor mijn collega's.

Streep dat maar door.

Ik vind het afschuwelijk dat ik onzichtbaar voor hen ben. Het feit dat ze mij negeren, betekent dat ik echt oud ben, terwijl het moeilijk is oud te worden op een plaats – in een stad – waar alles zo jong is. Oud zijn betekent geen seks. Oud zijn betekent dat niemand met je flirt. Oud zijn betekent dat Shawn en Kelli elkaar veelbetekenend aankijken als ik binnenkom na mijn rookpauze en hun een groet toe grom.

Psychoot!

Ik mis de seks. Als ik vroeger mijn shirt uittrok en met een frisbee in mijn hand over het strand liep, was er geen meisje dat ik niet zou kunnen versieren. Dat was trouwens mijn vaste rekwisiet, de frisbee. Ik kon er geen moer van, maar als mensen je zo'n ding zien vasthouden, denken ze onmiddellijk dat je een evenwichtig persoon bent die nog nooit gonorroe of problemen met de politie heeft gehad, en dat je waarschijnlijk met één kort fluitsignaal een vrolijke, zachtaardige, goed opgevoede, blonde labrador tot de orde kunt roepen.

Vorige maand heb ik zitten prakkiseren hoe ik de aandacht van die jonge klootzakken, die praten en denken als pinda's, kon trekken. Ik was van plan me te pletter te werken, me in te likken bij de locatiemanager en op die manier 'Collega van de Maand' te worden. Stel je voor dat die hopelozen binnenkomen en mijn foto zien op het bordje aan de muur. Mijn god, misschien geeft dat hun nog een sprankje hoop. Hé! Als Roger het kan, kunnen wij het ook!

Ik snap niet waarom ik hier ~~in de hel~~ bij Staples werk in plaats van ergens anders. Bethany hier wrijft me dat voortdurend onder de neus, en ik weet niet wat ik moet zeggen. Ik heb zoveel baantjes in de echte wereld gehad, bijvoorbeeld op kantoren waar iedereen zijn eigen parkeerplaats had en waar om de twee weken vergaderd werd en waar kerstborrels werden gehouden. Al die bijeenkomsten heb ik dronken verlaten. In de tijd vóór internet kon ik dat ongestraft doen. Als je tegenwoordig 'zuiplap' googelt, ben ik waarschijnlijk de eerste hit.

Fucking internet. Ik kan niet eens verhuizen naar de andere kant van de wereld waar ook Engels wordt gesproken, zoals Tasmanië of Zuid-Afrika. Daar kennen ze mijn verleden ook.

Ze.

Dus zolang ik geen ontsnappingsstrategie heb ontwikkeld, zit ik vast aan Staples. Op zich is het er wel oké. Er wordt niet veel van me geëist, en ik eis ook niet veel terug. Ik vind het leuk om grof te zijn tegen klanten. Ik vind het leuk om hen te helpen en dan een rookpauze te nemen van een kwartier. Dan vragen ze altijd naar de chef, Clive, maar Clive weet dat ik hier al veel langer werk dan de jongere collega's, en dus geeft hij me geen straf. Zelfs als ik zo nu en dan bezopen ben van de wodka en de hele dag met dozen briefpapier van tien kilo loop te sjouwen: geen sprake van straf. Ha!

Geef mij straf!

Meester! Meester! Sla mij!

Ik ben volwassen. Geef me straf en ik begraaf je levend.

Roger als Bethany

Ik ben Bethany.

Hebt u alles kunnen vinden wat u zocht?

Dat is die stomme vraag die je hier iedere keer moet stellen als je iets aanslaat op de kassa, zelfs aan kinderen. Het zou geweldig zijn als iemand me eens recht zou aankijken en zou zeggen: 'Nou, ik heb op de afdeling viltstiften "Kut" op een velletje papier geschreven, daarna een anarchiesymbool getekend, en toen stopte ik met denken en ademhalen en alles, en had ik een soort ervaring alsof de tijd stilstond en ik niet meer op deze planeet was – alsof ik uit mezelf werd gezogen – en ik had geen zorgen meer over de wereld of de mensheid of de milieuvervuiling, en in plaats daarvan hoefde ik alleen maar vol ontzag te letten op de sterren en de kleuren en op de inspanning die het kost om de kosmos zo veilig en warm te houden als een baarmoeder. En ineens was het verdwenen, ik stond naar de Crayola-stelling te staren, en het magische ogenblik was voorbij. Daarna dwaalde ik rond door de gangpaden alsof ik lamgeslagen was. Ik was van plan deze viltstiften te stelen in plaats van ze te betalen, maar dat doe ik wel een andere keer. Op dit moment zindert mijn kosmische ervaring nog een beetje na. En jij vraagt me of ik alles heb kunnen vinden wat ik zocht?'

Ik moet op het werk een rood T-shirt dragen. Dat moeten we allemaal. Het lijkt alsof wetenschappers de koppen bij elkaar hebben gestoken en deze ene kleur hebben gekozen uit alle bestaande kleuren in de kosmos met als enige doel dat je huid er altijd slecht uitziet. In ieder ander shirt ben ik zo wit als een geest. Als ik zo'n rood kreng aantrek, wordt mijn huid zo roze als aardbeimilkshake en is mijn mond de zwarte olijf.

De verlichting bij Stompels is gekozen door dezelfde wetenschappers die de kleur van het shirt hebben bepaald. Het licht doet vreemde dingen met je. Als je bijvoorbeeld mee-eters hebt, zoals Rudee, worden die door deze verlichting uitvergroot. Als je andere onvolkomenheden hebt, werkt het licht als een soort loep die alles groter en duidelijker maakt. Wij die hier werken, weten dat tenminste en kunnen onze puistjes en vlekjes bedekken met crème of make-up. Een van de weinige leuke dingen van deze baan is dat je kunt zien hoe slecht sommige klanten eruitzien zodra ze in de hinderlaag van het lichtsysteem lopen. Wij zijn een soort beige padden.

Rogers huid kan ermee door, maar op het nippertje. Dat komt door al dat zuipen van hem. En niemand ter wereld scheert zich zo slecht als hij. Vrouwen moeten hun halve leven met tegenzin het haar van hun armen en benen scheren, terwijl kerels alleen hun gezicht hoeven te scheren – wat is daar nou zo moeilijk aan?

Het is raar dat je je benen moet scheren als je geen relatie hebt en niet eens in de buurt van iemand anders komt. Wie ziet mij nou? Oké, mijn moeder. Heb ik al verteld dat ik in de twintig ben en nog thuis woon? Ja, dat klopt, ik ben een loser.

Nog iets raars: Roger heeft samen met mijn moeder op de middelbare school gezeten. Zo oud zijn ze dus allebei. Ik vraag me af of ze misschien niet ex aequo eerste zijn geworden in de jaarboekcategorie 'Grootste kanshebber om blijvend depressief te worden'.

Mijn god, ik zag in gedachten die twee net met elkaar uitgaan, in een saaie tent als Denny's, en ze proberen allebei aardig tegen elkaar te doen en vragen zich af hoeveel drank ze kunnen bestellen en hoe snel, zonder meteen een zuiplap te lijken. Ze staren naar de menukaarten – van die gelamineerde gevallen met foto's waarop het eten hevig zweet en stijf staat van de steroïden, alsof het alleen maar leugens te vertellen heeft. Mijn moeder weet dat als ze anderhalf pond eten verorbert, ze anderhalf pond zal aankomen. Mijn moeder heeft geen stofwisseling. Ze overweegt of ze alleen een stengel bleekselderie kan bestellen, en dan besluit ze dat ze een bloody mary met een selderiestengel kan bestellen, en dat lucht haar ontzettend op. Roger neemt die kortstondige blijdschap over en bestelt een dubbele rum-cola. Ze zitten bijna te dansen als Snoopy op de oranje muurbank.

Maar daarna moeten ze het gesprek vlottrekken, en de goede sfeer vervliegt. Ze praten over oude vrienden en wat er van

hen is geworden – scheidingen, geldproblemen, bliksemcarriè-
res, een sterfgeval soms – en ze worden allebei steeds verdrieti-
ger, niet zozeer vanwege zichzelf als wel vanwege onze planeet. Ze zijn verdrietig omdat het leven zo kort duurt. Ze zijn
verdrietig omdat ze het verknald hebben. Ze zijn verdrietig
omdat ze eten moeten bestellen, maar plotseling stellen de foto's op het menu geen eten meer voor. Het zijn dode dieren en
hompen zetmeel. Ze zijn geen van beiden vegetarisch, maar
voorlopig zullen ze geen vlees eten.

Terug naar mij.

Er schoot me vandaag iets te binnen – geen originele gedachte, maar altijd beter dan helemaal niets. Zou het niet geweldig
zijn als de sterren overdag zwart werden, dat de hemel bezaaid
werd met zwarte stipjes, als een soort peper?

Bethany (de echte)

Bedankt dat je mij weer hebt willen zijn, Roger. Lijkt mijn
mond echt op een zwarte olijf? Mijn mond is te klein. Ik vind
hem afschuwelijk.

Het is moeilijk te omschrijven hoe het voelt dat jij hier door
dezelfde gangpaden loopt en je probeert voor te stellen hoe ik
me voel – alsof ik bezeten ben, het gevoel dat er een geest of
zoiets je lichaam in en uit schiet, wanneer hij maar wil. Ik vind
het niet erg. Dat voelden mensen waarschijnlijk altijd voordat
er televisie en internet was. Mensen probeerden vroeger waarschijnlijk veel meer dan nu in elkaars hoofd te kijken.

Dus jíj bent die vent met wie mijn moeder vorig jaar uit is geweest. Ze kwam stomdronken en krijsend thuis, alsof ze haar
mooiste sieraad was kwijtgeraakt. Heb je haar mee uit genomen naar Denny's?

Wat ging er eigenlijk door je heen?

Ze bewondert me natuurlijk om mijn zuinigheid?

Hoi hoi! Sexy hoor, Roger!

Trouwens, wat voor iemand was mijn moeder op de middelbare school? Was ze altijd boos? Was ze een joris-goedbloed, zoals ze altijd wilde overkomen? Als ik haar zag op haar zeventiende, zou ik dan al kunnen zien wat er van haar zou worden? Roze oogbollen. Sinaasappelhuid. Stemmingswisselingen als een Slinky-spiraal die van je linkerhand naar je rechterhand gaat.

Vorig jaar zaten we op oudejaarsavond op het vloerkleed voor de televisie een hele fles Kahlúa leeg te drinken, en berekenden ondertussen hoeveel tijd en geld het zou kosten om haar een *total make-over* te laten ondergaan, vanaf de klimopachtige spataderen op haar kuiten tot aan de botox in haar voorhoofd. Het totaal kwam op tachtigduizend dollar, wat helemaal niet zoveel is om vrijwel alle onderdelen te vernieuwen: tanden, ogen, huid, neus, wangen, kin, haarlijn, tieten, maag, heupen, dijen en knieën.

O, en ze zou ook naar de sportschool moeten, moeten stoppen met roken, en voedsel moeten eten dat niet in blikjes of dozen zit. En ze zou mensen moeten ontmoeten in de echte wereld die echte dingen doen, zoals wandelen met de hond, zwemmen en linedancen. En om dat allemaal te kunnen betalen, zou ze haar appartement moeten verkopen of de hypotheek verhogen, en ik denk dat ze dat inderdaad zou doen. Ze heeft behoefte aan voldoende ontsnappingssnelheid als ze zich wil kunnen losmaken van haar leven van nu en een nieuw leven wil beginnen.

Maar laten we het eens over jou hebben. Misschien ben je nog niet echt alcoholist, maar je drankgebruik verklaart wel het een en ander over jou. Laten we wel wezen, Roger, je bent een volslagen mislukking. Ik dank mijn biologische vader op mijn blote knieën dat hij me als kind alles heeft geleerd over die drankellende, voordat hij zat te verpieteren met een glas cerise.

Misschien moet ik proberen om een poosje jou te zijn op papier. Ik zal erover nadenken. Eigenlijk is het te gek voor woorden om te proberen in het hoofd van een ander te kruipen. Ik heb dat nog nooit gedaan, hoewel ik twee jaar een stomme opleiding heb gevolgd aan een *community college* hier dat ik niet bij naam zal noemen. Ik moest daar voor Engels een cursus creatief schrijven volgen, van dat hippiegedoe, zoals: 'Stel je voor dat je een geroosterde boterham bent die met boter wordt besmeerd. Beschrijf de situatie vanuit het standpunt van de boterham.' Het enige wat ik me herinner van de cursus is dat iedereen bijna gek werd van het wachten totdat hij eindelijk zijn stukje mocht voorlezen. En als iemand voorlas, was het alsof hij de hele klas gijzelde. Het maakte niet uit wat voor rotzooi je schreef, iedereen moest daarna aardig zijn voor iedereen. Ik kan me niet voorstellen dat iemand er ook maar iets heeft geleerd, en ik denk ook niet dat ik iets heb gemist door de opleiding niet af te maken.

Wat jij heel goed kunt is doen alsof ik niet besta, hier in de winkel.

Wat gebeurt er verder in *De handschoenvijver?*

ps: Je sloeg de spijker op de kop met dat 'Hebt u alles kunnen vinden wat u zocht?' Ik denk er precies zo over. Mijn angst is dat ik zeventig word en een beroerte krijg, en dat ik dan alleen nog maar kan uitbrengen: 'Hebt u alles kunnen vinden wat u zocht?' Als dat inderdaad gebeurt, mag je me doodschieten.

De handschoenvijver

Steve zat in de woonkamer te wachten tot de deurbel ging. Gloria was boven en deed een andere kleur lipstick op. Steve staarde naar zijn vijf door de kritiek bejubelde maar financieel desastreuze in leer gebonden romans op de derde plank van zijn notenhouten boekenkast, een huwelijksgeschenk van Gloria's familie. Dat hij hoofd was van de Engelse faculteit aan een grote universiteit verzachtte de oorzaak van zijn pijn niet: zijn gebrek aan roem en het feit dat hij overdag gewoon moest werken voor de kost. Hij vond het vreemd dat hij zo succesvol kon zijn en tegelijkertijd ook helemaal niet.

Hij keek boven op de piano, waar een spoor van gepolitoerd hout zichtbaar was in een dik bed van dode huidcellen en gravende micro-organismen.

Wanneer gaat die bel nou?

Gebruikmakend van hetzelfde deel van zijn hersenen als waarmee hij vliegtuigen probeerde te laten ontploffen, dwong Steve de bel te gaan rinkelen.

De bel ging niet.

Steve mijmerde hoe zwaar het leven was van het hoofd van de Engelse faculteit aan een grote, prestigieuze universiteit. Hij was uitgeput omdat hij voortdurend als een pitbull de Engelse taal moest beschermen binnen zijn faculteit en die moest verdedigen tegen de nooit aflatende dreiging van verandering. Voor Steve was de Engelse taal een nobele zaak.

Die mocht nooit, nooit, nooit veranderen, wat er ook gebeurde. Als het aan Steve lag, zou het Engels bevroren worden bij Henry James. 1898? Ergens in die buurt. Steve had – nogal gedurfd – besloten dat Henry James zijn favoriete schrijver was omdat James het punt markeerde waarna de Engelse taal nooit meer had mogen veranderen. Steve vroeg zich af of zijn collega's van de faculteit ooit achter zijn rug op hem hadden afgegeven vanwege zijn gedurfde smaak. Misschien kon hij beter Poe kiezen. Poe overleed in 1849, terwijl James, die in de twintigste eeuw was overleden, nog iets moderns had.

Steve had ook medelijden met Poe vanwege iets dat hem op weg naar huis was overkomen, toen hij was gestopt om een paar pennen te kopen in een filiaal van een internationale megastore met kantoorbenodigdheden, een reusachtige vertoning van gruwelen en slechte smaak. Nadat hij tientallen gangpaden had doorzocht – en werd gehinderd door eindeloze aantallen kartonnen displays en kopstellingen, en finaal genegeerd was door de blinde en doofstomme kinderen die de zaak hier leken te runnen – ontdekte hij eindelijk het gangpad met de afdeling Pennen. De papiertjes waarop klanten de pennen konden uitproberen, waren natuurlijk vol gekliederd met KUT en SHIT en satanische symbolen.

Toen hoorde hij een van de twee jonge vrouwen, die achter hem de voorraad CliffsNotes aan het bijvullen waren, tegen de ander zeggen: '*Tales of Mystery and Imagination* was prima voor iemand die de pech had opgesloten te zitten in de negentiende eeuw. Het scala aan metaforen was toen behoorlijk beperkt. De enige hoogwaardige technologie die ze hadden waren trappen. En ramen. Ramen waren in 1849 net zo hightech als nanotechnologie tegenwoordig.'

'Die arme Poe.'

'Ja, ik weet het. Had hij maar een PlayStation gehad en wat Zyban tegen het roken.'

De deurbel ging nog steeds niet.

Steve was dronken en hij besloot van perspectief te veranderen – de taal kon hem nu geen bal meer schelen. Hoe sneller het Engels verziekt was door computernerds, wiskundigen en tv-producenten, hoe beter.

Het enige wat de Engelse taal mij heeft opgeleverd zijn vijf romans die niet verkopen en een vrouw die de literatuur aanbidt zoals diepzee-insecten worden aangetrokken door zo'n in het donker oplichtend dingetje aan de voorkant van een lokvis.

Steve nam nog een slok whisky, waardoor het deel van zijn hersenen dat in een roes verkeerde werd afgesloten. Wat overbleef was het besef dat zijn eigen geschreven woorden inwisselbaar waren. Ze hadden aan het einde van de twintigste eeuw geschreven kunnen zijn tijdens elke willekeurige workshop creatief schrijven in Noord-Amerika. Zijn woorden hadden verdomme zelfs het resultaat kunnen zijn van een programma creatief schrijven aan de faculteit Automobielen. De kritische waardering die hem ten deel was gevallen, was niet echt. Die was slechts afkomstig van mensen die een wit voetje bij hem wilden halen. Arme Gloria – ze nam hem de slechte verkoopcijfers van zijn boeken erg kwalijk. Ze vond het heel naar dat Steve en zij er nooit in slaagden uitgenodigd te worden voor eetafspraken door mensen in andere steden, die hen op de een of andere manier uit hun afschuwelijke, hoewel prestigieuze universiteitsstad konden wegslepen.

Arme Gloria. Ze had net zo goed vastgeketend kunnen zijn, zoals ze door de mislukking van haar echtgenoot vastzat aan dit rotgat.

Wacht even... Kan iemand met een ketting vastzitten aan een gat? Nou ja, wat dan ook.

Nog meer staren naar de deur.

Nog meer willen dat de bel gaat.

Gloria riep van boven: 'Doet die bel het eigenlijk wel?'

Roger

Op een middag kwam ik rond twee uur Bethany's moeder DeeDee tegen. Dat gebeurde vorig jaar, een paar maanden nadat Joan bij me was weggegaan en ongeveer tien minuten nadat ik me had gerealiseerd dat ze nooit meer terug zou komen. Ik was in Gangpad 5-Noord bezig de markeerstiften aan te vullen, en DeeDee vroeg me waar ze haar cartridge kon laten vullen. Ze vroeg het me zonder me aan te kijken, wat nogal beledigend is en erg vaak voorkomt. Ik wist dat het DeeDee Twain van mijn middelbare school was, dus in plaats van haar te negeren, zoals ik met andere klanten gedaan zou hebben, zei ik dat ik haar de afdeling Recycling zou wijzen, maar dat ze me eerst lekker in mijn billen moest knijpen. Je had haar gezicht moeten zien! Toen ze zag dat ik het was, lachte ze en ze gaf me een mep met haar tasje, en het was op slag gezellig, alsof we samen aan het spijbelen waren. Ik maakte meteen van de gelegenheid gebruik en nodigde haar uit met me te gaan eten.

Het begon goed, met een paar drankjes, en we bliezen allebei stoom af over ons werk. Maar halverwege het eten was ze al zo dronken dat ze de verkeerde kant van haar sigaret aanstak, maar niet dronken genoeg om verontwaardigd te worden toen bleek dat er niet gerookt mocht worden in het restaurant.

We spraken natuurlijk over de veranderingen in ons leven

en in de wereld. We hadden het vooral over de lelijke huizen en flatgebouwen die tijdens ons leven hier in de stad zijn verrezen. Toen ik nog jong was, vertelde ik haar, ging ik ervan uit dat ze allemaal weer snel zouden worden afgebroken en vervangen door iets nieuwers en beters. 'Stel je voor dat al die domme, lelijke standaardhuisjes van ons er nog steeds staan als wij allang dood zijn.'

'Ik word depressief van jou, Roger.'

'Het enige wat ze doen is onze tunnelvisie en beperkte ambitie benadrukken.'

'Ik wil graag nog een drankje.'

DeeDee veranderde van onderwerp en vertelde dat de woningcorporatie haar had aangeschreven omdat ze een kat had. Ik zei dat ik niet begreep wat er zo erg was aan een kat, maar ze legde uit dat de kat op zich niet het probleem vormde, maar de rekening van zeshonderd dollar van de loodgieter voor het verwijderen van kattenbakkorrels waardoor de wc verstopt was geraakt. Ze biechtte op dat het ook niet één keer, maar twee keer was voorgekomen.

Je moet niet vergeten dat twee jaar eerder mijn vrije val was begonnen. Ik ben er nu aan gewend, maar het was toen allemaal nog erg pril. Een chronologisch overzicht van mijn leven ziet er zo uit:

Thorpe, Roger

- 2003: kanker vastgesteld bij echtgenote
- 2004: helemaal onder de kanker
- 2004: zoekt afleiding als toneelknecht bij plaatselijk toneel-gezelschap in productie van *Same Time Next Year* door Neil Simon
- 2004: ontslagen uit kantoorbaan bij verzekeringsmaatschap-pij

- 2004: maakt één stomme fout, waarvoor hij de rest van zijn leven moet boeten
- 2004: gedumpt door verbitterde echtgenote
- 2004: ontdekt de onvoorstelbaar hoge kosten van juridische acties
- 2004: oude vrienden doen alsof ze hem niet kennen bij de kassa
- 2004: huurt souterrain van hooghartige yuppies
- 2004: vetzucht binnen de haarlijn
- 2005: treedt in dienst bij Staples
- 2004, 2005, 2006: nare telefoontjes met Joan
- 2004, 2005, 2006: niet genoeg geld om snoep voor Halloween te kopen, verstopt zich in souterrain met alle lichten uit
- 2005: hoogtepunt weekend: leert hoe de verzamelfunctie van de kopieermachine werkt.

Ik was gehypnotiseerd door de snelheid van de implosie die mijn leven kenmerkte, maar DeeDee moest niets hebben van mijn zelfmedelijden. Ze zei: 'Mannen vergeten dat vrouwen ook in het reine moeten zien te komen met hun mislukte leven, en nog eerder dan mannen. Vrouwen zijn realistischer, en veel sneller dan mannen, dus verwacht niet dat ik een potje om je ga zitten janken, Roger. Wat mij betreft ben je nog maar een groentje op het terrein van het mislukte leven.'

Ik boog me voorover om haar hand aan te raken, maar ze trok hem met een ruk terug.

'Ik wil naar huis.'

'Maar...'

'Roger, ik voel me zo... óúd.'

'De bedoeling van vanavond was dat je je juist een beetje jonger zou voelen.'

Ze schoof een briefje van twintig dollar onder haar waterglas. 'Het verleden heeft me niets te bieden waardoor ik me ooit nog jong kan voelen.'

Ik keek door het raam en zag dat ze in haar auto stapte en wegreed. Ik werd die avond straalbezopen.

De handschoenvijver

Gloria was in haar boudoir – een waanzinnig fantasiebeeld van een decorbouwer uit het Hollywood van de jaren dertig in zijn meest extreme en roze vorm. Er was nergens in het vertrek een hard oppervlak te ontdekken. Wat niet bedekt was met vloerbedekking, was bekleed met velours, fluweel, of uitbarstingen van maraboe- of struisvogelveren. De kamer geurde naar viooltjes en tuberozen, er was geen zuchtje wind en het was er claustrofobisch, alsof er hopen rottende bloesems verborgen lagen achter de draperieën en onder de divan.

Gloria probeerde te beslissen welke kleur lipstick ze zou opdoen, maar ze werd gek van het geluid van de deurbel die niet ging.

Ze betastte haar milt, die opgezet en geïrriteerd aanvoelde. Gelukkig had ze opgelet tijdens haar biologiecolleges aan Vassar College, en wist ze dat de milt een endocriene klier is die een mens niet echt nodig heeft om in leven te blijven, maar die wel een belangrijke rol speelt in de bloedcirculatie, waarin hij tot taak heeft oude rode bloedlichaampjes te vernietigen en ander afval uit de bloedstroom te verwijderen.

Een opgezette milt – wat had dat te betekenen?

Ze liet haar blik langs haar artillerie aan lipsticks gaan. Ze herinnerde zich dat haar moeder altijd haar oude make-up weggooide en dat Gloria daar gek van werd. Als volwassene overcompenseerde ze dat door nooit iets weg te gooien. Steve had ooit gezegd dat haar toilettafel leek op de grimekist voor de hele tournee van de integrale cast van *Cats*. Om hem te straffen had Gloria maandenlang geweigerd seks met hem te hebben.

Falling Blossom Pink. Perfect.

Ze zocht naar Kleenex om de vorige kleur van haar lippen te vegen, maar ontdekte dat die op was. Het enige wat voorhanden was, waren een paar gebruikte lakens die ze het afgelopen voorjaar haastig in de la van haar commode had gestopt – en dat was zo lang geleden dat de microben die er misschien ooit in hadden gezeten inmiddels gedesintegreerd zouden zijn, zodat het redelijk veilig was om ze weer te gebruiken. Ze depte haar lippen, nam een slok van haar gin-tonic, en richtte haar gedachten op de gasten van die avond, een jonge academicus en zijn vrouw. Die vent had onlangs een roman gepubliceerd die goed verkocht en lovende kritieken kreeg. Hij was knap en zijn vrouw beeldschoon. Steve ergerde zich dood aan de man, laat staan aan het feit dat hij ieder moment hier voor de deur kon staan. Gloria was van plan zich van begin tot eind uitstekend te vermaken.

Ze keek naar de Kleenex-doos. Is het meervoud Kleenices? Ik ben dól op woorden en op schrijven en op kunst en op muziek.

De deurbel bleef alsmaar niet rinkelen.

Stilte verontrustte Gloria vanwege iets dat ze ooit had gehoord op Public Broadcasting Service. Het eerste wat een baby blijkbaar bij zijn geboorte hoort, is stilte. Hij is zijn hele bestaan tot aan zijn geboorte omgeven geweest door kloppende hartslagen, stromende kleppen en heen en weer klotsende vloeistoffen. En dan wordt hij plotseling geboren in een volkomen nieuwe wereld, die ontdaan is van alles wat zijn oren steeds hebben gehoord. Wie heeft dat bedacht?

Baby's…

Kinderen…

Geen tijd om daar nu over na te denken.

Ze bekeek zichzelf in de spiegel en tuitte haar met Falling Blossom Pink gestifte lippen. Ik zou gemakkelijk kunnen doorgaan voor Elizabeth Taylor, ongeveer 1972, ongeveer drie weken nadat ze van een streng dieet is afgestapt.

De bel ging.

Bethany

Oké, Roger, dit is mijn voorstel.

Mijn beste vriendin in de vierde klas was Becky Garnett. Op een dag kwam ze niet op school, en binnen een maand was ze dood als gevolg van een geheimzinnige maagkanker die meisjes in hun prepuberteit soms kunnen krijgen. Dood? Ik was gewend aan mensen die zomaar verdwenen, aan mensen die sigaretten gingen kopen en nooit meer terugkwamen, maar niet aan mensen die doodgingen. Becky?

Na Becky stond de volgende vijf jaar in het teken van de dood. Allebei mijn opa's in hetzelfde jaar (auto-ongeluk, nierziekte); mijn stiefzus van twintig (interne verwondingen na mishandeling door haar ex, die nu dertig jaar in de bak zit); mijn oma (longemfyseem), mijn favoriete muziekleraar, meneer Van Buren (auto-ongeluk op de 99, op weg naar Whistler); Kurt Cobain; mijn twee katten (Ginger en Snowbelle); twee van mijn geheime rookvrienden, Chris en Mark, die wiet hadden gerookt die versneden was met PCP, en die twee dagen later werden opgedregd uit een vijver naast een van de bunkers van de plaatselijke *pitch-and-putt*; mijn stiefbroer Devon (zichzelf opgehangen); en dan nog mijn griezelig, verontrustend, genadeloos opgewekte tante Paulette. Ze kreeg borstkanker die zich onverwacht snel uitzaaide, en al het geld dat we ophaalden met autowassen om haar naar het Revlon Center in Los Angeles te kunnen sturen was tevergeefs: ze gleed langzaam van ons weg – geen drama, alleen maar stilte.

Na al die sterfgevallen begon ik 's nachts over al die dode mensen te dromen, en eigenlijk nooit meer over levende mensen. Het verontrustte me dat ik zoveel tijd doorbracht met overledenen, maar toen besefte ik dat dat een vorm van snobisme was. Waarom zouden alleen levende mensen een rol spelen in je dromen, terwijl de doden alleen maar de rol van 'bladvulling' krijgen toegewezen omdat ze niet serieus kunnen worden genomen? Stel je de dromen eens voor van iemand van dertig die honderd jaar geleden leefde. Er komt daarin vast en zeker geen levende ziel voor. Volgens mij vergeten wij dat ouder worden net zozeer een uitvinding is als elektriciteit of de anticonceptiepil. Lang leven is niet natuurlijk. Het is nooit de bedoeling geweest van God of Wie Dan Ook dat er miljoenen mensen van in de negentig ten eeuwigen dage blijven rondschuifelen, en als dat wel Zijn bedoeling is geweest, dan was er wel een andere reden voor geweest dan alleen maar blijven leven omwille van het in leven blijven.

En ik? Ik ga ervan uit dat mensen vroeg doodgaan. In mijn leefwereld doen mensen dat: doodgaan – ik ben dol op statistieken. De meeste jonge mensen kennen niemand die overleden is. Ik ben een uitzondering.

Vorige week wilde Kyle weten of ik een duivelaanbidster ben of zoiets, en ik wilde hem afpoeieren, maar toen realiseerde ik me dat hij zich ergens zorgen om maakte, en dus besloot ik me in te houden en hem te vragen hoe het met hem ging. Bleek dat zijn oma overleden was en dat hij niet wist hoe hij daarmee om moest gaan. Wat je zei over geen vertrouwen hebben in de toekomst als dingen tegenzitten – nou, dat is dus het bewijs. Ik vroeg hem wat hij zich voorstelde bij het hiernamaals, en ik kreeg de indruk dat de dood volgens hem een soort plaats is waar alles al voor je geregeld is en dat je alleen maar hoeft te relaxen en je hoeft te onderwerpen aan het regime.

Daar ben ik het dus niet mee eens.

Het grootste deel van de tijd wil ik dood zijn. Het lijkt me leuk om dood te zijn, om te weten dat al dat werken en voortdurend van alles bijleren voorbij is, en dat je een poosje mag freewheelen. Volgens mij is de menselijke ziel daar helemaal op ingesteld.

Mij overkwam vorige zomer het volgende. Ik was op bezoek bij Katie in het huis naast ons flatgebouw – ze is 'de gescheiden vrouw die het huis mocht houden' – en ze heeft een visvijver aangelegd op de plek waar vroeger de barbecue stond. Ondanks haar uitstraling van 'dom blondje' kan Katie spijkerhard zijn, en heel slim. Ze zei: 'Een vijver moet een ecosysteem zijn dat zichzelf kan redden, voor het geval ik een week naar Cabo moet of zoiets.' En dus had ze reuzenslakken in de vijver gestopt om het ecosysteem in evenwicht te houden. Ik had nog nooit zo op slakken gelet, en dus ging ik op mijn buik naast de vijver liggen, hield mijn hoofd boven het wateroppervlak, keek in de diepte van de vijver – het water was donker, maar ook weer niet zó donker, zoiets als cafeïnevrije koffie – en ik zag de slakken over de stenen en de ronde betonnen bodem glibberen.

En dat was alles.

De vijf nachten daarop droomde ik van slakken – slakken die over alles heen kropen. Niet smerig maar heel natuurlijk, zo van: zo doen slakken dat.

Ik begin daar nu over omdat ik in mijn hele leven in totaal misschien vijf jaar tv heb gekeken, en ik kan me niet herinneren dat ik ooit over de tv heb gedroomd, maar ik kijk één keer vijf minuten naar slakken en ik droom almaar van slakken.

Dus waar het volgens mij om draait is dat onze hersenen erop zijn toegerust om te reageren op natuurlijke dingen, niet op wat door mensen is gemaakt. Slakken zullen het altijd winnen van soaps. En de doden zullen het altijd winnen van de levenden.

En daarom ben ik zoals ik ben. Daarom mijd ik de zon, draag ik zwarte lipstick en kan het me geen reet schelen dat mijn gewicht waarden overschrijdt die door de overheid zijn vastgesteld.

En raad eens wie erop werd aangesproken dat er stof lag op de kartonnen display met mechanische pennen? Juist, klopt, dat was ik, ook al was het technisch gezien de verantwoordelijkheid van Shawn.

Mijn stem is hees vandaag – een kou of een griepje – en hij klinkt hartstikke beschadigd, maar ik ben dol op het geluid van beschadiging. Ik klink nu net als Patty en Selma uit de *Simpsons*.

Ik vind *De handschoenvijver* beter dan ooit.

Hé, nog één keer: wat is er met je gezin gebeurd?

Roger

Ik zit in mijn auto op het parkeerterrein en het weer is aan het omslaan. De lucht verandert van droog en als een gek alle kanten op rollend in iets langzaams en vochtigs; mijn ogen zijn ook vochtig, en waar komt dat nu weer van?

Mijn Hyundai is vanmiddag met een sleutel bewerkt, en ik weet wie het gedaan heeft. Ik heb zijn kenteken niet genoteerd omdat ik het er te druk mee had hem te snijden in het verkeer. Ik denk dat hij me gevolgd is naar het parkeerterrein hier van het werk, dus misschien betekent dit dat ik het heb verdiend, maar tegelijkertijd wil ik die klootzakken morsdood schoppen. Mijn Hyundai is – was – het enige volmaakte in mijn leven. Eigenlijk ben ik meer verdrietig dan boos.

Nee, ik zou hem kunnen vermoorden.

Dood.

Het leven maakt uiteindelijk altijd een einde aan je, maar daarvoor verhindert het steeds dat je krijgt wat je wilt hebben. Ik ben het spuugzat dat ik nooit krijg wat ik wil. Of dat ik het wel krijg, maar dan met een soort ingebakken vloek. En dat Hollywood-volk zegt altijd maar dat je moet oppassen met wat je voor jezelf wenst, maar die hebben mooi praten, want voor hen is er om te beginnen al een wens uitgekomen.

Wacht even, ik ben mijn hart aan het luchten.

Nog één diepe zucht dan.

Ik stel me voor dat ik me in een glooiend dal bevind, omringd door bosfiguren die in mijn armen en op mijn schouders liggen te slapen en intens tevreden zijn met het leven.

Nog één zucht.

Wie probeer ik voor de gek te houden? Ik deed alleen maar wat iedereen lijkt te doen. Het zou leuk zijn als we een cursus op school hadden die 'Het ware leven' heette. Vergeet die video's over niet drinken als je nog moet rijden en die plastic modellen van de baarmoeder. Stel je een les voor waarin ze je echt in je gezicht alles vertellen en alle informatie op je afvuren die ons bereikt via het voortdurend aanzwellende leger van wijze, vitale figuren van in de negentig...

... Niet meer verliefd worden gebeurt net zo snel als verliefd worden.

... Knappe mensen met een sterk gebit dat gepoetst is met fluor, krijgen alles op een zilveren schaaltje aangereikt.

... Dieren willen bij je zijn als je ze voert.

... Mensen gewapend met boodschappenkarretjes, die weten wat ze willen en waar ze heen gaan, vegen altijd de vloer aan met domme mensen die midden in het gangpad staan met een vaag boodschappenlijstje in hun hand.

… Als je halverwege de dertig bent gaat de tijd plotseling razendsnel.

Mijn 'theorie van de dag' is dat het moment waarop je hersens hun definitieve leeftijd hebben bereikt, er – *klik* – een tijdschakelaar wordt omgezet, waarna je leven vooruit davert als een Japanse hogesnelheidstrein. Of als de Road Runner. Of als een Boeing 747. Waar het om gaat is dat je ziel achterblijft in een stofwolk

En dan al die doden in je leven. Ik droom zo nu en dan over Brendan, maar toen hij nog leefde, droomde ik nooit over hem. Nooit. Dat vind ik ziek. Ik herinner me dat ik me, toen hij nog een kleuter was, zorgen maakte dat ik nooit over hem droomde. Als iemand belangrijk is in je leven, dan droom je toch over hem? Is zijn afwezigheid in je dromen een soort ontrouw? Een soort verraad? Ik droom twee keer per week over mijn kluisje op mijn oude middelbare school. Ik droom twee keer per maand over de poedel van onze vroegere buren – ook al weer twintig jaar dood – en ik weet zeker dat als ik vaker naar slakken zou staren, ze elke nacht zouden terugkeren in mijn dromen.

Waar het om gaat bij het dromen over doden is dat je niet weet dat ze dood zijn, je hersenen zorgen ervoor dat je dat ene feit vergeet. En als je dan wakker wordt en je realiseert dat ze dood zijn, voel je het verlies weer helemaal opnieuw, elke keer weer. Je voelt je helemaal leeg en hol. Ik wel tenminste. Het is nu drie jaar geleden. Geschept door een auto toen hij op zijn fiets zat. Op slag dood. Joan kon niet overweg met haar dromen over Brendan. Anders dan ik droomde zij al over hem vanaf het moment dat ze wist dat ze zwanger was. Joans therapeut zei dat ze de bezoekjes die Brendan haar in zijn droom bracht moest koesteren als iets moois, als een soort kostbare souvenirs aan hem. Vanaf dat moment ging Joan niet meer naar die therapeut, en schakelde over op de automatische piloot om voor Zoë te zorgen. Toen werd er kanker in de milt bij haar geconstateerd en daarna deed ze nooit meer rustig aan, en in de twee jaar daarop raakten we volkomen uitgeput en we zijn er nooit overheen gekomen. Of liever gezegd: ik niet. Joan wel, denk ik. Wie weet? Ik denk niet dat iemand ooit over de dingen die hij in zijn leven heeft meegemaakt heen komt. Je went er hooguit aan.

De handschoenvijver

'Doe jij even open?'

'Nee, doe jíj maar open.'

Terwijl hun gasten buiten stonden te wachten, ongetwijfeld verveeld en ook verkleumd door de arctische windstoten die deze herfstavond ijskoud maakten, stonden Steve en Gloria te bekvechten.

'Waarom zou ik?' Gloria was verontwaardigd. 'Jíj hoorde de bel het eerst.'

'We hoorden hem allebei tegelijkertijd.'

'Dat is niet waar. Ik was boven, dus technisch gezien heb jij hem het eerst gehoord.'

'Niet waar,' zei Steve. 'Het mechanisme van de bel zit pal onder jouw verzameling make-up, en aangezien geluid zich sneller voortplant door vaste stoffen, is de kans groot dat jíj hem dus eerder hoorde. En bovendien, excellentie, waarom zou u níét opendoen?'

'Omdat het mijn taak is om gracieus de trap af te dalen terwijl jij de voordeur opendoet. Op die manier kan ik ook nog even aan mijn personage van lady Windermere werken. Mijn gehele bestaan, mijn lief, wijd ik aan mijn kunst. En nu we het er toch over hebben: waarom doe jíj eigenlijk niet open?'

Steve was daar duidelijk over: 'Ik vind dat het passend is voor de directeur van een zeer prestigieuze Engelse faculteit om naast het haardvuur te zitten als zijn gasten arriveren, misschien met een ballonglas uiterst exclusieve cognac in de hand.'

'Wacht, begrijp ik dit goed?' zei Gloria. 'Jij vindt jouw kleinburgerlijke ijdelheid belangrijker dan mijn behoefte om mijn kunst uit te oefenen?'

'Luister eens, Gloria, dáált lady Windermere in dat stuk eigenlijk wel van een trap af?'

Schaakmat. 'Nee.'

Steve meende in gedachten al te kunnen proeven dat Gloria de deur opendeed. Maar er klonk een stemmetje in zijn hoofd: 'Wacht: kun je in gedachten echt het openen van een deur próéven?'

Gloria verbaasde hem echter met haar reactie: 'Steve, als ik beloof dat ik al je vijf romans met je bespreek, zou jij dan eventueel de deur open willen doen?'

Het was jaren geleden dat ze zijn vijf door de critici opgehemelde, maar nauwelijks verkopende romans hadden besproken. 'Misschien.' Hij was op zijn hoede.

'Betekent dat ja?'

Hij beet op de onderste knokkel van zijn rechterwijsvinger. 'Ja.'

Gloria liep de trap op om haar positie in te nemen.

'Niet zo snel, Meryl Streep. Je hebt beloofd mijn vijf romans te bespreken.'

Gloria haalde haar schouders op. 'Goed dan. In chronologische volgorde?'

'Graag.'

'Oké, roman nummer een, *Infinity's Passion.*'

Steves gezicht nam de uitdrukking aan van een kleuterleider luttele seconden voordat met Pasen het eierzoeken begint. 'Ja?'

'Potent, maar tegelijk impotent. De vagina van een hoorndrager.'

Steve protesteerde: 'Wat heeft dát nou weer te betekenen? *Infinity's Passion* heeft mijn carrière gemaakt. Hoe hadden we zonder *Infinity's Passion* kunnen wonen in een landhuis gebouwd van leisteen uit Connecticut, met een steile trap die jou in staat stelt naar de voordeur te schrijden als een gastvrouw uit een andere, gracieuzere tijd?'

'Roman nummer twee: *Less Than Fewer*. Geforceerd. Mist een climax. Emotieloos, vervalt in herhalingen.'

'Onzin. Het werd door critici vergeleken met Henry James.'

'Jawel,' hoonde Gloria. 'Als ik me goed herinner met een "gebalsemde" Henry James, voor zover woorden gebalsemd kunnen zijn.'

'Jezus, Gloria,' riep Steve. 'Waarom moet je altijd zo sarcastisch zijn?'

'Roman nummer drie: *Gumdrops, Lilies and Forceps*.'

'Dat was pas een goed boek!'

'Ja... Nou ja, zie maar. Roman nummer vier, *Eagles and Seagulls*. Het verhaal over mijn familie, alles bij elkaar gejat, alsof het pakjes kauwgom waren.'

'Niet waar. Dat de vrouwelijke hoofdfiguur net zo'n koperkleurige spuuglok heeft als je moeder, betekent nog niet dat ik jouw hele familie als inspiratiebron heb gebruikt.'

'Als je dat zelf graag wilt geloven, ga je gang. Laten we het hebben over roman nummer vijf, *Immigrant Living in a Small Town*, het begin van je uiteindelijke aftakeling naar het niveau van onbetekende composthopen van woorden.'

Steve haalde zijn hand van de deurkruk.

'Hoe durf je! De *Times Literary Review* noemde het een meesterwerk van miniaturisatie. "Een vijfjarenplan van het microscopisch kleine."'

'Wat schrijf je de laatste tijd zoal, lieve?'

'In 's hemelsnaam, is het zó belangrijk voor je dat ik opendoe?'

'Ja, inderdaad.'

De bel ging opnieuw.

Ze keken naar de deur alsof het een doodskist was waar ieder moment twee knokige klauwen doorheen konden barsten, graaiend naar levende zielen om die dag op te teren.

'Weet je, Gloria, ik heb al een hele tijd last van een writer's block.'

'Doe open, Steve.'

'Ja, lieve.'

En Steve deed open.

DeeDee

Ik begrijp het menselijke hart niet.

Alleen door pijn wordt het sterker. Alleen door verdriet wordt het zachtmoedig. Door tevredenheid verschrompelt het, en door vreugde worden er muren omheen gebouwd. Het hart is pervers, het hart is wreed. Ik haat het hart, en kennelijk haat het hart mij.

Roger, blijf uit de buurt van mijn dochter. Ze zegt dat jullie briefjes of zoiets aan elkaar schrijven. Nou, ik wil dat je daar onmiddellijk mee ophoudt. Zij is misschien wel de enige die weet te ontsnappen aan de vloek op mijn gezin van losers, en ik wil niet dat jij je met haar bemoeit en haar het pad naar de mislukking wijst. Bethany heeft geen gemakkelijk leven, waar ik voor een belangrijk deel schuld aan heb, en op de een of andere manier slaagt ze erin zich daaraan te onttrekken. Ze woont nog thuis en ze is het enige wat mij gaande houdt. Ik zie op tegen de dag dat ze het huis uit gaat, want als ze eenmaal weg is, ben ik ook weg. Mijn lichaam is dan nog wel hier, in deze armoedige flat, en het zal zich voor altijd afvragen wat er samen met Bethany het huis uit is gegaan.

Ze is altijd een stil kind geweest, en ik dacht altijd dat dat kwam doordat ze intelligent was en zulke geweldige gedachten had dat ze die niet in woorden kon uitdrukken, maar nu denk ik dat ze zo weinig zei om niet betrokken te raken bij het armzalige leven van haar moeder.

Als ze uit huis is, heb ik zeeën van tijd en rest me geen ande-re keus dan onder ogen te zien dat de kans om ooit nog verliefd te worden nihil is. Wanneer heb ik dat punt bereikt? Een paar jaar geleden?

Ik herinner me het moment waarop ik het me eindelijk re-aliseerde. Het was die avond met jou bij Denny's. Het was alsof ik mezelf aan het volgende tafeltje zag zitten, achtenzestig jaar oud – ontbijten om drie uur 's middags met een kortingsbon, met als enig lichtpuntje: de wandeling terug naar mijn flatje en daar wachten op de volgende maaltijd.

Dus het is niet zo dat ik na dat afspraakje van ons niet meer aan je heb gedacht. Maar telkens als het gebeurt, denk ik aan Leegte, aan Verlies. Misschien verdien je het niet, maar dat zie ik dan. Misschien ben jij wel mijn mannelijke tegenhanger: een bepaalde leeftijd, een waslijst met verkeerde beslissingen – wat dan ook. Blijf uit de buurt van mijn dochter. Ze heeft geloof ik iets leuks en fris met een jongen hier – Kyle? – en ik wil niet dat jij dat verpest. Gedraag je alsjeblieft naar je leeftijd. Zuip je klem in een of ander café. Maar laat mijn dochter met rust.

DD

De handschoenvijver

Gloria glimlachte naar haar gasten. 'Kyle Falconcrest! Wat een eer om je te mogen ontvangen in onze aantrekkelijke, gastvrije woning.'

'Dank je. Dit is mijn vrouw, Brittany.'

'Hallo.'

Steve zei: 'Ik ben blij dat je de tijd kon vinden om onze kleine, bescheiden universiteit met een bezoek te vereren. Kan ik iets te drinken voor jullie inschenken?'

Het jonge stel keek elkaar aan. Brittany zei: 'Hebben jullie witte wijn?'

'We hebben alleen whisky. Wil je wat whisky? Nee, wacht even, we hebben ook gin.'

Gloria keek hem met wijd opengesperde ogen aan; ze was niet van plan haar privévoorraad aan te spreken. Steve corrigeerde zichzelf: 'O nee, toch niet. Alleen whisky.'

Kyle zei: 'Whisky is prima. Met ijs, graag.'

'We hebben geen ijs meer.'

'Dan maar puur.'

Steve schonk de drankjes in en Gloria ging Kyle en Brittany voor naar de woonkamer. 'Kyle, je roman is super.'

'Dank je.'

'Ik heb hem twee keer gelezen. Al die positieve kritiek is volkomen terecht, en die enorme royaltycheques maken het leven vast ook een stuk aangenamer.'

Kyle begon te blozen. Brittany zei: 'Hij heeft net een contract getekend voor het tweede boek.'

Gloria gaf een gil, half tegen haar gasten en half in de richting van de keuken. 'Een contract voor het tweede boek? Wat spannend! Ik kan alleen maar gissen naar het bedrag.'

Brittany zei: 'Het staat morgen in de krant, dus dan is het geen verrassing meer. Tien miljoen dollar.'

Gloria viel bijna flauw van genot. 'Tien miljoen dollar?' Ze riep naar Steve, die net de keuken uit kwam: 'Kyle krijgt tien miljoen dollar voor zijn tweede roman.'

'O ja?' Het kostte Steve de grootste moeite om geen longdrinkglas kapot te stoten tegen de tafelrand en zijn eigen keel door te snijden. 'Daar drinken we op.'

Hij deelde de glazen rond, en Gloria stelde onmiddellijk een toost voor: 'Op jouw contract voor tien miljoen.'

Steve kon niet anders dan meeklinken met de rest.

'Waar gaat je nieuwe roman over?' vroeg Gloria.

'Het is een modern liefdesverhaal met een bepaalde wending.'

'Een wending? Wat spannend.'

'Het gaat over mensen die werken in een megastore voor kantoorartikelen.'

'Een megastore voor kantoorartikelen?' reageerde Gloria verward.

Met het soort stem dat volwassenen gebruiken om de jeugd duidelijk te maken dat ze precies weten wat momenteel de hippe bands zijn, zei Steve: 'Dat is ook toevallig. Ik ben vandaag nog in zo'n zaak geweest. Staples.'

'Dat heb je me niet verteld.' Gloria voelde zich verraden.

Brittany probeerde een omschrijving te geven. 'Het zijn reusachtige fabriekshallen die je vaak ziet bij de afritten van de snelweg. Je ziet ze overal. Staples, Office Depot. Dat soort zaken.'

Gloria wekte de indruk van iemand die zich op een feestje de juiste naam bij een bepaald gezicht probeert te herinneren. 'Ik...'

Steve zei: 'Jeetje, Gloria, iedereen kent toch die megastores voor kantoorartikelen?'

'Ik koop mijn kantoorspullen altijd in die winkel een paar straten verderop. Het is nooit bij me opgekomen om naar een... kantoor... megastore te gaan.'

'Je krijgt enorme kortingen bij die megastores,' zei Brittany. 'Post-it-plakkers en pakken briefpapier kosten er maar de helft van wat je er bij kleinere winkels die niet bij een keten horen voor betaalt. De gangpaden zijn er breder. Je winkelt er comfortabel en in stijl. Ze hebben zelfs hele gangpaden alleen maar voor balpennen.'

Gloria voelde zich buitengesloten. 'Morgen ga ik eens bij zo'n megastore kijken.'

Steve had het gevoel dat hij een kleine overwinning had geboekt, maar de spottende grijns op Kyles gezicht doofde zijn vreugde. 'Hoe is de whisky?' vroeg Steve.

'Prima. Ik moet een beetje kalm aan doen en opletten met wat ik eet als ik mijn deadline wil halen.'

Gloria koerde tegen Kyle: 'Het lijkt me geweldig om zo jong en knap te zijn, zo rijk en talentvol, met een mooie vrouw en de toekomst helemaal voor je. Vind je niet, Steve?'

Steve antwoordde door nog wat whisky te halen.

'Waar ben jij momenteel mee bezig, Steve?' vroeg Kyle.

'Een nieuwe roman.'

'Serieus?'

'Ik heb nog geen titel.'

Gloria zei: 'Om eerlijk te zijn bestaat dat hele boek nog niet.'

'Dat is niet waar,' zei Steve. 'Ik ben al een heel eind.'

'Waar gaat die roman dan over?'

'Merkwaardig genoeg speelt hij zich ook af in een kantoormegastore.'

'Dat is toevallig!' zei Brittany.

Gloria begon te gniffelen.

Kyle reageerde verward. 'Echt waar, in een kantoormegastore? Gebruik jij ook een kantoormegastore als achtergrond voor een roman? En hoever ben je gevorderd?' vroeg Kyle.

'O, nou ja, een paar hoofdstukken.'

'Nou zeg, ik...'

Gloria zei: 'Zeg Steve, waarom lees je niet een stukje voor?'

'Dat kan ik onmogelijk doen, Gloria. Het boek is veel te pril om het al in de openbaarheid te brengen.'

'Aha.'

Brittany vroeg: 'Breng je veel tijd door in kantoormegastores, Steve? Ik moet trouwens zeggen dat ik een fan van je ben. Ik vond *Gumdrops, Lilies and Forceps* heel ontroerend. Sindsdien kijk ik heel anders aan tegen vruchtbaarheid in de literatuur.' Ze bloosde. 'Ik kan nauwelijks geloven dat ik een van mijn allergrootste helden "Steve" mag noemen, en dan ook nog in zijn eigen huis.'

'Ik ben actrice,' flapte Gloria eruit.

'O ja?' reageerde Brittany verbaasd.

'Ik ben lady Windermere in de plaatselijke theaterproductie van *Lady Windermere's Fan*.'

'Dat is niet niks,' zei Kyle.

'Het gaat mij alleen maar om het vak, weet je. Acteren, acteren, acteren.'

Steve manoeuvreerde het gesprek terug op de ingeslagen koers: 'Ik ga heel vaak naar kantoormegastores. Ik geniet van het ruime assortiment aan artikelen dat tegen redelijke prijzen wordt aangeboden. En het is ook zo'n... hoe moet ik het zeggen... populair verschijnsel. Ik vind het heel belangrijk om je te verdiepen in de samenleving.'

Kyle nipte van zijn whisky. Was Steve echt een roman aan het schrijven die zich afspeelde in een kantoormegastore? Voor zover Kyle wist beperkte Steves kennis van literatuur zich tot het tijdstip ongeveer drie weken voor de uitvinding van de telefoon.

Steve zei tegen Kyle: 'Ik heb het zo druk op de universiteit dat ik nog geen tijd heb gehad om je eerste boek te lezen. Hoe heet het ook weer?'

'Het heet *Two Lost Decades*.'

'Goeie titel.'

'Dank je.'

'Waar gaat het over? Een banale vraag misschien, maar uiteindelijk is het de enige vraag die telt.'

'Goed. Omdat je het vraagt. Het gaat over een man van rond de veertig. Hij was gescheiden en had twee kinderen, maar een van hen is aangereden door een auto toen hij op de fiets zat. Vrijwel onmiddellijk na dat ongeluk kreeg zijn vrouw kanker, en eerst bracht dat het gezin dichter bij elkaar op een manier die hij niet voor mogelijk had gehouden, maar dat duurde niet lang, en een jaar lang was het gezin gehuld in een mist des doods. Toen werd zijn vrouw beter, maar ze was moe, en onze held was ook moe – en hij had tijdens die mist ook domme dingen gezegd en gedaan – en dus verliet zijn vrouw hem en kreeg ze de voogdij over het kind.

Die man ondergaat al die tegenslagen, alleen verandert hij er niet door. Hij wordt er geen beter mens van. Hij wordt er zelfs een slechter mens van. Zijn leven gaat bergafwaarts. Zijn lichaam past niet meer in zijn oude kleren en hij weet niet waar hij nieuwe vandaan moet halen. Hij wacht op het moment dat hem de moraal van zijn leven zal worden onthuld, maar dat gebeurt niet. De klok tikt door, en het enige wat hij ziet zijn decennia waarin alles zich herhaalt, totdat zijn lichaam het begeeft en hij zich afvraagt wat het voor nut heeft in leven te blijven als alles zich alleen maar voortdurend herhaalt. En het punt is dat hij wel zou willen dat er dingen veranderen, maar dat hij niet weet hoe of wat. In alles wat de wereld te bieden heeft ziet hij een samenzwering. Hij gelooft niet in de Apocalyps, en hij is ervan overtuigd dat het geloof en de rede allebei even stompzinnig zijn, en dat alle leiders oplichters zijn.

Hij probeert zichzelf te verliezen in zijn werk, maar hij is ook lui. Hij vraagt zich af of hij als hij er werk van maakte, recht zou hebben op een uitkering en in een opvangcentrum voor daklozen zou moeten gaan wonen, maar hij kan zich er niet toe zetten, hoewel hij voelt dat hij op het randje balanceert. Hij kijkt terug op zijn jeugd en probeert daarin aanwijzingen te vinden voor zijn ellende, ook al meent hij dat hij niet is opgevoed om al te zeer afhankelijk te zijn van anderen, of zonder normen en waarden, of zonder een aantal praktische tips voor een goed leven. Maar de rest van zijn familie kan het goed met elkaar vinden, en hij weet dat ze, de weinige keren dat ze het over hem hebben of zelfs maar aan hem denken, dat doen zonder al te veel genegenheid of naastenliefde. Wat zijn familie betreft heeft hij al zijn krediet al in zijn jonge jaren verspeeld. En eigenlijk heeft hij overal zijn krediet verspeeld. Hij voelt zich ellendig, maar hij weet ook dat hij nog een eind te gaan heeft voordat hij zijn dieptepunt heeft bereikt. Paradoxaal genoeg houdt juist een besef van dat dieptepunt hem op de been. Iedere ochtend is hij benieuwd wat voor vernederingen die dag weer zijn deel zullen zijn, wat voor flagrante aanval er weer zal worden gedaan op zijn goede smaak. En zal hij ooit nog veranderen op een manier die goed of zinvol is?'

Er viel een geladen stilte na Kyles samenvatting van de plot. Steve gebruikte dat moment om te proberen zich de kantoormegastore te herinneren die hij die dag had bezocht, die groteske hangar boordevol Chinese kantoortroep, met kleuterleiders en -leidsters als personeel, en met de sfeer van de afdeling Bagageafhandeling op een vliegveld. Steve, jij kunt wel degelijk een roman schrijven die zich afspeelt in een kantoorsuper. Dat kún jij. Neem een schrijfblok mee. Doe alsof je antropoloog bent – antropologen kunnen doen wat ze willen en komen toch intelligent over. Wie weet, misschien dient zich een groots thema aan tussen de stapels afgeprijsde cd's, vinyl diplomatenkoffers en aanvullende softwarepakketten.

Steve realiseerde zich dat de stilte een beetje te lang duurde (o ja, de roman van die etter van een vent) en keek vanuit een ooghoek naar zijn vrouw, die met betraande ogen haar van sieraden voorziene klauwen tegen haar boezem drukte. 'Wat diep. Wat ongelooflijk díép,' zei ze, terwijl ze Steve uitdagend aankeek. 'Zó simpel, en tegelijkertijd voelde ik hoe het bloed klopt in iedere vezel van het wezen van die roman. Intelligent, en tegelijkertijd ruimdenkend. En er zijn al miljoenen van verkocht zeker?'

'Tien,' zei Kyle. Hij wierp een blik op Steves boekenkasten. 'Steve, zie ik daar in leer gebonden uitgaven van je vijf romans?'

Bethany

Eigenlijk zou ik kwaad moeten worden op mijn moeder, Roger, omdat ze jou heeft geschreven, maar ik ben niet kwaad, omdat ze dat soort deprimerende dingen nu eenmaal doet: niet alleen een brief op papier schrijven in de gouden eeuw van de e-mail, maar die ook nog naar je versturen met een postzegel erop. Op het werk! Wie krijgt er nu post op zijn werk?

Als je mijn moeder zo hoort, zou je denken dat haar hele leven aan diggelen ligt en verdwenen is, zoals de planeet waar Superman vandaan komt. Maar ze heeft vriendinnen, ze heeft werk, en als ik het huis uit ga, heeft ze mij ook nog steeds in haar leven.

Ik droom ervan om op een dag naar Europa te gaan. Wat is dat toch met Europa? Mensen gaan erheen, en plotseling zijn al hun problemen opgelost, en als extraatje doen ze bij terugkomst heel werelds en aanstellerig. 'Hallo, ik ben graaf Chocula. Welkom op mijn château. Het diner bestaat uit pauwenlever op driehoekjes toast waar de korstjes vanaf gesneden zijn. Daarna verwen ik u met een antieke, met edelstenen bezette dildo uit de tijd van de kruistochten, en ten slotte volgt er een discussie over de gunstige gevolgen van door de overheid gesubsidieerde spuitplekken voor harddrugs.'

Moet je horen: ik sta te popelen om erheen te gaan.

Van míjn salaris? Ha!

Maar goed… Kyle. Sinds ik met hem over de dood heb gepraat, klikt het tussen ons, en ik moet zeggen dat ik hem eigenlijk best mag. Ik weet dat hij zo stom is als het achtereind van een varken (hij vergeet steeds de prijscode voor kauwgom), maar vanmiddag bracht hij een cd voor me mee met liedjes waar het woord 'maan' in voorkomt. Hij is heel aardig en vindt mij niet afstotelijk, en hij is ook geen homo, dus waarom zou ik er niet voor gaan? Mijn moeder doet alsof we bezig zijn met een soort mormoons verlovingsritueel. 'Hé, Kyle, voordat we naar het fastfoodrestaurant gaan, zet ik even mijn Holly Hobby-prairiezonnehoed op, zodat andere mannen niet tegen hun wil onkuise gedachten over mij krijgen.' Het is gewoon een aardige vent.

Wat jou betreft...

Ik weet niet goed wat ik aan moet met alle problemen in jouw leven, Roger, maar ik vind het wel interessant dat de hoofdpersoon in de eerste roman van Kyle Falconcrest niet gelooft in de Apocalyps. Dat is verkeerd. Hoe kun je in 's hemelsnaam op deze aarde wonen, met twee ogen, twee oren en een stel hersens, en niét in de gaten hebben dat het op de een of andere manier allemaal ten einde loopt? Het zit gewoon in het kraanwater. Het zit in het vacuüm verpakte pond spek dat je vorige week hebt gekocht. Het rinkelt in de lucht elke keer als Blairs telefoon gaat en je die domme retro jarentachtigringtone van Madonna's 'Holiday' te horen krijgt.

Het einde is nabij.

Ik moet er steeds aan denken, hoe het einde aanvoelt en eruitziet. Als het eindelijk zover is, gebeurt het vast niet zoals ik het me heb voorgesteld. Het einde van de wereld zal er als volgt uitzien: het is zondagmiddag en ik zit bij iemand in de achtertuin te barbecueën. Ik heb een hekel aan mensenmassa's en aan lang in de zon staan, en dus loop ik naar de zijkant van het huis, ga op een oude tuinstoel zitten en wou dat het avond was en dat ik niet naar de barbecue was gekomen. Ik kijk naar een vlieg die vlak voor mijn neus zoemt. Ik heb er geen last van of zo; met mijn ogen volg ik zijn vlucht, die hij als een onzichtbare, wiebelende draad achter zich laat, als plotseling, vanuit het niets, de vlieg stil blijft hangen en op de grond valt.

En het wordt heel stil op aarde: de stemmen om de hoek bij de barbecue vallen stil, evenals het geluid van een balspel. Ik hoor nog wel de hamburgers spetteren op de grill, maar een paar tuinen verderop zwijgen een trimmer en een grasmaaier.

Ik weet onmiddellijk wat er aan de hand is: ieder levend wezen op aarde is gestorven, behalve ik. Mensen, zeemeeuwen, aardwormen, bacteriën en planten. Ik kijk naar de bomen en de struiken en denk: ja, natuurlijk zijn ze nog niet bruin, ze zijn nog maar net dood. Maar het zijn geen bomen en struiken meer; het zijn eerder een soort reusachtige snijbloemen in vazen. Over zeven dagen zijn ze net zo bruin als de rest.

Iedereen op de barbecue is gewoon stil blijven staan. Het is niet eng of zo. Iedereen heeft zijn ogen gewoon open.

Dan hoor ik overal in de stad dreunen en explosies: botsende auto's, neerstortende vliegtuigen, verbrandingsapparaten en hoogovens die ontploffen als popcorn – eerst een paar en dan steeds meer. Dan houdt het op en zie ik rookpluimen opstijgen, als schoenveters die de aarde verbinden met de kosmos – evenveel rookpluimen als wolken in de lucht.

Ik kijk naar mijn voeten en zie een dode boerenzwaluw liggen. Overal op het terras liggen dode hommels. Ik ga naar binnen en pak de telefoon: ook dood. Op het aanrecht zie ik een schaal met afgesneden dahlia's staan, en heel even vind ik dat een ironisch beeld.

Dan begin ik me onwel te voelen. Weet je wat dat is? Alle organismen in mijn lichaam die niet 'ik' zijn, zijn ook dood. Die blije bacteriën in mijn maag, goede virussen en slechte virussen en symbiotische amoeben en al dat enge kleine gedoe: allemaal dood. Je lichaam is namelijk niet zomaar een lichaam, het is een ecosysteem. En mijn lichaam kan niet tegen al die dode troep die erin rondzwemt.

Ik loop het terras op, neem plaats op een ligstoel en kijk op naar de zon. Het is warm buiten en ik vind het fijn om me bij de anderen te voegen, waar ze ook heen zijn gegaan. Dat hoor je nooit iemand als positieve kant van de dood noemen, of wel soms? Maar je eigen dood wordt een heel stuk minder eng door het besef dat je je oude vrienden weer zult zien!

Waar was ik gebleven? O ja, op de ligstoel, starend naar de zon, die steeds zwakker wordt. En uiteindelijk, hoe erg ik ook de pest heb aan dat ding, met zijn eindeloze, zeurende, opgewekte lichtheid, ga ik er naar binnen.

De handschoenvijver: Kyle

Kyle Falconcrest herinnerde zich zijn eerste werkdag in de kantoormegastore, die beslissende baan die leidde tot de geweldige ingeving dat hij zijn tweede roman in zo'n omgeving moest situeren. Hij was bijna dertig, oud genoeg om 's nachts te dromen dat hij altijd zo'n klotebaantje zou blijven houden. Hij zag geen uitweg. Kyle had de vergissing begaan om te denken dat het werk in een boekhandel of in een zaak waar kantoorbenodigdheden werden verkocht hem dichter bij het kloppende hart van de moderne literatuur zou brengen. Voor Kyle was de literatuur een kwestie van experimenteren: een laboratorium, een galerie – waar voortdurend, zonder ophouden, spannende nieuwe ideeën ontstonden.

Hij herinnerde zich zijn eerste werkdag en het hem toegewezen eerste gangpad: Plakband, Papierklemmen, Correctievloeistof, Pennen, Potloden en Markeerstiften. Hij kreeg te horen dat hij, als hij goed beviel, bevorderd zou worden en Gangpad 5A zijn werkterrein zou worden: Kunstschilderbenodigdheden, Leermiddelen, Scharen en Schilderspanelen.

Kyle was zich nooit gaan thuis voelen in de kantoormegastore. Hoewel het er steriel was en goed verlicht, kon hij alleen maar naar de eindeloze vrachtwagens vol cartridges, geheugenkaarten, geodriehoeken en laserprinters kijken, en zag hij in gedachten hoe alles ofwel gemummificeerd zou eindigen op een plaatselijk stortterrein, ofwel verbrand zou worden, waarna de as zou wegdrijven boven de Van Allen-stralingsgordels en extra zonnewarmte zou absorberen en zo het smelten van de ijskappen zou versnellen. Voor Kyle vormde de kantoorsuper het einde van de wereld in slow motion. Je moest goed kijken, je ogen tot spleetjes knijpen en je voorstellen dat je beeldje voor beeldje naar een animatic keek, waarbij de camera maar één keer per maand een foto nam. De seizoenen kwamen en gingen. De winters zouden steeds warmer worden, de aarde overdekt met een steeds dikkere laag roet. Het aantal dieren en vogels dat de parkeerplaats overstak zou sterk verminderen. Het gras en onkruid bij de in- en uitgang zouden verwelken, en na een jaar of tien zou de weg die in westelijke richting van de kust af leidde, helemaal verdwijnen in de steeds verder stijgende oceaan. En toch zouden mensen nog steeds plastic insteekmappen kopen, alsmede verlengsnoeren, kaartenbakken en – als impulsaankoop – kauwgom.

Kyle overdacht dit alles terwijl hij naar Steve keek, die maar doorkakelde tegen Brittany over die vijf deurstoppers die hij zijn romans noemde. Ze waren niet trendy en niet tijdloos, niet modern en niet achterhaald. Steves romans bevonden zich in een parallel universum, waarin de tijd niet bestond. Als je een van Steves romans aantrof in een tweedehandsboekwinkel, kreeg je dezelfde brok in je keel als wanneer je in de krant leest over ouders die onder invloed van crack hun baby hebben verstikt. Arme stakker. Maar Brittany zat niettemin met haar lokken te draaien als een cheerleader die flirt met een sportlul. Kyle vond het een choquerende ontdekking dat hij hield van iemand die fan was van Steves romans, laat staan dat hij met haar getrouwd was. Sympathie of antipathie voor Steves werk zou een voorhuwelijks selectiecriterium moeten zijn, gelijkwaardig met heteroseksualiteit en homoseksualiteit. Op dit punt verbijsterde Brittany hem.

Hij keek naar Gloria, die de aangename, afwezige gelaats-uitdrukking had van presidentsvrouwen tijdens dinertoe-spraken, en die onwillekeurig haar milt masseerde.

'Wanneer gaan we eten?' vroeg hij.

De handschoenvijver

Toen Kyle Falconcrest zijn tamelijk onbeschofte vraag stelde over het tijdstip van het avondmaal, zat Gloria net aan lipsticks te denken. Ze dacht aan de gigantische industrie die moest bestaan om het mogelijk te maken dat zij één stift Ruby Tuesday kocht in het enige in deze stad overgebleven warenhuis dat nog niet was opgeslokt door Wal-Mart, een gedoemde en mistroostige hoop stenen niet ver van haar kantoorboekhandel. Lipstickfabrikanten moesten stiekem duizenden walvissen doden zonder dat Greenpeace het zag, waarna ze de blubber van het karkas moesten schrapen, in zinken trommels stoppen en versturen naar haar favoriete cosmeticafabrikant. Dan moest de blubber worden gekookt tot een bacterievrije drab, waarna er een onvoorstelbare hoeveelheid pigment, stabilisatoren en structuurverstevigers werd toegevoegd, en vervolgens kon de gekleurde troep stollen, in verchroomde en beweegbare hulsjes gestopt en – vacuüm verpakt in een belachelijke hoeveelheid verpakkingsmateriaal – de wijde wereld in worden vervoerd via een gecompliceerd net van auto- en spoorwegen, vergezeld van een gigantische advertentiecampagne in de gedrukte en elektronische media, waardoor de Gloria's van deze wereld zouden gaan brullen van verlangen.

Stel dat iedereen op aarde plotseling dom zou worden. Stel dat we geen lipstick of iets anders meer konden maken. Dat zou het einde van de wereld betekenen, of niet soms? Stel dat het IQ van iedereen met vijftig punten zou dalen. Het eerste uur of zo zou niemand iets merken, maar daarna zou het al snel duidelijk worden. 'Hé, wie heeft die kerncentrale aan laten staan?' 'Tjonge jonge, wat is het moeilijk om die olietanker langs die rotsachtige kust te manoeuvreren.' 'Weet iemand hier hoe zo'n brandladder werkt?' 'Sorry jongens, ik was van plan wienerschnitzels te maken voor het avondeten, maar ik ben het recept vergeten, en bovendien kon de slager geen kalfsvlees snijden omdat de snijmachine is vastgelopen en niemand hem kan repareren.'

Daarna duurt het nog maar even totdat de aarde 'openbarst als een ei', een citaat dat ze zich nog herinnerde uit een oude *Planet of the Apes*-film.

O, mensheid!

Hoe benard is ons lot!

In gedachten declameerde Gloria deze zelfbedachte regels alsof het de tekst van een toneelstuk was, een toneelstuk waarin Gloria de hoofdrol speelde. En dat deed haar er weer aan denken dat ze haar tekst als lady Windermere nooit kon onthouden, een tekortkoming die haar collega-acteurs tot wanhoop dreef. 'Lieve mensen, hoe kan ik lady Windermere tot leven brengen als ik van jullie de tijd niet krijg om mezelf volledig te ontplooien?'

Leonard had haar apart genomen. 'Mijn dartel schnitzeltje, ik geef je tot maandag om je tekst vanbuiten te leren. Ja, ik vind het heerlijk om je te neuken, net als iedereen, maar ik kan je niet eeuwig in bescherming blijven nemen. Neem wat vitamine B, sluit jezelf op in een motelkamer en leer die fucking tekst uit je hoofd.'

Cultuurbarbaar.

Gloria heeft geen vitamines nodig om haar tekst te leren.

Onwillekeurig masseerde ze haar milt. Waarom zou een milt plotseling opgezet en ontstoken aanvoelen? Wat vreemd. Ik weet zeker dat het niets ernstigs is.

En hoe zit dat met het eten voor die jonge Kyle en Brittany? Geen zorgen. Ze zijn nog jong en hebben niet veel voedsel nodig. Ze kunnen alleen al op hun lichaamsvet wekenlang teren. Daarna dacht Gloria met lichte nostalgie terug aan het recente verleden: jeetje, die augurken waren anders erg lekker. Ik moet nog eens zo'n potje kopen.

Uiteindelijk was het gemakkelijker om Kyles vraag te negeren.

De handschoenvijver

Terwijl Steve met liefde en in detail aan Brittany vertelde over de geboorteweeën van elk van zijn vijf romans, vroeg hij zich in een ander deel van zijn hersenen af of Kyle hem misschien dom vond. Kyle had dezelfde blik in zijn ogen die Steve soms zag bij zijn meer uitdagende studenten. Wat konden die soms stomvervelend zijn. Hij had veel liever te maken met studenten die op college kwamen, vroegen of het verplicht was om te komen, en de rest van het semester als gedrogeerde sanseveria's in de collegebanken zaten. De Kyle Falconcrests van deze wereld waren lastpakken; de jonge Kyle besteedde in ieder geval geen aandacht aan Steves gloedvolle verhandeling en toonde er geen respect voor. Het enige waarvoor Kyle belangstelling leek te hebben was hoe Gloria haar milt masseerde.

Steves maag begon te knorren.

Tijd voor nog een drankje.

Maar Brittany boog zich vol verwachting naar hem toe. Hij besloot zijn bespreking van de watermetaforen in *Gumdrops, Lilies and Forceps* en wilde net beginnen over *Less Than Fewer*, toen er plotseling een koude rilling langs zijn rug liep en hij een visioen kreeg van het einde van de wereld, waardoor hij tot op het merg verstijfde. In zijn visioen was iedereen op aarde plotseling een genie.

Brrrrrr...

Stel je een wereld voor die bevolkt werd door betweters, een planeet waarop iedereen het antwoord wist op alle vragen, en waar iedereen zijn pas verworven genialiteit aanwendde om er zelf nog beter van te worden. Iedereen ontdekte geheime sluiproutes op weg van kantoor naar huis, zodat alle straten verstopt raakten met auto's. Bij de kruideniers zouden kersverse voedselexperts alleen het beste vlees en het meest verse fruit uitkiezen, waarmee ze buitenproportionele claims zouden leggen op de voedselindustrie. Iedereen zou intelligent beleggen op de aandelenmarkt, maar omdat iedereen zodoende miljoenen zou verdienen, zouden overal ter wereld de valutamarkten instorten, wat zou leiden tot het einde van de bankensector. Wereldwijd zouden arbeiders in de bauxietmijnen, op bananenplantages en aan de lopende band in opstand komen tegen hun geestdodende werk, en ze zouden over de hele wereld de straat op gaan op zoek naar kennis. Aangezien genieën geen voedsel produceren, zou er alom hongersnood ontstaan. Waanzinnig intelligente hordes zouden de ene buurt na de andere binnenvallen en geheime opslagplaatsen van conserven en gevriesdroogd astronautenvoedsel leegroven.

Tijdens deze razendsnelle teloorgang zouden miljarden kersverse lezers tussen de hongerkrampen door een exemplaar grijpen van een van Steves vijf romans, dat lezen, en concluderen dat er iets aan ontbrak. En het zou de jonge Kyle Falconcrest zijn die, tussen het vertalen van Chaucer in het Mandarijns en de ontwikkeling van een perpetuum mobile door, de eerste steen wierp.

En dan te bedenken dat Kyle ervan uitging dat Steve hem te eten zou geven!

Roger

DeeDee, ik probeer heus niet je dochter mijn auto in te lokken met een zak snoep of zo, dus hou even op, wil je? Ze kan echt wel haar eigen beslissingen nemen. En nog bedankt dat je mij beschouwt als 'de meester van het fucking kosmische niets'. Dat geeft me echt een heerlijk gevoel.

Sinds wanneer ben jij eigenlijk zo negatief? Op school was je een lieve meid, nooit verwaand of zo. En eerlijk gezegd herinner ik me de week nog dat je lichaam begon uit te botten. Man, wat ging dat snel bij jou. Jongens valt dat soort dingen meteen op, reken maar. Alle jongens in de klas. Je was als een perzik, en ik weet nog dat ik in de derde klas bij maatschappijleer zat te popelen om je wangen te strelen. Jij zat bij de bel, en in het voorjaar viel de zon twee weken lang naar binnen en zette tijdens het laatste lesuur van de dag je gezicht in een prachtige gloed. Het leek wel of je gemaakt was van iets dat waanzinnig teer was, zoals het pluis van paardenbloemen, en of alles wat harder was dan een ademtocht jou zou kunnen beschadigen.

Denk jij nog weleens aan de middelbare school? Ik niet. Ik droom er zo nu en dan van, maar alleen maar over hoe ik mijn kluisje opendeed of een belangrijk proefwerk miste – allemaal symbolisch. Telkens als ik probeer me een doorsneeschooldag van toen voor te stellen, raak ik de draad kwijt.

Weet jij nog hoe je je voelde toen je zeventien was? Ik wel, maar tegelijk ook niet. Ik weet nog dat ik erg sociaal was en waarschijnlijk goed lag bij de meisjes. Maar… stel je voor dat je uit de ruimte kwam en iemand zou je een rups en een vlinder laten zien. Zou je die twee dingen dan ooit met elkaar in verband brengen? Tot zover mij en mijn herinneringen.

Maar misschien is het met herinneringen net zoiets als met karaoke: dat je pas als je op het podium staat en alle woorden onder over het scherm ziet kruipen en iedereen voor je klapt, beseft dat je nog niet de helft van de woorden kent van je favoriete liedje allertijden. Pas daarna, als iemand anders zich op het toneel belachelijk staat te maken onder luid gelach en geklap, realiseer je je dat wat je zo mooi vond aan je lievelingsliedje nou juist was dat je het niet helemaal begreep en dat je er meer in hoorde dan er in werkelijkheid in zat. Het lijkt mij beter om de juiste woorden van je leven niet te kennen.

Vraag jij je weleens af wat de oude vriendengroep denkt als ze je naam zouden horen? Bovenal, DeeDee, durf ik te wedden dat mensen je onmiddellijk zouden herkennen van die keer dat je tijdens het schoolfeest in de waterbak viel, toen het bandje van je Cheerios-bikini losschoot en je zo rood werd als kersenhoestsiroop. Het was ontzettend geestig en ondanks die tepel helemaal niet sexy.

Bethany is door heel wat mensen in de steek gelaten, en dat geldt ook voor jou. Mensen kunnen op een heleboel verschillende manieren weggaan. Mensen worden gek. Ze laten je zitten. Ze vinden je niet aardig meer. Ze raken verstrikt in hun eigen wereld en komen nooit meer terug. Of het interesseert ze allemaal niet meer. En inderdaad, ze kunnen ook doodgaan.

DeeDee, geef me wat speling. Ik ben geen leeghoofd en ik ben ook geen monster. Bethany is als een muze. Ik dacht altijd dat 'muzen' een of ander stom begrip was van vroeger, maar dat is niet zo. Ze helpt me bij het schrijven, en ik weet niet waarom. Dankzij haar kon ik mijn eerste roman schrijven, en die verkoopt verrassend goed. Je weet maar nooit, het zou wel-eens een bestseller met een enorme oplage kunnen worden, en misschien vormt het de mogelijkheid voor mij om te ontsnap-pen uit de hel waarin ik nu zit. Ik zal het je weleens laten zien, het voelt niet zo prettig momenteel. Je weet hoe het gaat met correcties, je doet je uiterste best om precies het juiste woord of de juiste uitdrukking te kiezen. En je wilt niet dat het uitein-delijk aanmatigend of onnatuurlijk klinkt.

Relax een beetje, DeeDee.

Je schrijver,

R.

Bethany

Hé, Roger, ik zag vanmorgen dat je een tennisbal gooide naar Wayne. Ik zat in de bus en jij was in het park bij Mosquito Creek. Het regende, maar daar had jij geen last van, je zag er zelfs opgewekt uit. Dus ik dacht: misschien mag ik vandaag wat van je opgewektheid lenen. Ik heb het nodig. Het is 'weer zo'n dag'.

Eerder vandaag had ik een vent die heel aardig was; hij wilde zo'n grote zwarte kantoorstoel kopen, maar de handtekening op zijn Visa-card was afgesleten, dus ik vroeg hem of hij zijn rij-bewijs bij zich had om zich te identificeren, en hij ging hele-maal door het lint omdat ik hem zogenaamd niet vertrouwde en omdat niemand tegenwoordig nog iemand vertrouwt. Dus ik zei dat ik mijn baan niet wilde verliezen alleen omdat Visa zijn gebruikers niet meer ruimte geeft dan een strookje glan-zend wit inktafstotend plastic van een halve centimeter breed om hun handtekening te zetten, die na een paar dagen in een normale portemonnee of portefeuille weer afgesleten is. Hoe dan ook. Uiteindelijk bleek de wet op mijn hand te zijn – en de chef ook –, maar ondertussen werd ik er wel van beschuldigd dat mensen elkaar niet meer vertrouwen.

Op mijn zestiende verjaardag zei mijn moeder tegen mij: 'Bethany, er is een verschil tussen intiem en vertrouwd.' Ik vroeg wat ze bedoelde, en ze zei (ik parafraseer): 'Je ontmoet een vreemde in een bar op een vliegveld, je wordt dronken en vertelt hem dingen over jezelf en je leven waarvan je nooit had durven dromen dat je ze ooit aan iemand zou vertellen, zelfs niet aan een bekende. Maar ben je dan vertrouwd met zo iemand, Bethany?' Zoals La DeeDee erover doorging, kreeg ik de indruk dat ze heel wat tijd in vliegveldbars had doorgebracht.

Ik wou dat ik zo'n hond als Wayne had. Ik wou dat ik niet zo vaak dingen belachelijk maakte. Ik wou dat Noord-Korea geen kernwapens had. Ze zijn gek. Op een dag als vandaag denk ik meer dan anders aan het einde van de wereld. Ik denk terug aan toen ik jonger was, de jaren negentig, en hoe naïef en suffig alles toen was, maar het was eigenlijk een gelukkige tijd, een blij intermezzo, een beetje geluk voordat de shitstorm losbarstte.

Er is een groot verschil tussen de wereld waarop ik me als puber verheugde en de wereld die ik heb gekregen, maar sinds het begin der tijden heeft iedereen van mijn leeftijd dat natuurlijk al gedacht. Ik verwachtte geen wereld vol straalvliegtuigen die zich in kantoortorens boren, of virussen die onze soort bedreigen, of – shit!, volgens Yahoo! – varkens die opgloeien in het donker. De moderne wereld is gericht op verdwijnende diersoorten, of verdwijnend weer en op de verdwijnende gave om je nog te verwonderen. Al de weinige diersoorten die hier nog bestaan en mij aankijken – of als ik ze hoor tjilpen, blaten of miauwen – zijn geen dieren meer, maar de stemmen van de doden, die ons proberen te waarschuwen voor wat ons te wachten staat. Volgens gegevens van de overheid word ik geacht deze wereld te verlaten in 2062, maar zelf kan ik niet verder kijken dan 2032.

Ander onderwerp:

Wayne is zo'n hond die kan lachen. En ik zie dat hij ook graag apporteert. Ik verdeel honden altijd in twee categorieën: honden waarvoor je een stok neerlegt en die ernaar kijken alsof het een steen is, en honden die zelfs stenen oprapen en graag apporteren. Ik denk dat Wayne met alle plezier voor jou van een rots af zou springen.

Verdomme, nu ik erover nadenk, wil ik ook een hond.

Vijf minuten later:

Kyle gaf me een plastic zakje studentenhaver ter grootte van een boterham met een beetje veel amandelen. We hebben geweldige gesprekken over sterfelijkheid omdat zijn oma overleden is. Ik vind het gewoon eng hoe goed ik in dat onderwerp ben, maar hij heeft mij echt nodig. Ik heb het gevoel dat hij nog nooit een écht gesprek met iemand heeft gevoerd.

Het allerergste vond hij nog het ziekenhuis. Hij zocht zijn oma op in een privékamer op de afdeling Extended Care, en vanwege dat warhoofd van die vader van hem en diens verzameling vrouwen, zat Kyle daar meestal alleen met zijn oma. Zíj lag aan de beademing, zat onder de morfine en was nauwelijks bij bewustzijn, en hij probeerde zich te ontspannen door naar de bergen te kijken die net bedekt raakten onder een laagje sneeuw, en ondertussen – nu komt het grappigste – probeerde hij zijn geestesvermogens aan te wenden om vliegtuigen te laten neerstorten, net als Steve!

Weer een ander onderwerp:

Blair is ontslagen omdat hij kauwgom heeft gestolen. Het stond op de camera.

Ik zie erg op tegen de toekomst.

PS:

VRAAG: Waarmee heeft DeeDee vanochtend ontbeten?

ANTWOORD: Met een aantal sigaretten.

De handschoenvijver

Er verstreek een uur terwijl Steve zijn gasten onderhield over zijn vijf romans. Hij glimlachte naar Brittany. 'Weet je wat de *Boston Globe* schreef over mijn vijfde roman? Ze noemden het "Een vijfjarenplan van miniaturisatie".'

'Jeetje.'

Steve besloot dat het misschien een goed idee was als een van zijn gasten de kans zou krijgen om ook iets te zeggen... Misschien wil dat joch van Falconcrest wel iets zeggen. Maar toen realiseerde Steve zich dat Kyle schrijver was en waarschijnlijk liever over zijn eigen werk wilde praten: sáááí. Steve gromde inwendig, keek naar Kyle en besefte dat hij als gastheer geen andere keus had dan zijn gasten te vragen naar hun mening en ideeën. Hij besloot de sprong te wagen: 'Zeg Kyle, jij vindt lezen vast net zo leuk als schrijven. Welke boeken spelen zoal een belangrijke rol voor jou en voor je leven?'

Kyle keek zijn gastheer aan, en Steve had de indruk dat hij verbijsterd was.

'Hé, stel jij iemand een vraag? Ik sta perplex.'

'Onzin. Jij bent hier te gast en je bent een collega-schrijver. Als groep zijn schrijvers eerder bereid tot geven dan tot nemen, ze zijn niet jaloers op hun collega's en ondersteunen elkaar te allen tijde. Niets maakt een schrijver gelukkiger dan nieuws over het succes van een andere schrijver, of dan een andere schrijver te horen praten over zijn of haar boeken. Dus vertel ons alsjeblieft, Kyle, welke boeken jou en je leven hebben gevormd.'

'Nou...'

Kyle begon te praten, en ondertussen deed Steve zijn best om te doen alsof hij luisterde. Maar zijn gedachten dwaalden af naar andere momenten in zijn leven waarop hij schrijvers dezelfde vraag had gesteld. Ze hadden altijd iets gekozen van die omhooggevallen parvenu Salinger, dat monster, dat maar één kunstje kende en op sneue wijze van de telefoon afhankelijk leek te zijn geweest voor zijn plots.

Wat voor boeken vonden schrijvers nog meer mooi? O ja: de pornografische apekool van die pedofiel... hoe heette hij ook weer – Nebulov? Nunavut? Nabokov? Ja, Nabokov, en dat boek van hem, *Lolita* – de masturbatoire bombast van een gestoorde die zijn smerige, geile fantasieën wil vereeuwigen.

Terwijl Kyle zat te praten over Joost mag weten wat allemaal, dwaalden Steves gedachten af naar een incident dat te maken had met de roman *Lolita*: naar een middag, tien jaar geleden, toen een groep onderseks potten van de faculteit Vrouwenstudies aan de universiteit een seminar had georganiseerd dat tot doel had *Lolita* van de leeslijst te schrappen. Steve was per ongeluk het zaaltje binnengelopen om een andere professor te ontlopen die hem in de gang tegemoet kwam. Toen de leidster van Vrouwenstudies Steve achter in het lokaal zag staan, vroeg ze naar zijn mening over het boek, en Steve zei dat het je reinste smeerlapperij was.

'Heb je het gelezen toen het net uit was, of heb je het onlangs gelezen?'

'Gelezen? Ik heb het nooit gelezen.'

'Wacht, begrijp ik het goed?' zei de vrouw. 'Hier, op de universiteit, sta je af te geven op een boek dat je niet eens gelézen hebt?'

Steve mompelde iets over werkstukken die hij nog moest nakijken, en maakte dat hij wegkwam.

... *Ping!*

Steve ontwaakte uit zijn korte academische mijmering en bevond zich plotseling weer in zijn woonkamer. Mijn god, ik heb die gast van Falconcrest om zijn mening gevraagd. Nu moet ik wel naar hem luisteren. Oké, Steve, zet je schrap. Oren wijd open...

Kyle zei: 'Dus ik moet toegeven dat ik er moeite mee heb om te geloven in de toekomst, en het verleden vind ik doorgaans nogal gênant. Over het algemeen heb ik weinig vertrouwen in mensen. Er blijft weinig over om in te geloven, en het enige waarin ik ooit echt heb kunnen geloven zijn een paar dierbare boeken, geschreven door een handvol mensen die volgens mij het leven als even vluchtig en afschuwelijk ervaren als ik. Naar mijn smaak geeft *Answered Prayers* van Truman Capote dit gevoelige onderwerp goed weer, zoals het wordt verbeeld in een aantal lang vervlogen, bijna mythisch bevoorrechte coterieën. Ik bewonder *Slouching Towards Bethlehem* en *The White Album* van Joan Didion, en vrijwel alles van Kurt Vonnegut getuigt van de ellende van dit leven, met hier en daar een zonnestraaltje om de zaak wat luchtiger te maken.'

Wie zijn die schrijvers over wie hij het heeft? Steves gedachten dwaalden opnieuw af, en hij probeerde zich te herinneren wie er allemaal naast wie zat tijdens de intramurale studiedag over Dewey's decimale opbergsysteem voor bibliotheken van de vorige dag. Zoiets simpels als een verkeerde plaatsindeling kon tientallen jaren politiek werk ongedaan maken, en nadat er in de jaren tachtig stapelbare stoelen waren ingevoerd – na verbitterde en verhitte discussie – waren vergaderingen nooit meer hetzelfde geweest.

Falconcrest wauwelde maar door.

'Ik geloof dat ik hou van werken die onverwachte crisis-
punten in het modernisme onder de loep nemen. *Winesburg,
Ohio* van Sherwood Anderson onderzoekt de botsing tussen
het leven op het platteland en in de geïndustrialiseerde gebie-
den aan het begin van de twintigste eeuw. *Less Than Zero* van
Bret Ellis beschrijft de implosie van de seculiere waarden en
normen van de middenklasse in Californië in het predigitale
tijdperk. *Fight Club* van Chuck Palahniuk is een briljante aanval op de hedendaagse consumptiecultuur, terwijl alles van
J.G. Ballard ons dwingt te heroverwegen welke kant het met
deze wereld op gaat – met name *Running Wild*, een boek dat
mij doet twijfelen of de enige hoop voor onze wereld bestaat
uit het verwekken van kinderen, die zo ver weg gemuteerd
zijn van ons huidige zelf dat alles wat wij hun te bieden hebben als overlevingspakket vreemd en zinloos is.'

Steve was in gedachten bezig dag voor dag zijn agenda voor
de komende week te plannen: zeker twaalf vergaderingen,
misschien een brief aan zijn uitgever waarin hij smeekte om
een voorschot voor een boek waaraan hij al – hoe lang: vijftien, twintig jaar? – wilde beginnen. Misschien een ritje naar
de slijter en, als hij geluk had, zat er in de post een zwart-wit-
fototijdschrift uit San Bernardino, Californië, over de gezonde aspecten van naakt zonnebaden.

Steve concentreerde zich weer op Kyles woorden...

'Om eerlijk te zijn: ik lees alles, zelfs de bijsluiters van medicijnen. Ik kijk graag naar de lijnen in de streepjescode op allerlei artikelen, en stel me voor dat ik kan beoordelen welk
getal een lijn voorstelt door de dikte ervan te vergelijken met
die van andere lijnen.'

'Streepjescodes?' vroeg Gloria perplex.

Kyle vervolgde: 'Ik denk dat iedere lezer op aarde een lijstje
heeft van zijn favoriete boeken, dat net zo uniek is als zijn vin-

gerafdrukken. Ik ben altijd nogal sceptisch over jonge mensen, die, als je hun vraagt wie hun lievelingsschrijver is, Henry James noemen of iemand die net zo dood is. Stel je voor dat je een jonge man of vrouw vraagt wie hun favoriete musicus is, en ze zeggen: Vivaldi. Zou je zo iemand vertrouwen? Ik denk dat je, naarmate je ouder wordt, steeds meer naar de klassieken neigt, maar dat zijn niet de boeken die je het soort hoop bieden voor de wereld, dat je krijgt van een van je favoriete boeken.'

Steve zag hoe aan de andere kant van de tafel een mugachtig insect neerstreek op de hals van de whiskyfles.

'Weet je wat ik zou willen, Steve?' zei Kyle. 'Ik zou echt willen dat mensen een eerlijk antwoord gaven als je hun vroeg welke boeken hen beïnvloed hebben. Ik denk dat een gebrek aan eerlijkheid over die ene vraag een schande is voor de literaire wereld. Dus ik vraag je: welke boeken waren voor jou een lichtbaken in de duisternis?'

Brittany keek Steve aan. 'Kyle heeft die preek al twintig keer afgestoken.'

Kyle zei glimlachend: 'Maar ik sta er nog steeds achter.'

'Je zou in ieder geval kunnen proberen niet te doen alsof het de eerste keer is dat je hem afsteekt, telkens als je hem afsteekt.'

'Wat wil je daar eigenlijk mee zeggen?'

'Kyle, dit is de twintigste keer dit jaar dat je die preek afsteekt. Maar over twintig jaar heb je hem duizenden keren afgestoken... of niet soms? Word je nu al niet moe bij de gedachte alleen... dat je op een dag een soort anekdoterobot zult worden?'

'Wat lief!' zei Gloria. 'Ruzie tussen een schrijver en zijn vrouw. Moet je zién, Steve – wat schattig, hè? Ze doen me denken aan ons, toen we net bij elkaar waren.'

Roger

Ik ben dol op drank.

Drank geeft me hetzelfde gevoel als een verblijf in de baarmoeder een mens moet geven. Als foetussen geen alcohol krijgen, wat krijgen ze dan wél dat ervoor zorgt dat iedereen de baarmoeder de ideale bestemming voor een droomvakantie vindt? Ik durf te wedden dat ze ronddrijven in en zich te goed doen aan foet-ohol. Stel je de ontwenningsverschijnselen van pasgeborenen eens voor als de voorraad foet-ohol in hun lichaam op is en de alarmbellen van hun centrale zenuwstelsel gaan rinkelen: 'Hé! Je hoort nu bij de wereld!' Afschuwelijk.

Ik vind dat wetenschappers meer dan ooit hun best zouden moeten doen om de formule te ontdekken van foet-ohol. Stel dat je een shot F zou nemen, 'de geborgenheidsdrug'. Je zou een gevoel van veiligheid en geluk krijgen, zelfs als je stomvervelende alledaagse dingen deed, zoals met verf uit spuitbussen bekladde boodschappenkarretjes ophalen uit de sloot tegenover het indianenreservaat, of ruziemaken met een of andere sneue gepensioneerde die probeert met een verlopen kortingsbon twintig procent korting te krijgen op een pakje met twaalf Maxell-cd's.

Maar foet-ohol zou waarschijnlijk ook schadelijke bijeffecten hebben. Het voorspelbare apenpootje: de officiële sleutelring van de Heilige Teresa van Avila, patroonheilige van het niet-verhoorde gebed. Als je weer foetus werd, zou je autist of zombie worden, of je zou je zo ver terugtrekken uit de wereld dat iedereen zou denken dat je een slaplantje was. De foet-ohol zou je brein terug veranderen in dat van een foetus. Het zou niet hetzelfde zijn als hersenbeschadiging – in plaats daarvan zou je brein zichzelf uitwissen, als een cd of een tape. Je zou ontboren worden.

Waarom vertel ik dit allemaal? Vanwege mijn moeder.

Jaren geleden ging ik op een zaterdag op bezoek bij mijn ouders. Mijn vader was beneden, mijn moeder boven. Mijn vader en ik begroetten elkaar, en hij riep naar boven: 'Schat, je lievelingszoon is hier!', en mijn moeder kwam dartel als een jonge meid de trap af gehuppeld. 'Chris, ik heb toevallig je lievelingskoekjes gemaakt, met pindakaas en rozijnen,' riep ze. Toen zag ze mij, en het werd ineens bitter koud in huis. 'O, hallo.'

'Ook hallo, mam.'

Ze staarde me aan en – oké, ik heb genoeg rotzooi geflikt om zo ijzig begroet te worden –, maar deze keer was het anders. Het leek wel of ze bang voor me was, het was helemaal nieuw, en nadat we elkaar een paar seconden lang hadden aangekeken, drong het tot me door wát er aan de hand was: ze herkende me niet.

De alzheimer van mijn moeder verliep veel sneller dan bij de meeste andere patiënten, en de ziekte sloeg al toe toen ze achter in de vijftig was, wat erg vroeg is, maar zeker niet uitzonderlijk. Op een dag kon ze haar autosleutels niet meer vinden. Een maand later belde de politie met de mededeling dat ze weggedoken had gezeten in het damestoilet van een cafetaria, en dat ze geen idee had wie ze was.

Toen mama incontinent begon te worden en meer van dat soort klachten kreeg, haalde mijn vader Dolores, als inwonende hulp, in huis. Dolores was Mexicaanse, en ze behandelde mijn moeder als een kind, wat mama duidelijk veel prettiger

vond dan behandeld te worden als een volwassene. Zes jaar nadat de klachten waren begonnen, scheidde papa van mijn moeder en trouwde hij met Dolores, en toen Zoë geboren werd, was
mijn moeder al helemaal weg. Ze stierf een maand na Zoës geboorte aan longontsteking, en ik vraag me oprecht af of we
haar zo lang in leven hadden moeten houden. Was het niet
wreed van ons om haar tijd op aarde zo te rekken? Werd haar
kwaliteit van leven erdoor verbeterd? Leed ze erg – vooral in
die nachten dat ze lag te schreeuwen en te gillen en wij geen
idee hadden waarom? En is de wereld er beter op geworden
door haar langdurige ziekbed?

Het probleem met alzheimer is dat de patiënt en alle familieleden en vrienden maar al te goed weten wat er aan de hand is;
de factor 'op eieren lopen' is in hoge mate aanwezig. Simpele missers, zoals een telefoonnummer vergeten, roepen een
spanning op alsof er ieder moment een storm kan losbarsten,
wat leidt tot ontkenning, wat vaak leidt tot ruzie en tranen.
Vreemd genoeg treedt er pas een zekere mate van opluchting
in zodra de ziekte volop bezit heeft genomen van de patiënt.
De patiënt vergeet wie hij of zij is, en waar hij of zij is. Waarvan
dromen ze 's nachts? Dromen ze de dromen van een foetus?
Zijn ze weer aan de foet-ohol?

Bethany

Roger, het grappigste moment tijdens mijn hele verblijf hier in
deze puinhoop van een winkel was vanmiddag, en jij hebt het
gemist. Een vent van middelbare leeftijd die in de rij voor de
kassa stond, verloor zijn zelfbeheersing. Kyle stond achter de
kassa, en laten we wel wezen: het is nooit Gods bedoeling ge-

weest dat Kyle ooit achter een kassa zou staan. Hij is voorbe-
stemd voor andere dingen. Maar goed. Die vent komt dus binnen, hij is vijfenveertig of zo. Kaki broek. Raar olijfgroen geruit
sportshirt met korte mouwen, zoals een linkse politicus zou
dragen bij het golfen. Nadat hij een poosje in de rij heeft staan
wachten, begint hij te schreeuwen: 'Hé, stelletje lamzakken.
Verdomme, als jullie je werk zo klote doen, neem dan ontslag,
of zorg dat je ontslagen wordt. Maar verwacht niet van mij dat
ik jullie incompetente gedrag ondersteun met mijn geduld en
goede wil. Ik ben hier niet om te dienen als jullie leercurve. Ik
ben hier om te betalen voor mijn aankoop, zonder dat ik er ge-
tuige van hoef te zijn dat telkens als jullie een artikel aanslaan
de productcode helemaal nieuw voor je is.'

Kyle trok zich er niets van aan, hij heeft een teflon huid. En
dus modderde hij door, net zo lang zoekend naar productcodes
tot hij de juiste had gevonden.

Ik was de versieringen voor Halloween in de etalage aan het
opruimen. Shawn fluisterde tegen me: 'Dat is meneer Tirade.
Die is dus gek. Hij is hier al tijden niet geweest. Je kunt best met
hem lachen, als hij in de stemming is.' Dus ik dacht: wat kan
mij het schelen, liep naar hem toe en vroeg: 'Zit u iets dwars,
meneer? Ik bedoel, nu we het er toch over hebben.'

En hij hapte meteen toe. 'Aardappelschillen,' zei hij. 'Ik háát
aardappelschillen. Ze zijn lelijk, ze smaken afschuwelijk, en
laat ik eens en voor altijd afrekenen met een hardnekkig fabel-
tje: er zitten géén vitaminen of mineralen in, het zijn broed-
plaatsen van pesticiden, fungiciden, larviciden en andere agro-
chemische residuen. Restaurants die aardappelen-in-de-schil
serveren, zijn godverdomme te lui om ze te schillen. Einde verhaal. Aardappelschillen zijn pure luiheid gekristalliseerd in
aardse vorm, en als je daarvoor bewijzen wilt in de wetenschap, kijk dan eens naar het recentelijk dramatisch gestegen

aantal gevallen van kanker in die streken op Prince Edward Island waar intensieve aardappelteelt wordt toegepast.'

Ik zei: 'Ik weet precies wat u bedoelt. Aardappelschillen smaken afgrijselijk, en mensen proberen je altijd een rotgevoel te geven als je niet een gat in de lucht springt wanneer je ze krijgt voorgeschoteld.'

'Eindelijk iemand wie het iets kan schelen.'

'Wat zit u nog meer dwars?'

'Nu je het vraagt: ik heb een pesthekel aan mensen die weigeren een magnetron aan te schaffen op grond van een onterecht besef van morele of biologische superioriteit. Kom op, zeg. Denk je echt dat iemand daarvan onder de indruk is? Iedere keer dat je een conventionele oven gebruikt, misbruik je biljoenen megawatt van het landelijke elektriciteitsnet. Magnetrons zijn intelligent, efficiënt en goed voor het milieu. En dankzij China krijg je ze tegenwoordig bijna gratis bij een volle benzinetank. Wat is er verdomme mis met dat land? Hoe krijgen ze het voor elkaar om alles nog goedkoper te maken dan het al is?'

'Alles in deze winkel is gemaakt in China,' zei ik. 'Als ik daar maar lang genoeg aan denk, word ik niet goed. Wat zit u nog meer dwars?'

'Waarom word in restaurants je bord altijd voorverwarmd voordat ze er eten op scheppen? Ergens in de keuken staat dus een idioot met een vlammenwerper het servies te verschroeien, zodat als het eten voor je wordt neergezet er te veel damp af slaat, wat mee-eters tot gevolg heeft. De ober zegt dan: "Pas op, het bord is warm", en als je dan, nadat je tien minuten hebt moeten wachten voordat de zaak is afgekoeld, eindelijk een hap neemt, verbrand je toch nog je tong of je verhemelte. Dat gedoe met dat hete eten is allemaal flauwekul. Een mens hoort voedsel te eten dat niet warmer is dan zijn lichaamstemperatuur.'

'Amen.'

Inmiddels was Tirade aan de beurt bij de kassa. Ik zag het artikel dat hij wilde kopen en zei: 'Ik ben dol op Sharpies.'

Tirade richtte het woord tot zijn dozijn pennen: 'Wat zou de wereld zijn zonder jullie, Sharpies? Jullie puntjes laten precies genoeg inkt door om een lijnkwaliteit met karakter te garanderen, maar toch ook weer niet zoveel dat het een smeerboel wordt. Dank je wel, lieve pennetjes.'

Ik gaf Kyle de productcode, Tirade rekende zijn pennen af en verliet het pand.

Wat een idioot, maar dankzij hem kon mijn dag niet meer stuk.

Roger, ik heb nog nooit iemand ontmoet met alzheimer. Weet je ook of jíj het zult krijgen? En hoe komt het dat je zoveel weet over boeken en schrijvers en schrijven? Ik dacht dat je je school niet had afgemaakt. Ik sta perplex.

Nu ik het over school heb: ik denk erover om weer een opleiding te gaan volgen. Je zult het wel stom vinden, maar misschien wil ik wel de verpleging in. Toen ik dacht aan Kyle in die kamer met zijn stervende oma, ging er een soort knop bij mij om. Wat vind jij?

Voordat ik het vergeet: laatst vertelde ik mijn moeder dat wij nog steeds contact met elkaar hebben, en ze zei: 'Weet je, misschien is Roger toch niet zo'n bullebak als ik dacht.'

Ik zal die vrouw nooit begrijpen.

B.

De handschoenvijver: Brittany

Het was niet eenvoudig voor Brittany om een gerespecteerd chirurg te zijn en tegelijkertijd de vrouw van de literaire sensatie Kyle Falconcrest. Vanavond was daar een goed voorbeeld van. De gastheer noch de gastvrouw had tot dusver ook maar één keer geïnformeerd naar haar leven; haar rol werd teruggebracht tot een louter ornamentele. Het eerste halfuur na hun komst had ze zwijgend toegekeken terwijl de anderen praatten, en tegelijkertijd het interieur van de vreemde woonkamer van Steve en Gloria in zich opgenomen. Dat deed haar denken aan haar tijdcapsuleproject in de tweede klas, waarbij ze een kantoorkluisje – ongeveer zoals ze bij Staples verkocht werden – gevuld had met kranten, conservenblikjes, een walkman, een cassette van Nirvana en een flanellen grunge-shirt.

Het interieur van de woonkamer van Steve en Gloria was blijven steken ergens tussen de eerste en tweede echtscheiding van Richard Burton en Elizabeth Taylor. De tijdschriften op de salontafel pronkten met nieuw werk van John Cheever. De plexiglazen kap op de platenspeler in de hoek was ondoorzichtig geworden van het stof, terwijl de ruggen van de platenhoezen onleesbaar waren verbleekt door het zonlicht.

Wat Brittany ook was opgevallen, was dat er geen enkel voorwerp van persoonlijke aard aanwezig was: familiefoto's, portretten of tekeningen. En als ze haar ogen half dichtkneep, zag ze dat alles in het vertrek bedekt was met een lichte nicotineaanslag. Haar oog viel onwillekeurig op iets dat op een bijzettafeltje stond, en het maakte een zacht klikgeluid toen ze het oppakte en de in tien jaar opgebouwde hechting van was, stof en stilstand verbrak.

Sinds het megasucces van Kyles debuutroman vorig jaar was Brittany gewend geraakt aan haar nieuwe onzichtbaarheid. Tijdens de jaren dat Kyle in volstrekte onbekendheid had zitten zwoegen, had Brittany hem onvoorwaardelijk gesteund en was ze zich bewust geweest van haar plaats in de wereld. Nu was hij beroemd, en hun leven was vervuld geraakt van dure reizen en diners, en bezoekjes aan rijke, geestige en beroemde mensen, en dat alles begon haar behoorlijk de keel uit te hangen.

Toen had Steve Brittany verrast. Uitgerekend op het moment dat ze zich het alleronzichtbaarst voelde, had haar lievelingsschrijver uit de wereldliteratuur bijna een uur uitgetrokken om haar uitgebreide en spannende achtergrondinformatie te verschaffen over elk van zijn vijf romans. Ze werd dronken van geluk terwijl hij maar doorpraatte en niet van ophouden wist. Het was bijna alsof hij zich uitsluitend tot haar richtte en Kyle en Gloria volledig negeerde. Kyle had nooit begrepen wat Brittany zag in Steves werk – Brittany zelf trouwens ook niet –, maar er is niet altijd een verklaring te vinden voor liefde en bewondering.

Toen Steve was uitgepraat, voelde Brittany zich duizelig van geluk. Ze kon het goed hebben toen Steve en Kyle een mannengesprek begonnen over literatuur. Toen Steve de keuken in liep om te zien hoe het stond met het eten, volgde Brittany hem, en het viel haar op dat niets erop wees dat er een maaltijd werd voorbereid. Steve zocht iets in een kast.

'Steve,' zei Brittany, 'lees je weleens boeken die niet af zijn?'

Steve keek verrast op. 'Soms.'

'Kyle heeft de kladversie van zijn nieuwe roman bij zich. Zou je er eens naar willen kijken? Ik weet zeker dat hij dolgraag jouw mening zal willen horen. Het zit in zijn tas, daar bij onze jassen.'

'Brittany, Kyle is nog een jonge schrijver, en de mening van een éminence grise zoals ik zou zijn groei en uniciteit kunnen fnuiken.'

'Volgens mij kan hij alleen maar baat hebben bij jouw oordeel, Steve.'

'Het lijkt me toch beter als ik me erbuiten hou.'

'Wat ben je toch een gevoelig mens, Steve.'

'Ga maar terug naar de anderen, dan begin ik aan het eten.'

'Dank je, Steve.'

De handschoenvijver: Steve

Steve dacht koortsachtig na hoe hij in godsnaam een maaltijd zou kunnen bereiden met pannenkoekenmix die krioelde van de meelwormen, toen de jonge Brittany hem een excuus gaf om het koken een poosje uit te stellen. Toen ze de keuken uit was, rende hij naar de garderobekast en griste de nieuwe roman van die lul van een Falconcrest uit diens tas. Hij kon doodvallen met zijn nieuwe ideeën.

In de warme, stille geborgenheid van het gastentoilet begon Steve te lezen:

Liefde in tijden van kantoormegastores
Hoofdstuk Een

Glinsterende oranje duizendpootjes van het vroege ochtendlicht knibbelden aan de karakterloze gestuukte wanden van de kantoormegastore. Een eenzame duif stortte zich op de parkeerplaats, op zoek naar eetbaar gruis, vond niets, vloog terug naar het dak en verdween uit het zicht, wellicht om er dood te gaan van verveling. Vormeloze wolken met de kleur van Koreaanse papiervernietigers kwamen aanjagen vanuit het westen. Norm zat op de smetteloze voorbank van zijn Chevrolet Lumina sedan. Hij was niet jong meer, zijn blubberige bierbuik had de omvang van een grote kalkoen voor

Thanksgiving. Op zijn schedel groeide het haar als een agressieve beige broodschimmel. Zijn hand omklemde een flesje cola light, dat gevuld was met wodka van een huismerk – ontbijt en lunch in één handige meeneem-verpakking.

Uit de radio klonk 'Wake Me Up Before You Go Go!', een song uit Norms jeugd, die hem er op de een of andere onduidelijke manier aan herinnerde dat hij gevangenzat in de eeuwigdurende, deprimerende herhaling van zijn leven. Er verschenen andere auto's op de parkeerplaats, collega's van de ochtendploeg, in wagens die niet oud en niet nieuw waren: Jetta's gemaakt van platen roestig kant, met polio besmette Corolla's uit de vroege jaren negentig en Chryslers uit de late jaren tachtig die bijeengehouden werden door reclame-stickers van plaatselijke radiostations en door wishful thinking. Ja, Norms collega's hadden de jeugd, maar Norms bruine Lumina beschikte over de kracht om op één volle tank dwars door ruim tien ecosystemen te rijden zonder ook maar één keer te kuchen. Als er eindelijk een kernoorlog uitbrak en alle andere schrootbakken het op de vlucht voor de vuurstorm begaven, zou iedereen meerijden in Norms auto, stijlvol en comfortabel.

De wodka smaakte rauw, wetenschappelijk, agressief en goedkoop. Technisch gesproken werd wodka van aardappelen gemaakt, maar Norm vermoedde dat deze vervaardigd was door onderbetaalde robots op een verre sf-planeet, waar alle levende organismen waren uitgestorven en waar het recept voor wodka de nalatenschap was van lang geleden verdwenen mensachtigen. Aardappelachtige moleculen waren wellicht tijdens het productieproces binnengedrongen, maar de kans dat er echte knollen in zaten was nihil. Maar ondanks de gelukkig onbekende herkomst van zijn wodka, kon Norm er niet zonder om de dag die voor hem lag door te komen.

Een vrachtwagen vol producten van Dell stond voor het laadperron van de kantoorsuper, klaar om het gebouw te zogen met zijn overdaad. Norm zag bijna net zo erg op tegen Dell-dag – maar niet zo erg – als tegen Kantoormeubilairdag, met zijn lendenen-verwoestende eentonigheid van uitladen, dozen openscheuren en inventariseren van de lading. Als Norm ooit behoefte zou krijgen aan een eigen kantoor – een droom die even onbereikbaar leek als een maand op vakantie met de smurfen –, dan zou dat zeker niet worden ingericht met een L-vormig met plastic/noten gelamineerd en van Chinees spaanplaat vervaardigd modulair bureausysteem, opgesierd met apparatuur van Dell. Nee, Norms droomkantoor zou een eenvoudige grenenhouten tafel bevatten, een bescheiden flesje inkt en een pen gesneden uit de slagpen van een griffioen.

Een laatste slok en Norm besefte dat het moment was aangebroken om zijn Lumina te verlaten. Zijn Lumina verlaten was moeilijker voor Norm dan 's ochtends zijn bed uit komen. Zich erop voorbereiden uit zijn Lumina te stappen deed hem denken aan de draagtijd van een drakenei, dat twintig maanden zacht en onbeweeglijk bleef, en pas een paar dagen voor het uitbroeden hard werd. Na een allerlaatste slok wodka opende Norm het portier op een kier, en hij wachtte even terwijl de novemberwind zijn wagen binnensijpelde en het blikkerige geluid van de supersensatie van de popmuziek uit de vroege jaren tachtig, Wham!, plaats-maakte voor kou en ongemak.

Slechts enkele ogenblikken later klom een huiveren-de, in zijn vuurrode personeelsoverhemd gehulde Norm uit de Chevy, en begaf zich hinkend, strompelend, sloffend en slepend in de richting van de kantoorsuper. De automatische deur zwaaide open met een droog ge-ruis dat hem deed denken aan zand dat op een doodskist werd gegooid. Onmiddellijk deelde de veranderde licht-kwaliteit aan zijn reptielenbrein mee dat hij zich niet meer in een natuurlijke omgeving bevond. Menselijke gezichten veranderden in kroezen met gruwelijke men-senkoppen vol domheid en zotternij, met neusharen waaraan harde, harsachtige bolletjes bungelden. De niet-verfriste lucht was klaar om weer vervuld te worden van een dagelijkse lading onzichtbare scheetexplosies, die voortdurend de verdenking deden rusten op achtelo-ze klanten.

Op kopstellingen aan het einde van Gangpad 1 en Gangpad 2 droomden knisperende totempalen, opge-bouwd uit vele riemen schrijfpapier, ervan op een mooie dag te worden volgeschreven met sonnetten of de oplossing van de snaartheorie, maar in hun hart – als riemen papier tenminste een hart hebben – wisten ze dat ze in het gunstigste geval de dagelijkse specialiteit van het visrestaurant zouden uitventen of zouden eindi-gen als de ongelezen, onbeminde derde bladzijde van een intern bedrijfsrapport ter voorbereiding op een mo-gelijke aardbeving, en zelfs zo'n lot zou weleens te veel gevraagd kunnen zijn. In plaats daarvan zouden ze ein-digen als de afgekeurde tweede kladversie van een huis-werkopdracht over mangaan of bestuiving, slecht gelayout, verfrommeld en in een prullenbak gesmeten, in het gezelschap van bolletjes oude kauwgom, afgeschoren schaamhaar, maandverbandverpakkingen en de doppen van flessen dubbeldrank.

Norm stond bij stellingen met kauwgom en andere artikelen voor impulsaankopen bij kassa's. Hij voelde gedachteloos aan een chocoladevlek in zijn vuurrode shirt die er sinds gisteren in zat. Hij spitste zijn oren en probeerde te horen wat het eerste muzikale juweeltje was dat door het geluidssysteem werd uitgezonden ('Every Little Thing She Does Is Magic' van The Police), hoorde hoe aan de andere kant van de zaak een stapel cd- en dvd-doosjes op de witte tegelvloer kletterde, en hoorde het gerammel van winkelkarretjes die in hun standplaats werden gereden. Hij draaide zich om, zijn middenrif trillend als een drilpudding, en probeerde te bedenken welk soort kauwgom hij die ochtend zou gaan stelen.

DeeDee

Volgens mij ben jij geen monster, Roger, en ik ben ook geen monster. Sterker nog: ik ben zo'n moeder die interessante krantenartikelen uitknipt en bewaart, en dan haar kind overvalt met een stapel van twintig artikelen, meestal als ze geen tijd heeft, haar hoofd naar iets heel anders staat, en ze zo'n actie absoluut niet op prijs kan stellen. In een oude aflevering van *Kids in the Hall* gaat een al te bezorgde moeder elke nieuwe aflevering van de tv-gids door en streept met een gele markeerpen alle programma's aan die haar zoon interessant zou kunnen vinden. Zo'n moeder ben ik ook, althans tegenwoordig. Ik ben niet altijd zo'n goede moeder geweest.

Bethany vertelde me over iets wat je geschreven hebt, dat de doden tot ons spreken via de dieren. Ik weet niet of de dieren op aarde zijn om ons te troosten, of om ons te waarschuwen en ons de stuipen op het lijf te jagen. Ik ben dol op dieren. Dieren zijn beter dan mensen. Zelfs als dieren wreed zijn, zijn ze zuiver, terwijl mensen die wreed zijn gewoon verloren zijn.

Wist je dat Bethany's stiefbroer zichzelf heeft opgehangen? Afschuwelijk was dat. Devon. Hij was een verloren ziel. Bethany vond hem. Hij heeft het gedaan met het acht meter lange verlengsnoer van de bladblazer, aan de kroonluchter voor in de gang. Ze heeft een halfuur naar hem staan kijken voordat ze iemand belde.

Kroonluchter: dat klinkt nogal opschepperig, maar dat was

het niet. Die dateerde uit mijn huwelijk met Kenny en we woonden in een soort *Brady Bunch*-huis in een welgestelde buitenwijk. Ik werd iedere morgen wakker met buikpijn. Waarom? Omdat ik mezelf een waardeloos lid van de samenleving vond en de geesten van de mensen die de *Brady Bunch*-wijk gebouwd hadden om me heen voelde. Ik wist dat het betere mensen waren dan ik zou zijn: ijverig, optimistisch en plichtsgetrouw – en ik voelde hoe hun kritische blikken op mij gericht waren. Ik zou nooit kunnen voldoen aan het verwachtingspatroon van mensen die zulke vrolijke, fraai gelegen huizen bouwden met drie slaapkamers en dakkapellen, compleet met rododendrons en garages met gaatjesboard waaraan het gereedschap in alfabetische volgorde kon worden opgehangen, en waar het oranje verlengsnoer een speciaal plaatsje had, vlak boven het kastje met bestrijdingsmiddelen. Ik kon geen stap in die garage zetten vanwege dat verrekte gaatjesboard en omdat ik doodsbang was de geest te zullen zien van de vent die het had opgehangen. Zodra die geest mij zag, zou hij weten dat Kenny mij sloeg met volle plastic flessen wasverzachter, dat Kenny zijn zoon pestte en intimideerde en hem zo tot zelfmoord dwong, en dat Kenny Bethany behandelde alsof ze niet bestond, letterlijk, zoals in dat spelletje waarbij kinderen doen alsof ze elkaar niet zien, alleen deed Kenny het altijd. Ik denk dat Bethany daarom al die gothic make-up draagt en doet alsof het haar allemaal niets kan schelen. Het getuigt van mijn gebrek aan zorg van destijds.

Mijn god, Kenny, dat lijkt zó lang geleden. Hij is niet eens een geest. Luister goed: geesten, geesten, geesten. Ik vraag me vaak af of ik echt door geesten word bezocht.

Bethany's beste vriendin, Becky, overleed aan kanker. Ik kan me dat wel herinneren, maar eerlijk gezegd was ik er meer mee bezig om de spullen van Bethany's vader naar de stomerij te brengen nadat hij ons had verlaten. Ik kan me Becky's gezicht niet eens meer herinneren, hoewel ze ongetwijfeld erg knap moet zijn geweest.

Ik hield helemaal niks aan de scheiding over, omdat Reid (zo heette hij) ~~een klotezakenman~~ blut was. O, er bleven wel wat meubels over en de minibus was afbetaald, maar dat was dan ook alles.

Een jaar later overleden Bethany's beide opa's, vijf dagen na elkaar. Hoe groot is de kans dat zoiets gebeurt? Mijn vader botste op snelweg 99 frontaal op een vrachtwagen geladen met telefoonpalen. Opa Mike, Reids vader, had een niersteen die zo groot en scherp was dat zijn nier er van binnenuit door werd opengesneden. De snee raakte geïnfecteerd door een resistente bacterie, en binnen zesendertig uur was het einde verhaal. Heb jij ooit twee begrafenissen in één week gehad? Dat is niet leuk. Vooral niet als je op allebei niet welkom bent, en zeker niet als alle familieleden die bij die andere begrafenis horen stuk voor stuk labiele gekken zijn die nodig hun medicijnen moeten slikken.

Ongeveer een jaar na de begrafenissen trouwde ik met Ramp Nummer Twee, Eamon, een knappe duivel, maar wel een duivel. Zijn dochter Julie was een lief kind, en haar negentiende verjaardag was ook onze trouwdag, dat weet ik nog goed. Een paar maanden later werd ze door haar partner doodgeslagen en uit het raam gegooid. Een long werd geperforeerd door haar scheenbeen. Hij komt in 2028 in aanmerking voor voorwaardelijke invrijheidstelling.

Op Thanksgiving Day dat jaar overleed mijn moeder aan longemfyseem. We wisten dat haar dood eraan zat te komen. Ik moet zeggen dat Bethany de laatste maand zo'n beetje in het ziekenhuis woonde en mama aldoor verzorgd heeft. Het is een geweldige meid. Ik ben haar niet waard. Dat is mijn mantra: ik ben haar niet waard.

Als ik me goed herinner was de volgende dode meneer Van Buren, Bethany's muziekleraar, opnieuw bij een auto-ongeluk op de 99, terwijl hij op weg was naar Whistler. Ze zouden die weg bij het grofvuil moeten zetten en een nieuwe moeten aanleggen. Er rust een vloek op.

Ach jee, en toen schoot Kurt Cobain zich ook nog door zijn kop, en Ginger en Snowbelle – onze tweeling-Perzische katten – kregen suikerziekte. We konden de medische behandeling niet betalen, dus dat betekende het einde. Bethany was zestien of zo toen twee van haar vriendinnen hasj rookten die versneden was met angel dust. Hun lichamen werden later door de politie gevonden in de eendenpoel bij Ambleside.

Inmiddels was ik gescheiden van Eamon en getrouwd met Kenny, en een jaar later hing Devon zichzelf met dat verlengsnoer op aan de kroonluchter.

Shit.

Ik schenk even een borrel in.

Mijn zus Paulette was de volgende, en zij is de laatste dode over wie ik ga vertellen, dat beloof ik. Ik haatte die vrouw, maar lieve hemel, ik was ook dol op haar. De voornaamste manier waarop ze haar emoties uitte was door afbeeldingen van Moeder de Gans op de lambrisering in de logeerkamer te plakken. Of door op barbecues te verschijnen met als cadeau mandjes met potpourri in de vorm van kikkers met een zonnebril op. Ze had geen gevoel voor humor, **absoluut niet!!!**

Maar op een avond onder het eten (Paulette kookte, ook als ze bij mij kwam eten) vertelde Kenny een mop over Muppets in een leerbar waar Paulette om moest lachen, en binnen de kortste keren wisten ze niet meer van ophouden, en ik was zo jaloers dat het leek alsof mijn ogen als popcorn uit hun kassen zouden springen. Paulette was al op haar tweeëntwintigste getrouwd met een of andere lulhannes. Na drie maanden was ze alweer gescheiden en daarna was ze nooit hertrouwd. Volgens mij was ze een pot, maar gedane zaken nemen geen keer.

Ook nadat Kenny en ik gescheiden waren, bleef hij dikke maatjes met haar. Ik liep ze een keer tegen het lijf toen ze uit de Esplanade Six-bioscoop kwamen, waar ze naar een film met Meg Ryan waren geweest. Bijna in stereo zeiden ze: 'Ik heb nu wel genoeg van dat parmantige gedoe van Meg', en al kletsend liepen ze weg, terwijl ik denkbeeldige, in gootsteenontstopper gedoopte hooivorken in hun rug smeet.

Toen Paulette borstkanker had, was ik een wrak, maar Kenny ook. Het leek wel een soap, zoals wij tweeën deden wie het best voor Paulette kon zorgen, terwijl we elkaar straal negeerden. We droegen allebei zorg voor de gebruikelijke zaken: vitaminekuren, inspirerende pockets, de laatste nieuwtjes over experimentele behandelmethoden, melige beterschapskaarten en lymfemasseuses – en dat alles terwijl Bethany al het echte werk deed, zoals alles opruimen en Paulette van en naar haar chemokuur brengen. Maar goed, ik barstte van het egoïsme en Bethany moest daarvoor betalen.

Uiteindelijk besloten we tot de strategie van wie niet waagt die niet wint: Mexico, kruidengenezers in Manitoba, een kind in South Carolina dat voor een bijdrage van twintigduizend dollar een wonder in de foto van je geliefde kon blazen. Maar de tumor was van het type bosbrand.

Roger, ik ben geen monster, maar ik ben bekaf en inmiddels ook officieel dronken.

Als Bethany jou helpt met het schrijven van je roman, dan is dat geweldig. Maar als je haar op de een of andere manier kwaad doet, dan vermoord ik je.

DeeDee
(DD)

De handschoenvijver: Gloria

Brittany volgde Steve naar de keuken en liet Kyle Falconcrest op de bank achter naast Gloria, die de gelegenheid te baat nam om de jonge auteur te overstelpen met de ene vraag na de andere na de volgende over zijn schrijfgewoontes, zijn personages, zijn persoonlijke leven en zijn mening over haar mening. Hij was kennelijk nogal geboeid door haar. Hij zei vrijwel niets en liet het praten over aan Gloria. Brittany was alweer snel terug in de kamer, en maakte zo een einde aan hun mooie gesprek.

'Hoe staat het met het eten?' vroeg Gloria.

'Moeilijk te zeggen,' zei Brittany. 'Ik ben niet zo'n kokkin. Ik werk, dus Kyle en ik nemen meestal iets mee van een broodjeszaak of we laten iets bezorgen – als we tenminste niet op een party zijn of op een galafeest of bij een diner.' Ze zuchtte.

De jonge Brittany zag er ongelukkig uit. 'Brittany, is er iets? Maak je je ergens zorgen om?'

'Nee, er is niets.'

'Nee,' zei Gloria. 'Niets is altijd iets.' Ze voelde zich als Noël Coward door die gevatte opmerking, of als Edward Albee, of als de Bard. Ze keek op naar haar boekverzameling. Ik vind het enig om Shakespeare 'de Bard' te noemen. Dat geeft me het gevoel dat ik een persoonlijke relatie met hem heb, ~~een relatie die veel beter is dan de persoonlijke relatie die anderen~~

~~met hem hebben.~~ Ze keek naar *The Complete Works of William Shakespeare*, een serie van 259 delen gebonden in prenataal varkensleer. Ik herinner me tot op de dag nauwkeurig wanneer ik die heb gekocht; Steve en ik samen op onze huwelijksreis in het van zwanen vergeven, sfeervolle stadje Stratford-upon-Avon in Engeland. En overal waar ik keek: Cultuur! Cultuur! Cultuur! Een dezer dagen, als ik een gaatje kan vinden in mijn razend drukke acteerschema, ga ik een van die boeken lezen.

O ja. Ze had Brittany zojuist gevraagd of die zich ergens zorgen om maakte.

'Volgens mij is het stress,' biechtte de jonge vrouw op.

'Ik vond je al wat neerslachtig,' zei Gloria, en ze zag dat Kyle van de gelegenheid gebruikmaakte om zichzelf nog wat whisky in te schenken. Hij verontschuldigde zich en bestudeerde de boekenkasten.

'Kom, Brittany, voor de draad ermee.'

'Weet je wat het is... Ik heb de laatste tijd veel operaties gedaan, en Kyle heeft een volle agenda, het is moeilijk om de zaken onder controle te houden.'

'Operaties? Een vrouw die opereert?'

'Ja, ik ben chirurg.'

'Echt waar? Dat had ik nou nooit gedacht – een chirurg. Wij meiden schoppen het toch maar ver tegenwoordig. Heb je ook een specialisatie?'

'Ik doe voornamelijk hersenoperaties, facultatieve hersenchirurgie. Maar ik doe de laatste tijd steeds vaker oncologische chirurgie, kankergezwellen verwijderen.'

'Volgens mij weet ik wel een middeltje tegen jouw stress.'

'Een middeltje? Echt waar?'

'Ja, ga maar eens mee.'

Gloria nodigde Brittany uit om haar te volgen, de trap op.

Kyle keek op, maar Gloria gebaarde naar hem dat hij niet mee mocht.

'Nee, nee, jongeman, alleen voor meisjes. Blijf jij maar hier met je hoogstaande gedachten, en geniet van onze uitgebreide en gevarieerde verzameling boeken.'

'Oké, doe ik.' Kyle sloeg anderhalve vinger whisky achterover, terwijl Gloria Brittany voorging de trap op en haar boudoir in. Door de verstikkende geurtjes en het poeder op haar gezicht en in haar neus barstte Brittany in een hoestbui uit.

Gloria trok een extra taboeret naast de hare, een dikke bonbon van zijde. 'We gaan jou eens lekker opmaken, jongedame. Make-up is het antwoord op al je problemen.'

'Make-up? Ik gebruik nooit make-up.'

'Nou, dat wordt dan hoog tijd. Die onbehandelde ogen van jou doen me denken aan pasgeboren roze muisjes, en lieve schat, volgens mij heb je een beginnend puistje bij je ene neusvleugel.'

'Dat is Helen.'

'Geef jij je puistjes namen?'

'Alleen deze. Helen is een puistje dat over mijn hele gezicht reist, maar nooit echt verdwijnt.'

'Lieverd, Helen moet dood.'

'Ik begrijp helemaal niets van make-up, Gloria. Wat heeft het voor zin om het op te doen? Is het niet oneerlijk?'

'Lieverd, de reden dat wij make-up opdoen is om te voorkomen dat de hele wereld ziet hoe we er in het echt uitzien.'

'En wat is daar verkeerd aan?'

'Wat daar verkéérd aan is?' Gloria was bezig een bergje gezichtspoeder in een cerise gelakt doosje te schudden. 'Lieverd, als je te koop loopt met je gevoelens, word je gekwetst. Mensen gebruiken je gevoelens tegen je. Iets dat ooit privé en heilig voor je was, verandert in een wapen. Kostbare dingen worden beschadigd. Je zult pijn lijden.'

Brittany keek somber.

'Nou, mag ik wat poeder op je voorhoofd doen?' vroeg Gloria.

'Ja.'

Roger

Niet mijn beste dag.

Vanmorgen werd ik weer eens wakker uit de hel, waarbij je alleen maar kunt denken aan angst en verlies en de mensen die je hebt gekwetst en alle schade die je hebt aangericht. Je haalt je hand onder de dekens vandaan en de lucht voelt koud aan. Alsof je niet geboren wilt worden. Uiteindelijk kan je hoofd niet meer tegen al dat denken, dus je springt uit bed, rent naar de badkamer en houdt je hoofd onder de douche, in de hoop dat alle gevoelens eruit worden gespoeld, maar in feite vormt het maar een kortstondige afleiding.

Ik word oud. Ik ben al oud. Als iemand me zijn dromen begint te vertellen, raak ik zo verveeld dat ik moet ontsnappen. Ik vlucht naar de hobbysupermarkt, tegenover de gereedschapsupermarkt in de straat tegenover de parkeerplaats van de kantoorsuper. Ik loop door de gangpaden, op zoek naar een idee om te kunnen ontsnappen aan mezelf; ik loop langs namaaktulpen en ongeverfde vogelhuisjes en borduurpakketten waarmee ik taferelen kan maken van koikarpers in Japanse vijvers. En dan zie ik in het gangpad met plakboeken zakjes stickers voor 79 cent met regenboogjes en eenhoorntjes die het uitschreeuwen: DROMEN WORDEN WERKELIJKHEID!, en ik heb zin om te janken om alle onzin en rotzooi waarmee we die kinderen volstoppen, kinderen die erfgenaam zijn van een eeuw vol smerige oorlogen, ontketend door mensen die allang dood zijn, maar die zo ziek en gestoord waren dat hun haatgevoelens nog eeuwenlang verder woekeren. Dromen worden geen werkelijkheid. Dromen sterven. Dromen worden tot een compromis. Dromen eindigen met meth dealen aan een tafeltje achter in de Olive Garden. Dromen stikken in laurierbladeren. Dromen krijgen kanker aan de milt.

Alsjeblieft, zo was mijn dag tot nu toe. De nieuwe voorraad van Dell is tegengehouden door de douane en wordt pas morgen geleverd, dus ik ga maar even een wodkaatje nemen en doen alsof ik klanten help op de afdeling Kantoormeubilair. Daarna wandel ik door de gangpaden om te zien hoeveel plastic rotzooi we verkopen en verbaas ik me over de hoeveelheid chemicaliën die erin zitten, en hoeveel daarvan er tijdens het productieproces in het grondwater terecht zijn gekomen. Ik heb soms het gevoel dat we non-stop onveilig aan het vrijen zijn met de eenentwintigste eeuw en er voortdurend sappen mee uitwisselen: antibiotica, zwembadchloor, langeketenmoleculen, gassen, dampen, de geur van nieuwe auto's: allemaal één enorme, onvrijwillige, condoomloze love-in.

Roger

Een halfuur later: Pete is vanmiddag weg, dus iedereen doet het kalm aan. We hebben strootjes getrokken om te zien wie er achter de kassa moet, en Kyle trok aan het kortste eind. Ik ben op pad gegaan om een fles goedkope wodka te kopen, en ik ga in het magazijn verder met *De handschoenvijver*. Zolang je uit de wind blijft, is het best warm.

R.

De handschoenvijver: Kyle

Steve en Gloria waren twee psychische abortussen. Door Steves urenlange exegese van zijn vijf groteske, richtingloze en archaïsche romans moest Kyle denken aan zijn sulfa-allergie, aan de bruiloftsbarbecue van zijn zus, toen hij een pil nam voor zijn ontstoken nijnagel, en plotseling het gevoel kreeg dat alles van binnenuit begon te jeuken en te branden, en dat hij dood zou gaan. Een sprong in het zwembad wakkerde het vuur alleen maar aan. Hij herinnerde zich dat hij in de ambulance om pijnstillers had liggen gillen, en toen het bewustzijn verloor. Hij kreeg bijna een black-out tijdens Steves college, en kwam pas tot bewustzijn toen Gloria naast hem met haar linkerklauw de binnenkant van zijn rechterbovenbeen streelde. Ze deelde hem mee dat hij niet zo goed was met zijn vaderfiguurmetaforen als hij zelf misschien dacht, maar dat gaf niets, want Gloria had bedacht hoe hij voortaan zijn vaardigheden op dat punt kon bijschaven.

Godzijdank schoot Brittany hem te hulp, en ze behoedde hem voor een nieuwe aanval van de klauwen. Godzijdank was ze naar boven gegaan. Met geen mogelijkheid zou hij ertoe te bewegen zijn om mee naar boven te gaan om te zien wat dat kreng van een zuiplap van plan was.

Zijn maag knorde luid. Waarom was er geen kooklucht waar te nemen? Waarom werd er niets bezorgd? Waarom geen serviesgoed en bestek op de stoffige eettafel? Kyle liep

naar de keuken om een kijkje te nemen. Geen Steve. Het enige wat hij aantrof was een leeg pakje crackers en een bakplaat
in de gootsteen. Op de grond lag een lege plastic wikkel van
een pakje Safeway-cheddar met piepkleine groefjes erin, alsof
het was achtergelaten door witte aso-muisjes. De branders
van het fornuis waren koud. Hij keek in de koelkast. Hoe is
het mogelijk om helemaal niets in je koelkast te hebben behalve een potje augurkennat?

Hij vroeg zich af wat de plannen voor het avondeten waren, en toen besefte hij dat er helemaal geen plannen voor het
avondeten wáren. Het enige wat de bewoners van dit huis ge-
bruikten, was whisky. Dit was een schokkende conclusie voor
Kyle, en hij ging aan de keukentafel zitten om zijn gedachten
op een rijtje te zetten.

De verwarmingsketel sloeg zoemend aan. Hij hoorde een
auto langs het huis rijden. De koelkast schakelde met een
soort boer terug naar een lagere versnelling, en Kyle kreeg het
deprimerende visioen van pinguïns die hun ongeboren eieren beschermen. Dit was waarschijnlijk het engste vertrek
waarin hij zich ooit had bevonden. En de kasten dan, zouden
die net zo leeg zijn als de koelkast? Dat is onmogelijk. Ergens
in de keuken moest toch voedsel te vinden zijn, wat voor
voedsel dan ook?

Hij liep naar de kasten, die stuk voor stuk leeg bleken te
zijn, totdat hij achter het vijfde deurtje een doosje vond: Wil-
lamette Pannenkoekmix. Op de voorkant van het pakje stond
een volstrekt smakeloze en misplaatste afbeelding – er waren
geen andere woorden voor – van een plantagezwartje dat een
schaal vol flensjes aanbood aan een in wit kant geklede, ouderwets ogende Nicole Kidman, die zich zowel verstopte achter een roze waaier als achter de zekerheid dat ze haar zwartje
naar willekeur kon laten doodranselen. Er stond geen streep-

jescode op het doosje. Kyle opende het deksel en zag iets wat leek op kleine, dansende oreganoblaadjes.

Mijn god!

Hij liet het doosje op het aanrecht vallen, en de meelwormen schoten alle kanten op.

Steve kwam de keuken in gelopen. 'O, dus jij bent de kok. Hebben wij even geluk.'

Bethany

Kyle vertelde me dat hij Staples één grote shitzooi vindt, en dat het eigenlijk in de hens moet. Met schrik stel ik vast dat Meneer Studentenhaver iets van een anarchist in zich heeft. Goed, hij was high van de paddo's toen hij dat zei, en hij en ik en acht anderen stonden op het punt te gaan muiten na een lezing van twintig minuten over het recyclen van cartridges. Als ik terugkijk op mijn jeugd en op de beelden die ik ooit in mijn hoofd had van hoe het leven als volwassene eruit zou zien, dan was dat niet een Fahad die in een koffielepeltje tuurt om te kijken of er mee-eters te zien zijn, terwijl een vertegenwoordiger van Ricoh door middel van een PowerPoint-presentatie uitlegt dat het duizend jaar duurt voordat een cartridge op een vuilstort composteert.

Maar goed, Bethany, hoe zagen jouw beelden er dan uit?

Dank je, monologue intérieur. Ik dacht dat ik als ik volwassen was wat dichter bij het leven en de dood zou staan; dat ik als ik 's avonds naar bed ging, na een kopje gekoeld bloed samen met mijn man Johnny Depp, zou kunnen terugkijken op een dag vol bekentenissen en ongevallen en affaires en grote sommen geld die alle kanten op vlogen. Maar wat krijg ik? Ik moet van de onderdirecteur QuickTime-opnamen van de bewakingscamera bekijken van Blair die kauwgom jat. En de soundtrack? 'We Are Family' van Sister Sledge. Als ik ooit nog eens ander werk krijg, bijvoorbeeld als verpleegkundige, wordt de dagelijkse sleur tenminste onderbroken door de mogelijkheid van echt menselijk drama.

Maar hier bij Stompels is er geen schijn van kans op drama.

Nogmaals bedankt, monologue intérieur. Je hebt gelijk.

Waarom blijf je dan hier?

Gemakzucht. Luiheid. Hormonen. Gewoonte.

Gewoonte? Ik dacht dat je zei dat je drama wilde.

Ja, nou ja, wat zijn wij mensen toch rare wezens, hè? Het ergste wat je bij Stompels kan overkomen is dat je ontslagen wordt. Er gaat niemand dood bij Stompels. Het is onmogelijk om een puinhoop te maken van Gangpad 5-Zuid. Het is er volkomen veilig, op zijn eigen manier

Heb je eindelijk genoeg van de dood?

Vraag me dat alsjeblieft niet.

Maar dat moet ik, en ik hou pas op met vragen als ik antwoord heb.

Goed, oké, ik heb er genoeg van. Nou tevreden?

Tevreden is in het gunstigste geval een overgewaardeerd begrip, Bethany.

Goed, ben je gerustgesteld dan?

De waarheid is altijd geruststellend.

Hoezo?

Dat weet ik niet. Zo zit de kosmos nu eenmaal in elkaar.

Zou het niet geweldig zijn als we allemaal leefden in een wereld waarin iedereen de leugens van de ander geloofde? Dan zouden de leugens elkaar compenseren, en het resultaat zou één enorme überwaarheid zijn.

Gááááp. Ben je soms ook high van de paddo's, Bethany?

Nee. Ik vraag me alleen af hoe lang ik het nog uithoud om hier bij *das Schtupf* te blijven werken.

Verpleegstersopleiding?

Weet ik veel. Maakt niet uit. Werkloos? Ongehuwd zwanger?

Jij hebt te veel in je mars om de weg van de minste weerstand te kiezen, Bethany.

Goed, monologue intérieur, als jij het allemaal zo goed weet, kom dan maar eens met een voorstel.

Wat is er mis met school?

Geen antwoord

... Bethany? ... School?

Ik denk na.

Nou, technisch gezien ben ík hier dus degene die nadenkt.

Ik heb geen geld, en ik wil niet dat mijn moeder haar huis verkoopt alleen maar om mij uit de gevangenis te houden.

Kijk, dat schiet tenminste op.

O, bedankt.

Wat is er mis mee als je moeder haar flat verkoopt? De woningmarkt is momenteel erg gunstig. Ze zou iets kunnen huren.

We moeten nu ophouden.

Bethany?

Kijk, daar heb je Fahad, en hij probeert een strip om je poriën mee te reinigen uit bij de wasbak. Ik moet nu ophouden.

ps: Roger, heeft mijn moeder je weer geschreven?

pps: Ik moet voortdurend aan *De handschoenvijver* denken. Ik probeer erachter te komen wie wie is. Ben ik Brittany? Is Kyle Kyle? Ben jij Steve? Of misschien ben ik gedeeltelijk Kyle of... Wat fijn voor jou, Roger. Jij gaat gewoon zitten en verzint van alles. Ik kan niet eens een beslissing nemen.

ppps: Als onderdeel van mijn pogingen om Kyle te helpen om in het reine te komen met de dood, hebben we het graf van zijn oma bezocht. We lazen samen de grafschriften, en ik zei dat het me leuk leek om dood te zijn en je geen zorgen meer te hoeven maken om hoe je eruitzag – bij wijze van grap. En Kyle zei: 'Ik heb een programma gezien op Discovery Channel en daarin zei iemand dat schoonheid niet alleen een kwestie is van de eigenschappen die je hebt, maar ook van de eigenschappen die je niet hebt.' Toen vervolgde hij: 'Jij bent echt heel mooi, Bethany, omdat er zoveel eigenschappen zijn die een heleboel meisjes hebben en waarvan jij er niet één hebt.'

Ik vroeg: 'Zoals?'

'Jij bent niet hebzuchtig. En jij begint niet meteen te intrigeren en samen te zweren als je je zin niet krijgt.'

Ik wist niet wat ik moest zeggen, en dus zei ik niets, maar sindsdien loop ik met mijn hoofd in de wolken.

DeeDee

Aan: Roger Thorpe
p/a Staples

Roger,
Hier ben ik weer. Vanmorgen heb ik een kroon laten vervangen ($$$!), en tijdens de hele operatie heb ik in *De handschoenvijver* zitten lezen. Bethany heeft me fotokopieën gegeven van je manuscript. Ik moet toegeven, Roger, dat het veel te intellectueel voor me is – al dat gepraat over literatuur, het gaat me boven de pet. Waar haal je het geduld vandaan om te schrijven? Ik heb zelfs niet de rust om fictie te lezen. Volgens mij moet je daar de juiste geestesgesteldheid voor hebben, en die heb ik al niet meer sinds mijn veertiende. Ik kan wel kranten en tijdschriften en dat soort feitelijk materiaal lezen. Ik heb zelfs het hele huis

vol liggen met bibliotheekboeken over wetenschappelijke onderwerpen. Dat is natuurlijk vooral een truc om bij Bethany interesse te wekken voor school, maar het helpt nog ook, vooral met de boeken die ik vlak bij de wc neerleg. Daar wordt altijd in gebladerd, en het geeft ons ook iets om over te praten naast reality-tv en het verleden. Een van die boeken is fascinerend en gaat over de sterren, en ik ben op Google gaan kijken, waar ik van alles heb opgezocht. Heb je enig idee hoe groot de kosmos is, Roger? Die is angstaanjagend, en het enige wat ik kan bedenken waardoor het niet zo angstaanjagend is, is dat er overal leven is. Ik bedoel, als het leven bij toeval op onze kleine planeet *in the middle of nowhere* ontstaan is, wat heeft dat dan voor zin? Het wil er bij mij niet in dat de mens de bekroning is van al het leven op aarde. Er moet ergens iets zijn dat beter is dan wij. Misschien ontstaat er op een dag een bloem die zo groot is als Colorado – of een zeeorganisme dat de hele Indische Oceaan inneemt – reusachtige superwezens die door middel van telepathie communiceren met andere wezens in andere melkwegstelsels!

Dit is mijn laatste gedachte hierover: hoe komt het dat er zo weinig planeten om de zon draaien? Als je alle planeten bij elkaar deed en tot één bol kneedde, dan zou die nog maar een miljardste deel van de omvang van de zon zijn. Ik bedoel, jeetje, dan kun je net zo goed geen planeten hebben, toch? Als je dan toch planeten hebt, doe er dan duizend per ster!

DD

ps: Zou je Bethany nog eens onder de neus willen wrijven hoe belangrijk een goede opleiding is? Ik wil mijn flat onmiddellijk verkopen om voor haar te betalen. Dus laat haar niet aankomen met het argument dat we geen geld hebben.

Bedankt, Roger.

De handschoenvijver

'Je was helemaal niet van plan om te gaan koken.'

'Dat is niet waar.'

'Heb je ergens bij wijze van verrassing een schaal met koud vlees en Deense kaas in je studeerkamer verstopt? Of hoor ik vaag in de garage een grill draaien met parelhoenders eraan?'

'Je hoeft niet meteen zo sarcastisch te doen.'

'Dus je geeft het toe!'

'We waren wel degelijk van plan een maaltijd voor jullie te bereiden.'

'En die maaltijd, moest die bestaan uit… pannenkoeken?'

Een paar brutale meelwormen kropen over het aanrecht terug en gingen weer aan boord van het moederschip. 'Ik was van plan crêpes te maken.'

'Wát?'

'Volmaakt gevormde, dunne crêpes – smaakvol en toch voedzaam – gevuld met marmelade.'

'Leugenaar. Je hebt helemaal geen marmelade. Ik heb in je koelkast gekeken. Die kun je net zo goed op een braakliggend terrein dumpen.'

'Ik was van plan de marmelade te lenen van de buren. Vorig voorjaar hebben ze onze hele voorraad jam en compote geleend voor een toastparty, en die moeten we nog terugkrijgen. Ik kon toch ook niet weten dat de pannenkoekmix een broedplaats voor ongedierte was? Nu lopen mijn plannen in de soep. Zou je me honderd dollar kunnen lenen voor wat Chinees eten?'

'Jij bent gek.'

Als een bejaarde man die overlijdt in zijn slaap, hield het fornuis er plotseling mee op. Het zoemen van de koelkast stopte. Er reden geen auto's voorbij. Kyle staarde Steve aan.

Steve zei: 'Denk eens aan Brittany en Gloria. Die verdienen wel beter dan kraanwater voor het avondeten, vind je niet? Haal je hand over je hart en denk aan hen.'

Kyle dacht na. 'Jij bent een vieze manipulator. Ach, wat maakte het ook uit? Dit is een universiteitsstad, dus het afhaaleten zal wel goed zijn. Heb je een *Gouden Gids*?'

Steve liep naar een wandtafel, pakte een telefoonboek en gaf dat aan Kyle.

'Chinees of pizza's?' vroeg Kyle.

'Chinees,' zei Steve. 'Daar hou je meer van over en dat blijft langer goed.'

'Mij best.'

Kyle bestelde Chinees eten en volgde Steve naar de woonkamer.

Steve stond onder aan de trap en keek omhoog. 'Daar komen de dames.'

Kyle keek op. 'Brittany?'

Brittany had met behulp van kleding en cosmetica een metamorfose ondergaan. Wat ooit een keurig, zuinig gezichtje was geweest, was veranderd in een sensueel Hollywood-masker, met karmijnrode cupidobooglippen, turquoise oogschaduw à la Cleopatra, vette valse wimpers en een huid zo bleek en gaaf als een ~~skihelling in Vermont vóór het broeikaseffect~~ winterse berghelling. Gloria had haar een platinablonde pruik geleend die haar de grandeur van een travestiet verleende; ~~een pruik die passend was geweest bij de tewaterlating~~

~~van de Queen Mary in 1961.~~ Haar zwarte jurkje was vervangen door een strak, strapless ivoorkleurig gevalletje met ruches – Marilyn Monroe gefotografeerd voor *Life*. In het gedempte schijnsel van een vertrek dat verlicht werd door grotendeels kapotte en niet-vervangen gloeilampen, straalde Brittany de allure van een filmster uit.

'Hallo, Kyle.'

'Wauw.'

'Hallo, Steve,' zei Brittany. 'Gaan we dadelijk eten?'

Gloria stond achter Brittany. 'Dít is pas een vrouw. Vergeet die sloeries van tegenwoordig die zich kleden in tandzijde en lapjes stof – een échte vrouw heeft allure. Een échte vrouw richt chaos aan, waar ze ook komt.'

Kyle zei: 'Brittany... wat ben jíj van plan?'

Steve onderbrak hem: 'Pak maar in, Julie Christie! Pak maar in, Charlotte Rampling!' ~~Pak maar in, Natalie Wood! Pak maar in, Sophia Loren! [Verna Lise? Angie Dickinson?]~~

Kyle zei tegen Steve: 'Over wie héb je het in godsnaam?' Hij wendde zich weer tot Brittany. 'Brit, je ziet eruit als een geldgeil wijf uit een film met Cary Grant.' Hij hield zijn rechterhand achter zijn oor: 'Hé, volgens mij staat er een schatrijke plutocraat in de keuken die je zó vijftig dollar geeft als je naar het damestoilet gaat.'

'Leuk dat je mijn nieuwe look zo waardeert, Kyle. Maar je kunt doodvallen, ik vind het hartstikke leuk.'

Steve floot uitdagend.

'Dank je wel, Steve.' Brittany liep de woonkamer in terwijl Gloria onzichtbare huidschilfers van Brittany's schouder plukte. Ze nam plaats op de bank. 'Ik wil verandering – en ik wil nog een whisky. Steve?'

'Komt eraan.'

Gloria vroeg ook om nog een whisky. Kyle zei: 'Jezus, douchen jullie met whisky of zo? Het is niet te geloven.'

'Kyle, hou je mond. We hebben het over mij, niet over jou. En nu we het toch over mij hebben: ik word doodziek van wie ik ben. Ik word doodziek van mijn werk, ik word doodziek van mijn standpunten, en ik word doodziek van die stem in mijn hoofd die jaar in jaar uit hetzelfde zegt.'

'Hoor jij stemmen?' vroeg Gloria.

'Je weet wat ik bedoel, Gloria. Dat hebben we allemaal. Dat stemmetje dat zegt welke brug je moet nemen als je 's morgens naar je werk gaat, dat stemmetje dat een boek voorleest in je hoofd terwijl je zit te lezen. Ik word er gewoon doodziek van! En dus ben ik vanavond Elizabeth Taylor.'

'Je ziet er betoverend uit,' zei Gloria.

'Hier is je whisky.'

'Dank je, Steve.'

'Jij nog whisky, Kyle?'

'Jezus.'

Kyle keek geïrriteerd en Steve zei: 'Waarom doe je zo bits? En bovendien speelt alcohol een belangrijke rol in je werk. Op bladzijde 1 van je nieuwe boek is de hoofdpersoon al behoorlijk aan de drank.'

'Wel verdomme, heb jij in mijn nieuwe boek zitten lezen? Was je daarom nergens te vinden?'

Brittany keek Steve aan. 'Steve, heb jij Kyles manuscript uit zijn tas gehaald en er stiekem in gelezen?'

Steve was er gloeiend bij.

Kyle schreeuwde: 'Dit is toch niet te geloven! Heb jij mijn eerste hoofdstuk gestolen?'

'Doe niet zo vervelend,' zei Steve. 'We zijn toch allebei schrijvers? Wat is er mis mee om tips over het vak uit te wisselen met een collega?'

'Hoe wist je dat ik het bij me had?'

'Dat heb ik hem verteld, Kyle.'

'Waarom doe je zoiets?'

'Dat kan toch geen kwaad? En misschien heb je iets aan het advies van iemand anders dan ik.'

'Ik ben tevreden met jouw adviezen.'

'Heb je je ooit afgevraagd, Kyle, wat voor druk jouw behoefte aan feedback op mij legt? Ik heb al bijna geen vrije tijd, en de weinige vrije tijd die ik heb wordt helemaal opgeslorpt door jouw bodemloze put van artistieke onzekerheid.' Ze keek haar gastheer en gastvrouw aan. 'Je gelooft het niet, maar de losse hoofdstukken liggen als herfstbladeren door het hele huis verspreid. Overal. Altijd. Op de bank. Op het fornuis. Op het toilet. In de auto. Op de Stairmaster. In de ontbijthoek. Op de vloer – vooral op de vloer. Het lijkt wel alsof we ons huis hebben ingericht met een ventilator en een tegoedbon van Staples.' Ze richtte zich tot Gloria. 'En al die hoofdstukken zitten onder de Post-it-briefjes, die allemaal zijn vol gekalkt met gele, roze en blauwe markeerstift, en op elk Post-it-briefje staat de vraag wat ik ervan vind.'

Gloria dacht: Wat is een Post-it-briefje?

'Mooi zo,' zei Kyle.

Er viel een stilte. Ze hoorden elkaar van hun drankjes nippen, terwijl ze keken naar de koplampen van passerende auto's die op de wanden verschenen en weer verdwenen op het plafond. Kyle verbrak de stilte. 'Nou, Steve, aangezien je het nu toch gelezen hebt: wat vind je ervan?'

'Ik denk dat er ieder moment Chinees eten kan worden bezorgd,' zei Steve.

'Mooi,' zei Gloria, die geen aanstalten maakte om borden en bestek te halen.

'Wat vind je van het boek?' vroeg Kyle. 'Ik weet dat je er een stuk van hebt gelezen.'

Steve zweeg. Wat vond hij eigenlijk van Kyles boek? Al die verwijzingen naar de popcultuur zeiden hem niets, en door alle technische details had Steve het idee gekregen dat hij een handleiding van de NASA had zitten lezen over het repareren van een maankarretje. Maar hij zei: 'Ik vind echt dat je iets universeels hebt aangeboord. Het aspect van "niet uit je bed willen komen" in het eerste hoofdstuk. De gedachte niet meer verder te willen met je leven, en de vraag wat het voor voordeel zou kunnen hebben om nog tientallen jaren door te leven na je hoogtepunt, nadat alle grote daden in je leven zijn verricht en wanneer je slechts achterblijft met spijt en zonder keuzemogelijkheden. Dát vond ik erg goed – het gevoel dat verdriet op een dag als een weerwolf je huis binnentrekt om het nooit meer te verlaten, en iedere keer dat je een deur opendoet of een hoek om gaat, blijkt hij daar op de loer te liggen.'

'Echt waar?' zei Kyle.

'Ja,' zei Steve.

'Huh.'

'Zie je nou wel,' zei Brittany, 'dat een andere mening helemaal geen kwaad kan?'

'Je hebt gelijk,' zei Kyle.

Iedereen nam een slok van zijn drankje, waarna Brittany over iets anders begon. 'Ik zag een voetbal in de kast liggen,' zei ze. 'Hebben jullie kinderen?'

Hoewel er technisch gezien niets gebeurde, kwam de kamer tot stilstand. Steve en Gloria wisselden een razendsnelle blik. Gloria zei: 'Eh… ja. Wij hebben een heel lief kind.'

'Ja,' zei Steve. 'Een heel erg lief kind. Eén maar.'

'Interessant,' zei Kyle. 'Een jongen of een meisje?'

Steve en Gloria hadden oogcontact voordat Steve antwoordde: 'Een jongen.'

'Hij wordt nooit genoemd op het achterplat van je boeken,' zei Brittany.

De bel ging.

'Dat zal ons eten zijn,' zei Steve.

Bethany

Roger,

In tegenstelling tot Brittany vind ik het helemaal niet erg om jouw boek in proef te lezen. Sterker nog: *De handschoenvijver* maakt nu officieel deel uit van mijn leven, en ik zou er graag anderen deelgenoot van maken, maar wie... Kyle? Dat lijkt me geen boekentype. Mijn collega-gevangenen van Stompels? Geen sprake van, dit is veel te bijzonder. Dan blijft alleen mijn moeder over.

Ik wou dat ik zelf iets speciaals had gemaakt, Roger, dat ik voor mezelf kon houden. Jij hebt geluk, jij hebt je boek. De cursus verhalen schrijven die ik ooit heb gevolgd, werd een regelrechte ramp. Toen ik thuiskwam na de laatste les, heb ik alles weggegooid. Uit pure walging. Lichtpuntje: mijn jarenlange gezwoeg op school levert me in ieder geval studiepunten op als ik weer de verpleging in wil, en wel als gevorderde leerling. Ja, ik denk er nog steeds over om dat te gaan doen.

Het enige wat ik bewaard heb van mijn cursus verhalen schrijven is mijn opstel over geroosterd brood dat met boter wordt besmeerd – 'vanuit het standpunt van het geroosterde brood'. Ik stuur het als bijlage mee. Beschouw het maar als de inspiratie van de ene schrijver voor de andere. Wacht even, die laatste zin klopt niet.

Nou, Roger, zoals je overal in goedkope restaurants te horen krijgt: 'Dat het u moge smaken!'

Geroosterd brood

Ik verdien beter dan gedwongen te worden mijn gruwelijke lot te beschrijven dat mij wacht in de handen van een klont boter. Wat voor misdaad heb ik gepleegd, behalve dan dat ik knapperig en goudbruin ben aan de buitenkant – met misschien een subtiel spoortje koolstof – terwijl ik vanbinnen zacht, donzig en wit, zeg maar gerust wolkachtig ben?

Alsof ik het mes niet op me af zie komen! Als het de bedoeling was om mij bang te maken, dan is dat zeker gelukt, en... o jeetje... het is niet eens boter, het is margarine. Maar lieve hemel, het is zelfs geen margarine – het is een soort spread, merkloze sandwichspread van de groothandel? Is dat alles wat ik krijg: boterachtige, in het groot ingekochte gele derrie? Is boter nog te goed voor mij? Nou, bedankt. Heel hartelijk bedankt. Met boter ga je tenminste nog met een chic soort allure af. Zelfs margarine heeft nog iets Volvo-achtigs.

Maar ja, zo is het leven. Tijdens mijn jeugd als nederig sneetje brood (het vierde sneetje van voren), koesterde ik grote dromen. Misschien zou ik op een dag, eenmaal geroosterd, de beeltenis dragen van Jezus, en zo niet Jezus dan toch de legende van het NASCAR-racecircuit Dale Earnhardt, en als dat ook niet lukte, dan Catherine Zeta-Jones. Het enige wat ik in plaats daarvan te bieden heb, is een goudbruine gloed die op dezelfde willekeurige manier over mijn verhitte oppervlak is verspreid als de kraters op de maan, met een iets diepere bruining op mijn middenrif, waar ik dicht bij de equatoriale grill van de broodrooster kwam.

Ik vind het zelfs gemeen om een jonge boterham het

idee te geven dat hij op een dag een geroosterd gezicht zal kunnen uitbeelden, zelfs voor duizenden dollars op eBay verkocht kan worden en het middelpunt van een krankzinnige mediahype kan worden.

Het leven valt meestal tegen. Ik bedoel, begrijp me niet verkeerd, er zijn veel erger manieren om aan je einde te komen dan als geroosterde boterham – bijvoorbeeld als croutons of als vulling, om nog maar te zwijgen over het ergst denkbare lot: groene schimmel, gevolgd door een snelle knoop in de hals van de plastic zak, en vervolgens word je in de vuilnisbak gegooid en verblijf je in een luchtloos voorgeborchte tot het jaar 327.406 n.Chr., als een gletsjer je loswoelt uit wat ooit de gemeentelijke vuilstort was. Het is mijn noodlot om geroosterd brood te zijn. En dat is een schrale troost.

Wacht... Wacht... Het is bijna bij me, het mes. Het staat op het punt mij te treffen op mijn gevoeligste plekje, midden in mijn – nmhggg... aughhh!

O!

Dat was...

Dat was...

Doe dat nog eens.

Mijn gód, dat hebben ze me nooit verteld, toen ik nog in het brood zat. Jezus, ik begin helemaal te kruimelen.

En dat kan me niets schelen!

Mnmmmmmglmpf!

Ahhhh...

Warme, sijpelende stroompjes doordrenken mijn wezen; gezwollen, slingerende, zongekleurde poelen doorweken mijn gebarsten, schilferige, verbrande huid – zo vlak voor mijn dood. Ik voel dat er tanden mijn richting in komen, en toch is de angst verdwenen. Ik voel

me vrij! Ik voel me smerig! Ik voel me onderworpen! Ik
voel...

Ik voel...

Ik voel...

... het einde.

6½

Bethany, ik kreeg niet <u>echt</u> het gevoel dat ik met boter
besmeerd werd, dat ik een geroosterde boterham <u>was</u>.
Als schrijver moet je dat soort dingen <u>benadrukken</u>. Ik
wil graag dat je tijdens de workshop van a.s. donderdag
goed luistert naar een aantal andere boterscènes die zullen worden voorgelezen. Dat zal je een beter inzicht geven in hoe je je moet vereenzelvigen met je hoofdfiguur.
Ik denk dat we dan gezamenlijk tot een bevredigende
creatieve oplossing zullen komen.

Bethany

Roger,

Je bent al vijf dagen niet op je werk geweest. Waarom blijf je zo lang weg? Ben je ziek? Ik voel me een beetje voor gek staan door steeds correspondentie in de brievenbus van je souterrainwoning te duwen, maar ik ben niet van plan op je deur te kloppen. Verder dan dit briefje ga ik niet om contact met je te leggen.

Mijn idee is dat je helemaal niet ziek bént. Volgens mij zit je je thuis te bezatten en de hele wereld te vervloeken omdat je kwaad bent op je ex en haar advocaat.

Ik vermoed dat je een zware tijd doormaakt, maar ook dat je daar snel weer uit zult komen, dus ik stop dit briefje bij je in de bus en maak me verder geen zorgen meer om je. Je mist in ieder geval niets op het werk, hoewel ik wel iets raars heb gedaan dat je misschien wel interessant vindt en waar je misschien iets mee kunt, als romanschrijver.

Nadat ik het graf van Kyles oma had bezocht, moest ik nog meer dan anders denken aan de dood, en ik bedacht dat je op een dag het woord EINDE zult opschrijven en dat *De handschoenvijver* afgelopen is. Dat moet dan toch ook een soort dood zijn, denk je niet? En in tegenstelling tot het echte leven weet je met een boek precies wanneer het afgelopen is.

En omdat je precies weet wanneer het afgelopen is, kom je tegen het einde misschien onder een soort druk te staan, zo van: shit! Nog vijf bladzijden en dan is het afgelopen met dit kreng. Nee, nog maar drie bladzijden! Au! Het einde is nabij! Het einde is nabij!

En daarom had ik het volgende bedacht: ik neem aan dat de geestelijke druk om een einde voor een boek te bedenken iets uit een schrijver moet persen. Het dwingt de schrijver ertoe een soort allesomvattende waarheid op te hoesten, omdat het een kwestie is van nu of nooit.

Met dat idee in mijn achterhoofd heb ik de bus genomen naar de bibliotheek, en daar ben ik naar de afdeling Romans gegaan, waar ik willekeurig honderd romans heb gepakt en op een karretje heb geladen: bestsellers, winnaars van de Nobel-prijs, sciencefiction, liefdesavonturen – van alles. Met mijn handvol muntjes ben ik naar het fotokopieerapparaat gegaan en daar heb ik de laatste twee bladzijden van ieder boek geko-pieerd. Toen ben ik naar de koffiekamer gegaan en daar heb ik deze honderd laatste bladzijden van die boeken gelezen, op zoek naar een gemeenschappelijke noemer, en zal ik je eens iets vertellen? Ik heb er een gevonden, niet in ieder boek, maar wel in de meeste. En dit is het: tegen het einde van een boek be-geven de personages zich heel vaak weg van of juist in de rich-ting van een lichtbron – letterlijk –, ze lopen bijvoorbeeld met een brandende kaars een donker vertrek binnen, of rijden op een kruispunt door een rood stoplicht, of trekken gordijnen open, of vallen in een put, of – en de lijst gaat maar door. Ik heb alle passages over licht omcirkeld, en het staat als een paal bo-ven water.

Dat zet je wel aan het denken, hè?

Hopelijk tot gauw, Roger.

Joan

Roger,

Je hebt een week de tijd gehad om na te denken over de uitspraak betreffende de voogdij. Ik hoop dat je eroverheen bent en geen rare dingen gaat doen of je kop half kaal scheren, of dat soort belachelijke dingen. Ik schrijf je omdat – jezus. Toen ik een paar dagen geleden de koffiekopjes wilde opruimen in de woonkamer, zag ik dat er een meisje naar het huis stond te staren. Ik schatte haar voor in de twintig, zo'n gothic type, best wel knap, als ze tenminste die witte troep van haar gezicht zou schrapen. Waarom doen jongelui tegenwoordig dat soort dingen?

Ik dacht er verder niet over na, maar toen ik een uur later naar buiten keek, stond ze nog steeds te staren, dus ik deed de voordeur open en vroeg wat ze wilde. Ze begon te blozen (dat weet ik niet zeker vanwege die witte troep), mompelde iets en maakte dat ze wegkwam. Ik vertelde Brian erover onder het eten, en hij zei dat ze misschien ooit voor ons in dit huis had gewoond en het nog een keer wilde zien. Dat heb ik zelf ook wel gedaan, bij mijn ouderlijk huis in Steveston (waar ze nu trouwens koopflats in hebben gemaakt), en liet het er verder bij.

Maar gisteren stond ze weer voor de deur. Ik wilde haar niet aan het schrikken maken, dus met mijn vriendelijkste stem vroeg ik haar of ze binnen wilde komen. Eerlijk gezegd was ik best benieuwd naar haar, en ik wist nog hoe leuk ik het zelf had gevonden om mijn ouderlijk huis weer eens van binnen te zien.

Ze aarzelde, en ik wilde de deur weer dichtdoen, toen ze ja zei en binnenkwam. Ik vroeg of ze hier had gewoond en ze zei nee. Ik vroeg of ze dan misschien iets verkocht, maar ze zei weer nee. Ik begon geïrriteerd te raken en vroeg wat ze dan wilde. Ze vroeg of ik Joan was, ik zei ja, en ze was zo nerveus dat ik medelijden met haar kreeg, wie ze ook was.

Toen zei ze dat ze met me wilde praten over jou, Roger. En ik dacht: lieve hemel, hij is toch niet ineens verslingerd geraakt aan doodsprinsessen à la Harajuku, maar ze leek gedachten te kunnen lezen en zei: 'Nee, nee, dat is het niet. Ik ben niet zijn vriendinnetje en ik ben ook geen stalker of zo.'

Dus ik vroeg: 'Wat doe je hier dan?'

En ze zei: 'Eerlijk gezegd was ik benieuwd hoe u eruitzag.'

Ik wierp haar mijn ijzige blik toe – je weet wel, die jij ook zo goed kent – en ze zei: 'Volgens mij gaat het momenteel helemaal niet goed met Roger, en ik vraag me af wat ik moet doen of bij wie ik verder kan aankloppen.'

Ik vroeg wat ze bedoelde met 'niet goed', en ze zei: 'Ongelukkig, problemen, een depressie misschien? Drinkt hij? Hij is al een week niet meer op zijn werk geweest.'

Ik moest bijna lachen. Ik vond het zo lief van haar dat ze dacht dat de puinhoop die jij van je leven hebt gemaakt iets nieuws was, in plaats van iets dat al tijdenlang speelt. Ze was nog zo groen dat ik haar uitnodigde om te gaan zitten.

Ik haalde wat van Zoës speelgoed van de bank, en we gingen zitten. Ik werd bijna een beetje sentimenteel, omdat ze in dat stadium van haar leven verkeerde waarin ze de meeste tijd doorbrengt in tweedehandswinkeltjes en zwarte, blauwe en bruine kringen in haar badkuip heeft van de textielverf. Ik bood haar geen koffie aan omdat ze zo zenuwachtig deed. Ik zei dat ik kruidenthee ging zetten, maar toen vroeg ik plompverloren of ze zin had in een glas rode wijn. Ze zei ja. Het was pas twee uur 's middags, maar dat gaf niets. Als een kind eenmaal op school zit, Roger, kruipen de dagen tergend langzaam voorbij, en ik ben nooit dol geweest op huishoudelijk werk. Overdag drinken is een gewoonte die ik waarschijnlijk van jou heb overgenomen. Ha!

Dus die jonge Bethany vertelde dat ze een collega van jou was bij Staples. Roger, je bent echt de burgemeester van Loser City. Weet je wat ze zei? Dat jij bij Klantenservice werkt. Ze zei ook dat je een roman aan het schrijven bent en dat je al aardig opschiet. Dat kwam écht als een verrassing: ben je echt aan iets begonnen? Gekker moet het niet worden, zeg. Volgens haar is het een 'modern menselijk drama', waarin een paar rivaliserende auteurs een rol spelen. Jij? Creatief? Artistiek? Het enige wat ik me kan herinneren is jouw mislukte optreden zonder tekst in een productie bij de plaatselijke North Shore Players van *Same Time, Next Year.* Je hoefde alleen maar aan te kloppen en de hoofdrolspeelster haar ijsemmer aan te geven, en dat wist je nog te verkloten. En daarna had je een affaire met haar. Oeps, zei ik affaire? Ik geloof het wel. Nou ja, dat is allemaal verleden tijd en ik heb de voogdij, dus eind goed al goed.

Roger, Bethany is een lief kind, ze is intelligent maar ook erg jong – jong genoeg om te denken dat ik me iets van jou zou aantrekken of je zou willen helpen. Ik heb haar verteld dat je 'zware tijden' doormaakt, maar ik had meteen spijt dat ik het gezegd had, want meisjes vinden het enig om mannen door hun zware tijden heen te loodsen, en ik zou niet graag willen dat ze verstrikt raakt in jouw net. Ik wilde mijn woorden toelichten door te zeggen: 'Het heeft geen enkele zin om hem te helpen', maar dat zou alleen maar olie op het vuur zijn geweest. Dus in plaats daarvan zei ik: 'Het is ook altijd zó weer over bij hem. Let maar op. Over een paar dagen is hij weer helemaal de oude.' Dat vrolijkte haar op, en hopelijk verminderde dat haar begrip voor jouw zelfmedelijden aanzienlijk.

Over zelfmedelijden gesproken, Roger: ga gewoon verder met je leven, wil je? Wij zijn gescheiden. Ik heb de voogdij. Brian en ik gaan over drie weken trouwen. Jij leeft uitsluitend in het verleden. Jij leeft op Fantasie-eiland. Dus je bent een roman aan het schrijven – eigenlijk is dat best goed nieuws, voor de verandering. Stop er al je emotionele troep maar in. Zeg die kutbaan bij Staples op. Zoek een echte baan. Zorg dat je nuchter wordt en blijft. Je hebt waarschijnlijk besloten dat er niets gaat gebeuren voordat je je absolute dieptepunt hebt bereikt. Je vecht voor de laatste plaats, terwijl je de enige bent die meedoet.

Even praktisch: volgend weekend zet ik Zoë af voor haar maandelijkse bezoekje van drie uur. Wil je dat ik haar bij jou afzet, of liever op een populaire en neutrale voogdijplek, zoals bij het aquarium of zo? Laat maar horen.

Je hebt mijn telefoonnummer en e-mailadres.

J.

De handschoenvijver

Kyle betaalde de man die het Chinese eten bezorgde, en Brittany zette de plastic zakken op de eettafel, die Steve met een kleedje vluchtig had afgestoft.

Gloria opende nieuwsgierig alle vettige zakken, alsof er goud, wierook en mirre tevoorschijn zouden kunnen komen. Ze maakte geen aanstalten om bestek of borden te pakken; Kyle liep naar de keuken en ging ernaar op zoek. Hij rommelde in de bestekla, waar hij willekeurige stukken zilver bestek aantrof. Het zilver was zo slecht onderhouden dat het hem deed denken aan de met olie doordrenkte betonnen vloer in een filiaal van de Kwik-Fit. Jezus, wat een afschuwelijke mensen, dacht hij, terwijl hij verder zocht naar iets, wat dan ook, dat zou kunnen dienen als servet. Geen keukenpapier. Geen theedoeken. Geen linnen servetten. Uiteindelijk vond hij ergens een reclamefolder van drie weken oud, waarvan hij steeds een bladzijde om een mes, vork en lepel vouwde. Met die vier couverts liep hij terug naar de eetkamer.

'Wat zijn dat?' vroeg Gloria.

'Couverts.'

'Wat is een couvert?'

'Dat is een term uit de horeca. In plaats van afzonderlijk een servet, vork, mes en lepel naast het bord te leggen, rol je die in de keuken gewoon allemaal op en leg je bij iedere zitplaats een couvert. Dat scheelt een heleboel tijd.'

Niemand maakte een opmerking over het krantenpapier dat als servet diende. Brittany rolde haar couvert open. 'Dit is duur spul,' zei ze. 'Echt zilver.'

'Huwelijkscadeau,' zei Gloria.

'Je zou elk van die dingen kunnen belenen voor een paar duizend dollar per stuk,' zei Kyle. 'Die bestekla van jullie is misschien wel veertigduizend dollar waard.'

Brittany zei: 'Alleen al met de opscheplepels zou je een wereldreis in de eerste klasse kunnen betalen.'

En op dit punt, geachte lezer, stond de tijd stil voor Steve en Gloria. Hier hield hun waarneming van de kosmos op, zodat ze achterbleven in een niet onaangename, dimensieloze leegte. En als de zaailing van een roosje die door de winterse sneeuw heen dringt en gekust wordt door de warme liefde van de zon, zo drong het besef van tijd en werkelijkheid geleidelijk aan weer door tot het stel. Minuscule uitbarstingen van acetyleen die ergens in hun reptielenbrein plaatsvonden, werden gevolgd door krachtige endorfinestoten en een ogenblik van verlichting en geluk.

'Kyle, we moeten borden hebben,' zei Brittany.

Kyle ging op zoek naar borden, terwijl Steve en Gloria als verdoofd van plezier bleven zitten. Ze rolden hun couverts uit en begonnen in de bakjes Chinees eten te prikken.

'O!' zei Gloria. 'Moo goo gai pan. Ik ben dol op moo goo gai pan.'

'Nee,' zei Steve. 'Je vindt het alleen maar leuk om "moo goo gai pan" te zeggen.'

'En wat dan nog? Wil je ook wat moo goo gai pan, Kyle?' Gloria spietste het grootste en sappigste stuk kipfilet dat te midden van een heleboel vermoeide groenten en champignons in het aluminium bakje lag aan haar vork.

'Graag,' zei Kyle.

Kyle verbaasde zich over het lawaai dat zijn vermeende gastheer en -vrouw maakten onder het eten. Hun atletische geslurp en vochtige gezuig deden hem denken aan onversneden softporno.

'En,' zei Brittany, 'waar is jullie zoon nu?'

De vorken van Steve en Gloria bleven hangen halverwege hun bord en hun mond. 'Waarom vraag je dat?' vroeg Steve.

'Gewoon, om iets te zeggen,' zei Brittany.

'Onze zoon is een heel bijzondere jongen,' zei Gloria.

'Inderdaad, heel bijzonder,' herhaalde Steve.

Kyle nam de omgeving in zich op: het huis dat bevroren leek in de tijd, de rimpelige huid van Steve en Gloria; de afwezigheid van elk spoor van menselijk leven onder de zestig. Hij waagde zich op de uiterste rand van wat nog plausibel was en vroeg: 'Studeert hij nu misschien?'

Gloria reageerde iets te snel: 'Ja. Aan de universiteit. Als een vis in het water. Hij studeert zich te pletter. Studeren, studeren, en maar studeren.'

'Niet te geloven, zoals die jongen studeert.'

'Hij stopt zijn hersenpan helemaal vol.'

'Het menselijke brein is iets wonderbaarlijks.'

'Lieverd,' zei Gloria tegen Steve, 'er zit geen sojasaus bij.'

'Nee, inderdaad.'

'Ik haal even wat uit de keuken.'

'Ik loop wel even mee.'

Steve en Gloria stonden op en verlieten het vertrek.

Kyle keek Brittany aan. 'Die lui zijn geestesziek.'

'Alles is betrekkelijk, Kyle. Misschien zijn ze gewoon gelukkig.'

'Ze hebben helemaal niets te eten in de keuken.'

'Dat hebben weinig mensen, hoor. Ze gaan waarschijnlijk elke dag vers eten halen, net als wij.'

'Nee, ik bedoel echt helemaal niets te eten. Er staat alleen een potje augurken in het zuur zonder augurken en een pak pannenkoekenmix vol met meelwormen van vóór de Beweging voor de Mensenrechten.'

'Je overdrijft.'

'Niet waar.'

'Ze zien er anders goed doorvoed uit.'

'Het enige wat ze tot zich nemen is whisky en gin.'

'Niet zo hard. Misschien horen ze ons.'

'Wil jij dat laatste stukje zoetzuur varkensvlees nog?'

'Ga je gang.'

En Kyle nam het laatste stukje varkensvlees.

Geroosterd brood 2: Een verhaal op volle zee

11 november 1893

Hoewel het Vaartuig schudt en voortdurend en misse-
lijkmakend rolt en stampt, staat mijn geloof in het
Beloofde Land, dat vrij is van broodroosters en andere
apparaten die ons tere, zetmeelhoudende vlees verschroeien, nog recht overeind. De kapitein van het
schip, ene Cornelius Calvé – een afschuwelijke, ongeschoolde lafaard met een dubieuze agenda – heeft ons
dagelijks rantsoen van zowel kaneel als suiker vrijwel
geheel gedecimeerd, nadat sinds vorige week de boter
geheel taboe was verklaard. Enkele zwakkere sneden
aan boord zijn in contact gekomen met zout water en
zijn gek geworden door de vervloekte, doorweekte klef-
heid die de aartsvijand is van eenieder die reist op het
Goede Schip Snee, dat geregistreerd is in Liverpool,
maar vaart onder de vlag van de Canadese Dominion
(hoewel alleen maar, moet ik hier opmerken, wanneer
er schepen naderen met in de mast een vlag van landen
die vijandig staan tegenover het openbroodbeleid van
Amerika – een beleid dat bescherming belooft aan die
sneden die zich, zoals ikzelf en mijn gezin, verschuilen
in hoofddoeken en van luizen vergeven stofdoeken in
het vooronder, en die dromen van een leven zonder
oudbakkenheid en broodroosters).

Gisteren gaf de Weduwe Zemel de Hoop op ooit nog
de bestemming te kunnen bereiken, en ze vormde een
beklagenswaardig schouwspel op het achterdek, terwijl
de zeemeeuwen & grote jagers zich tegoed deden aan
haar karkas. Met hun demonische gekrijs stoorden ze
Kapitein Calvé tijdens zijn middagspel *chemin de fer* dat

hij speelt met de 'Eregasten' aan boord van het van meelwormen vergeven schip: Hertog Rogge van Broodsterland, de Markiezin van Gist (van wie wordt beweerd dat ze haar verstand heeft verloren door een vlekje schimmel op een plakje krentenbrood) en de oorlogszuchtige Herr Pompernikkel, erfgenaam van de legendarische Kneedmiljoenen.

Het enige vooruitzicht dat ons, gewone sneden broods in het stuurhuis, een sprankje hoop geeft, is onze Droom dat we op een goede dag een land mogen bewonen waar de versheid in vrede kan leven, vrij van de eeuwigdurende gekte die wordt veroorzaakt door de aanwezigheid van kazen, sauzen & tonijnmayonaise.

Maar ik vergeet bijna het allerspannendste avontuur, waarover ik nu meteen zal vertellen. We legden aan in Angra do Heroísmo, aan de met lava bedekte kust van de Azoren, om de voorraad harde tarwe aan te vullen die tot brij was verworden door een lek in de voorsteven – een lek dat per ongeluk was veroorzaakt toen Kapitein Calvé – dronken van een koppige cocktail van gevulde kerstbonbons en gokwinsten – ons schip in een vaartuig van de Turkse marine had geboord, de Al Shish Kebab. Het zou een noodlottig lek blijken, dat ons dwong onze onophoudelijke gebeden tot de H. Guinevere van Corst te staken,

Einde van het manuscript.

Bethany

Je bent terug.

En hoe!

Godzijdank.

En 'Geroosterd brood 2' was heroïsch. Om eerlijk te zijn, lijd ik aan Roger-ontwenningsverschijnselen. Het loopt hier heel anders zonder iemand die een beetje ouder is en de rest van ons zo nu en dan een beetje zijn plaats wijst. Sinds dat incident met de gestolen kauwgom (de opname via de QuickTime-beveiligingscamera is veelvuldig bekeken op YouTube) doet iedereen naar en paranoïde.

Ik hoop dat je je beter voelt. Een afwezigheid van acht dagen is best lang. Vandaag is het zondag, maar het voelt eerder als een 'gewone' dag – of liever gezegd: het voelt zoals de dagen gevoeld moeten hebben voordat de zeven dagen van de week uitgevonden waren. Stel je voor dat je 's morgens wakker wordt en geen idee hebt wat voor dag het is. Wat moet dat een vreemde sensatie zijn geweest.

Hmm – wat voor dag is het? Het is niets. Het is gewoon een dag, een dag als alle andere, zonder naam of betekenis of wat dan ook.

Laten we nu eens verder teruggaan in de tijd, voordat de mens de indeling in jaargetijden had bedacht. Toen ging je door het leven met uitdrukkingen als: 'Jeetje, het is een stuk kouder. Het koude weer volgt meestal op een vrij lange periode met mooi weer, en als ik me goed herinner, wordt het weer na ongeveer honderd nachtjes slapen weer warmer.'

Het moet om gek van te worden zijn geweest dat je nooit zeker wist hoe lang de periodes met koud en warm weer zouden duren – zo gek dat ze een Stonehenge gingen bouwen om zekerheid te krijgen. Archeologen vragen zich voortdurend af waarom holbewoners die enorme stenen door half Engeland hebben versleept. Ja, hallo zeg! Ze waren helemaal over de rooie omdat ze niet wisten wat voor jaargetijde het was.

Het zijn slappe tijden bij El Stompo, volgens mij zijn er drie voetbalwedstrijden op tv, en dan kun je hier altijd een kanon afschieten. Kyle heeft een snipperdag en kijkt bij een vriend op diens flat. Ik dood de tijd door met een vastberaden uitdrukking op mijn gezicht heen en weer te lopen door de gangpaden , zodat ik door niemand word lastiggevallen met vragen. Ik maak zo de hele dag al één grote, aaneengesloten lus door Gangpad 4 en 5. Probeer dat maar eens vast te leggen op camera.

Ik word momenteel helemaal gestoord van la DeeDee, en dus heb ik me aangemeld voor overwerk. Ik kan het geld goed gebruiken om naar Europa te gaan of voor de verpleegopleiding, hoewel ik nog niet weet wat het zal worden.

DeeDee heeft ergens gelezen dat een op de tienduizend mensen zelfmoord pleegt. Ze heeft berekend dat als ze misschien duizend mensen kent, de kans slechts een op tien is dat ze iemand zou kennen die zelfmoord pleegt, maar in plaats daarvan kent ze er wel acht die het hebben gedaan, en vier daarvan kwamen uit haar directe kennissenkring. Dus ze vraagt zich af of het feit dat ze zoveel zelfmoordgevallen kent een indicatie is dat zij ook zelfmoord zal plegen. Niet dat het er ooit van zal komen. Daarvoor ontbreekt het haar aan het noodzakelijke zelfvertrouwen en zelfrespect. Bovendien is ze bang dat ze het op de een of andere manier verkloot en in een rolstoel terechtkomt.

Jij kent de DeeDee nog uit de tijd voordat het leven haar had platgeslagen als een mug. Herinner jij je iets van haar waardoor ze weer enigszins productief zou kunnen worden? Wat dan ook?

Op het moment slijt ze haar dagen vastgebonden aan een kopieerapparaat in een notariskantoor. Het doet me denken aan zo'n spotprent van een hond aan een touw dat midden in de tuin aan een paaltje is vastgebonden. Er is geen enkele hoop op ontsnapping en de moed ontbreekt haar inmiddels om te blaffen.

Deprimerend!

Bethany

Joan

Roger, nu weet ik waarom Bethany, die vriendin van je, mij zo bekend voorkomt. Ik heb haar destijds gezien tijdens zo'n workshop over 'Verder leven na kanker'. Ze was toen jonger en molliger, maar ze was het wel. Haar tante had borstkanker, en zelfs tegen het einde deed die vrouw nog allerlei knutselklusjes, zoals lovertjes op spijkerbroeken appliqueren. Mensen die dat soort dingen kunnen doen, ook al weten ze dat ze ten dode zijn opgeschreven, verbazen mij zeer, en als ik dan bedenk dat Shakespeare een menselijke schedel op zijn bureau had zodat hij onder het schrijven steeds aan zijn eigen sterfelijkheid werd herinnerd! Wat een freak.

Hoe dan ook, Bethany's familie zat voortdurend ruzie te maken. Zodra ze het zaaltje binnenkwamen, nam het aantal T-cellen bij de andere aanwezigen astronomische waarden aan. En een herrie dat ze produceerden! Maar Bethany zat er altijd plichtsgetrouw bij en bemoeide zich nooit met dat gekrakeel. Ik weet niet of ze mij laatst herkende van die 'Verder leven'-workshops; ze liet in ieder geval niets merken.

O ja, je mag Zoë geen suiker geven, zelfs geen vers fruit. Daar wordt ze gek van.

Brian komt haar over precies drie uur weer halen.

Veel plezier samen.

J.

Bethany

Meneer Tirade was er vandaag weer. Ik zag hem binnenkomen (het regende pijpenstelen buiten, dus hij was dubbel geïrriteerd; met veel omhaal schudde hij binnen een opvouwbare reclameparaplu van Dole-ananas uit, waar twee kapotte baleinen uit staken). Kyle en ik liepen achter hem aan en wachtten op een uitbarsting. We werden niet teleurgesteld.

Je weet dat er zo nu en dan van die kerels van in de vijftig toonloos fluitend of neuriënd door de gangpaden lopen, hè? Er was er ook een in Gangpad 3-Zuid, en hij stond meneer Tirade behoorlijk in de weg. De fluiter leek belangstelling te hebben voor de voorraad eersteklas ringbanden en Day-Timer-producten van Stompels, en neuriede een nietszeggend, toonloos la-da-di-deuntje. Tirade verloor zijn zelfbeheersing: 'Wat staan jullie toch altijd dom en toonloos te fluiten? Wat is het probleem eigenlijk? Zorg gewoon dat je een melodie kent, of hou anders je mond dicht.'

Ik zei: 'Kunt u vinden wat u zoekt, meneer?'

'Zeg tegen Meneer Microfoon hier dat hij zijn bek houdt.'

Ik (argeloos): 'Sorry?'

Tirade negeerde me en richtte zijn woede op de Vrolijke Fluiter. 'Ik dacht altijd dat jouw soort, dat zomaar wat toonloos fluit of neuriet in de openbare ruimte, gewoon stomme idioten waren, maar volgens mij zijn jullie ooit allemaal op je elfde gemolesteerd door je hopman bij de padvinderij en hebben jullie dat nooit verwerkt, en lopen jullie in plaats daarvan toonloos te fluiten. Ga toch in therapie en laat de rest van de mensheid met rust.'

De Vrolijke Fluiter was blijkbaar een therapiejunk. 'Weet u, meneer, als u uw mening voor u zou kunnen houden, dan zou dat geweldig zijn.'

Tirade explodeerde: '"Dan zou dat gewéldig zijn"? Mijn god, ik háát die uitdrukking. Het is passief-agressief, het is neerbuigend, en je wilt er eigenlijk mee zeggen: "Hou je mening voor je", maar je bent te bescheten om dat ronduit te zeggen, dus in plaats daarvan zeg je: "Dat zou gewéldig zijn."'

De Vrolijke Fluiter zweeg... Er tuimelde een eenzaam bolletje amarant door Gangpad 3-Zuid.

Tirade ging voor de hattrick: 'Wie heeft hier de belichting ontworpen – de nazi's of zo? Jezus, een mensenhuid ziet er hier uit als een gepocheerd ei. En aan hoeveel verschillende soorten blauwe balpennen heeft de wereld eigenlijk behoefte? Ik vind een heel gangpad dat vol staat met blauwe balpennen volstrekt ongezond voor de samenleving en het milieu.' Hij keek mij aan. 'Hé, ik ben op zoek naar een cartridge voor een HP LaserJet 1320. Waar kan ik die vinden?'

Ik: 'Gangpad 10-Noord, aan uw rechterhand.'

Terwijl meneer Tirade wegliep, floot hij feilloos en noot voor noot 'Mexican Hat Dance'.

Mijn dag kon niet meer stuk.

Roger

Hallo DeeDee,
Bethany heeft de leeftijd bereikt waarop ze naar niemand wil luisteren, dus ik denk niet dat mijn mening enig gewicht in de schaal legt. Maar is het niet ziek dat zij zich hier ook bij Staples begraven heeft, al verlopen onze levens totaal anders? Lachen! Geintje!

Zeg, DeeDee, ik heb eens nagedacht over jou, toen we nog op school zaten. Ik herinner me dat je graag schilderde. Jij hebt toen die grote muurschildering in het trappenhuis gemaakt, met die smeltende klokken en een boze, gevleugelde een-hoorn, en die helemaal doorliep tot beneden in het rookhol. Voel je er niet wat voor om weer te gaan schilderen?

Moet je horen: ik heb gemerkt dat naarmate je ouder wordt, je niet alleen een lijst aanlegt met wat je nog wilt doen, maar ook een met wat je vroeger deed. Gisteren vond ik een oude homp skiwas achter in een la, en ik kon er nauwelijks naar kij-ken, want mijn ski's waxen was een van de 'dingen die ik vroe-ger deed'. Daarna besloot ik de was weg te gooien. Waarmee ik maar wil zeggen dat als je de penselen en lijnolie tevoorschijn haalt en uitfreakt, ik daar alle begrip voor heb. Vreemd eigen-lijk, hè, hoe de dingen je een voor een in de steek laten? Oude vrienden. Enthousiasme. Energie. Maar Bethany inspireert me om iets nieuws te doen. Op het moment is schrijven mijn red-ding.

R.

De handschoenvijver

Kyle staarde naar zijn vork, en hij probeerde die net als Steve krom te buigen met behulp van telekinese. 'Weet je, toen we over hun kind begonnen, leek het wel alsof we tijdens een feestelijke besnijdenis een toost uitbrachten op Hitler, of zo.'

'Er zijn hier nergens foto's van hem,' zei Brittany.

'Ze lijken me helemaal niet het type om kinderen te hebben.'

'En ze zijn nu al tien minuten weg. Hoe lang duurt het in de regel om een flesje sojasaus te zoeken?'

'Ik heb helemaal geen sojasaus in de koelkast zien staan. Alleen dat potje zuur zonder augurken.'

Ze prikten in de koude resten van het Chinese eten.

'Wat zullen we doen?' vroeg Brittany.

'Misschien moet we gewoon het zinkende schip verlaten. Die lui zijn een levende verkeersramp.'

'Jawel, maar er moet toch een reden zijn waarom het zulke hopeloze gevallen zijn? Ik ga ze wel even zoeken. We kunnen toch niet zomaar vertrekken zonder gedag te zeggen?'

'Ga je gang. Ondertussen lees ik wel even in' – Kyle pakte een tijdschrift van een tafeltje – 'deze aflevering van juni 1971 van de *New Yorker*.'

Brittany liep de eetkamer uit. De keuken was verlaten en de achterdeur stond open. Ze keek naar buiten. De geur van rottend blad was heerlijk, en ze zag haar adem onder de buitenlamp. In de achtertuin, die beschenen werd door een straatlantaarn, waren twee paar voetstappen zichtbaar in het bevroren gras. Ze leidden naar de steeg achter het huis. Ze volgde de voetstappen en terwijl ze dat deed zag ze haar weerspiegeling in het raam van een Ford Explorer die daarachter geparkeerd stond. Zo zie ik er dus uit.

Ze huiverde en keek naar haar voeten, en daar lagen de resten van Halloween: stukken opgeblazen pompoen, dood vuurwerk en snoeppapiertjes. Ze dacht aan haar nieuwe make-up en hoe ze er vanavond uitzag. Ze bedacht hoe vreemd het is dat we steeds een glimp van onszelf opvangen in een spiegel – meestal in de openbare ruimte – en onszelf dan zien zoals vreemden ons zien. En nadat we onszelf hebben herkend, kruipen we weer terug in ons eigen lichaam en hebben we weer een vaag idee van wie we zijn.

Ze volgde de voetstappen totdat ze die kwijtraakte in het welig tierende onkruid.

Welke kant moet ik op?

Verdomme – daar is dat stemmetje weer, dat steeds maar doorgaat.

Ze spitste haar oren om Steve en Gloria te kunnen horen, maar het enige wat ze hoorde was een elektrische zoemtoon. Ze keek op en zag de transformatoren boven aan de elektriciteitspalen. Die transformatoren waren haar nooit eerder opgevallen, maar nu merkte ze dat ze even alomtegenwoordig waren in het stadsbeeld als straatlantaarns, bomen en geparkeerde auto's. Waarom zijn die dingen overal? Afgezien van het feit dat ze gewoon transformatoren heten, wat dóén ze eigenlijk? Wat transformeren ze? En hoe doen ze dat?

Ze bleef staan en ademde uit, en haar adem bleef gewoon hangen, als in een vitrine in een museum. Ze had het koud.

Toen hoorde ze een geluid dat klonk als het geroffel op

kleine trommels en uit een paar tuinen verderop kwam. Ze keek over een schutting en zag dat Steve en Gloria in het maanlicht bezig waren een heleboel plastic kinderspeelgoed te stelen: een plastic autoped van Fisher-Price, een hoelahoep, een wipkip van rood plastic en allerlei andere gekleurde kunststof voorwerpen die ze niet herkende. Ze sjouwden zoveel buit mee dat hun silhouetten op misvormde kerstbomen leken.

Brittany dook weg achter een schuurtje terwijl het echtpaar de terugweg naar hun woning aanvaardde. Het plastic speelgoed sloeg tegen elkaar aan en deed haar denken aan een bamboe windorgel. Het was een fraai geluid, onschuldig en vriendelijk.

Brittany volgde hen. Bij de achterdeur aangekomen haalde Steve een sleutel tevoorschijn, en Gloria en hij brachten de voorraad gestolen speelgoed naar het souterrain. Dit was haar kans om ongemerkt het huis binnen te glippen, en ze zorgde razendsnel dat ze weer naast Kyle zat.

Steve en Gloria kwamen nonchalant de eetkamer binnen. 'De sojasaus was nog best moeilijk te vinden,' zei Gloria, 'maar voilà!' Met het air van iemand die moeilijk te verkrijgen etenswaren op tafel zet – bijvoorbeeld fugulever van de kogelvis of absint – produceerde ze een flesje sojasaus, dat zo oud was dat de inhoud keihard was geworden.

'Sojasaus. Ik hoop dat het eten inmiddels niet koud is.'

De handschoenvijver

Steve en Gloria hadden ieder haastig een trui en een overjas uit de kast naast de achterdeur gegrist en trokken tuinhandschoenen aan die onder de hard geworden aarde zaten.

'Die verrekte gasten – alleen maar gelazer. Ze komen, ze zitten maar een beetje en eten ook nog al je eten op.'

'Jíj hebt ze uitgenodigd. En we hebben in geen jaren gasten gehad.'

'Nou ja, ik moest ze wel uitnodigen. Je weet hoe het er binnen de faculteit aan toegaat. Alles ging prima totdat die jonge herrieschopper, Fraser, van klassieke talen, met zo'n ergonomisch verantwoorde balans-stoel op de faculteitsvergaderingen verscheen. Sindsdien ben ik in de war. Ik draai me om en plotseling zit ik hier thuis aan tafel opgescheept met die idioot van een Falconcrest.'

'Balans-stoel? Zijn dat niet van die stoelen zonder rugleuning, waarbij alle druk op je knieën ligt?'

'Ja, ja.'

'Ik heb er laatst op tv een documentaire over gezien. Binnenkort is er op de hele wereld geen normale stoel meer te vinden.'

'Rotdingen. Mijn god, wat heb ik de pest aan de moderne tijd.'

Ze liepen de achtertuin in en het met rijp bedekte gazon veranderde de avondlucht zodanig dat het Steve voorkwam of alle geluiden wegdreven.

Gloria vroeg: 'Wat gaan we eigenlijk doen?'

'Hetzelfde als de vorige keer.'

'De vorige keer was het hartje zomer. Ik heb het koud.'

'Ik ook.'

'Vooruit, opschieten dan.'

Het stel liep door de steeg, tuurde in diverse achtertuinen en was duidelijk naar iets op zoek.

'Daar?' vroeg Gloria, en ze wees naar een pony van wit plastic met roze manen en een paarse staart.

'Gloria, Kendall was een jongen, hoor.'

'Ik ben niet gek, Steve. Het ziet er alleen zo... vrolijk uit.'

'Niet te veel aan denken, Gloria. Het is alleen maar pijnlijk voor je, dat weet je.'

'Steve, ik wou dat er een eind aan kwam. Maar dat gebeurt nooit.'

'Dat klopt. Er komt nooit een eind aan.'

'Hoe weet je dat zo zeker?'

'Omdat ik er alles over heb gelezen wat erover te lezen valt. Belangrijke boeken, onbelangrijke boeken. Zelfs een artikel in de *New Yorker*. Het beste wat je kan gebeuren is dat je er op een gegeven moment aan went.' Steve keek niet meer in de tuinen, maar staarde naar zijn voeten.

Gloria bleef staan en zei: 'Maar het is al zo lang geleden, en ik ben er nog steeds niet aan gewend. Hoe kun je in godsnaam aan zoiets wennen?'

'Dat moet je mij niet vragen, Gloria. Ik ben ook nog niet zover. Zullen we het over iets anders hebben? Het wordt er alleen maar treuriger op.'

Gloria knikte in de richting van een bepaalde tuin. 'Ik zie daar speelgoed liggen.'

'Jezus, die mensen hebben vast een drieling. Moet je al dat plastic zien.'

'Kom, even snel, Steve.'
'Goed.'

De handschoenvijver: Kyle

Terwijl iedereen weg was, maakte Kyle van de gelegenheid gebruik om Steves geheime leven aan een nader onderzoek te onderwerpen.

Die klootzak van een oplichter moet toch ergens een werkkamer hebben.

Hij vond de gastenbadkamer, de witte wastafel zat onder het stof. In het zeepbakje lagen uitgedroogde en gebarsten hotelzeepjes uit een grijs verleden. Naast de wc lag het eerste hoofdstuk van *Liefde in tijden van kantoormegastores*. Kyle was verbijsterd: eerst steelt hij mijn manuscript, en dan legt hij het naast de wc!

Aan de met velouté behangen wanden van de overloop hingen vergeelde ingelijste afbeeldingen van een vossenjacht, boven een halfrond wandtafeltje waarop veel meer voorwerpen stonden dan waar plaats voor was: een stoffig mandje vol stoffige sleutels waarvan de bijbehorende sloten allang vergeten waren, vijf enkele herenhandschoenen, een mesthoop aan bankafschriften en rekeningen, hoopjes half opgezogen Mentos, een stapel kapotte leesbrillen en zonnebrillen, tal van cosmetische producten die kennelijk bij Gloria in ongenade waren gevallen, plus diverse metalen voorwerpen waarvan de functie Kyle onduidelijk was.

Aan het einde van de overloop waren twee deuren. De ene gaf toegang tot een soort zitkamer, waar in de hoek een kleine zwart-wit-tv stond zonder kabelaansluiting en met een kapotte antenne. De kamer ernaast was – bingo! – Steves werkkamer. Het vertrek deed Kyle denken aan cartoons in de *New Yorker* van werkkamers waarin een plutocraat in de *roaring twenties* achter een van reusachtige borsten voorziene secretaresse rondjes liep om een groot, volgestapeld bureau dat verlicht werd door een messing bankierslamp met een kap van groen glas. Nadere inspectie leerde dat het vloerkleed slijtage vertoonde in een rechte lijn tussen deur en bureau. Een leren bank kreunde onder de obligate hoeveelheid vergeelde kranten en tijdschriften. Kyle pakte een krant op die uit een ander tijdsgewricht stamde ('President Verkwanselt "Informatiesnelweg", Tegenstemmers Zien Slechts Verkeersdrempels'), en de krant verkruimelde in zijn handen. Hij ging met een vinger langs de rugleuning van de zitbank en ontdekte dat het stof der jaren zich in dit vertrek had vermengd met tientallen jaren pijprook en een vettige, bijna explosieve substantie vormde die veel weg had van het teerzand in Alberta. Hij probeerde de drab af te vegen aan de boekenkast naast de deur, maar daar zat nog meer giftige troep. Hij veegde zijn vinger af aan zijn schoenzool.

Je kunt zeggen wat je wilt over dat monster, hij heeft wel vijf romans geschreven, dacht Kyle terwijl hij naar Steves bureau liep en op zoek ging naar sporen van de zesde roman, die zich zou afspelen in een kantoorsuper.

Kyle nam plaats op Steves leren bureautroon. Hij verwachtte dat die enigszins zou meegeven, maar in plaats daarvan ramde zijn stuitje keihard het solide onderstel van de stoel, waarvan de vulling van schuimplastic al jaren geleden verhard was tot een gelig soort zand dat langzaam uit de versleten hoekpunten van het zitkussen wegliep.

Kyle keek naar het bureau voor hem. Waar moest hij beginnen? Hij zocht naar iets dat leek op een manuscript, maar zag slechts ongeopende rekeningen, memo's van de faculteit, naturistenblaadjes uit het begin van de jaren zeventig, en een veelheid aan telefoonboeken die, naarmate je de stapel naar beneden volgde, steeds ouder werden. Midden op het bureaublad stond een pizzadoos, en overal waren papieren zakdoekjes tussen gepropt. Rechts stond een asbak ter grootte van een wieldop, die gevuld was met een enorme askegel, afgebrande lucifers en verschroeide propjes spearmint-kauwgom. Op de rand rustte een aantal pijpen.

Kyle opende de grote la en ontdekte een paar lege pakjes kauwgom en twee oude paspoorten, waarvan het meest recente in 1979 was verlopen. Er lagen een menu van een Grieks afhaalrestaurant, krantenknipsels over de gezondheid van de dikke darm, en tientallen lege lucifermapjes uit de tijd dat biefstuk, reuzenkreeften, *A-frame*-huizen, en alles wat te maken had met Polynesische voorouderverering als culinaire hoogstandjes werden beschouwd. Er was nergens een computer of typemachine te vinden, maar in de hoek bij het raam, eveneens onder een laagje nicotine, stond een uit 1980 stammende Daewoo Heavy Industries OfficeWrite 2300 Wordprocessor. Daaronder bevond zich een ongeopend pak kettingpapier. Dat hoekje vormde een welsprekende haiku over nog een verstreken tijdperk, waarin de democratie voortdurend bedreigd werd door vrouwelijke Sovjet-Russische gewichtheffers en chique Oost-Duitse technologie.

Hij trok de bovenste van de twee rechterladen in het bureau open. Die bevatte overwegend lege blikjes pijptabak en een stapeltje ingelijste bureaufoto's waarvan het steuntje was ingeklapt. Sommige waren stokoud, met onbekende mensen. Maar er was er ook een bij van Gloria als pubermeisje boven op een jachtpaard met gevlochten manen, en een van een jongvolwassen Gloria, uit een tijdschrift in *Town & Country*-stijl geknipt: 'Wie gaat ervandoor met de parel van dit jaar, de prachtige Gloria Harrington?' Er was een foto van Steve en Gloria met een filmsterachtige uitstraling, die samen een daiquiri dronken bij Top of the Mark in San Francisco. Maar zoals met alles in dit huis, was er geen enkel zichtbaar bewijs van het huidige tijdsgewricht. Als Steve en Gloria werkelijk een kind hadden, van welke leeftijd ook, dan moest Kyle daar de eerste aanwijzing nog voor vinden.

Hij deed de bovenste la dicht en wilde de onderste opentrekken. Het drong tot hem door dat die weleens Steves geheim zou kunnen bevatten: als hij die la opentrok, zou ogenblikkelijk duidelijk worden waarom zowel Steve als Gloria zo'n totale mislukkeling was.

Maar net toen hij de handgreep vastpakte, hoorde hij gestommel in het souterrain.

Bethany

Hoi Roger,

Ik zal maar meteen bekennen dat ik jouw ex-vrouw Joan ken. Ga je nu over de rooie? Ze zat in de workshop 'Verder leven na kanker' met mijn tante, en ik herinner me haar vanwege het codewoord 'milt'. Je hebt gelijk: de milt is een vreemd ding; technisch gezien hebben we er geen nodig, maar misschien zit de milt in ons lichaam voor het geval we muteren of verder evolueren, en als we ooit vleugels of tentakels krijgen, moet de milt goed op zijn plaats zitten want anders werken die niet. Dat is althans mijn theorie.

Ik weet niet of Joan me zou herkennen. Het was nog voor mijn beslissing om het hart van Johnny Depp te winnen door de inventieve toepassing van enge make-up. Bovendien stelde mijn familie mij bij kankerbijeenkomsten in de schaduw. Stel je een groep mensen voor die nog vervelender zijn dan mimespelers, met als bonus schelle, harde stemmen en geen enkele vorm van fatsoen of goede manieren. Dan heb je ongeveer mijn familie. Mama en haar ex-man bekvechtten over wie er het best zou kunnen zorgen voor tante Paulette (lang verhaal), maar het zorggedeelte waren ze allang vergeten. Afgezien van al het andere is kanker een publiekssport.

Alsof jij zit te wachten op zo'n deprimerende brief als deze.

Hoe vaak heb je die uitdrukking over kankerpatiënten niet gehoord: 'Hun hele leven geen dag ziek geweest, en plotseling zijn ze vertrokken'? Nou, het blijkt dat ziek zijn eigenlijk best goed voor je is. Koutjes en griepjes zijn eigenlijk een soort opfriscursussen, waarbij je lichaam leert zich te verzetten tegen kankers zodra die zich aandienen. Sommige mensen denken dat je je, zodra de diagnose gesteld is, onmiddellijk in de ballenbak bij Ikea moet storten, jezelf moet besmetten met kinderbacillen en zo ziek mogelijk moet worden. Tijdens het gevecht tegen de koutjes en de griepjes wordt de kanker met het afval buiten gezet. Cool, hè? Misschien vind je dat onzin, maar na zestig jaar antibiotica zijn we terug bij maden als de beste manier om dood weefsel te verwijderen.

Ik wil hier eigenlijk alleen maar mee zeggen dat ik je ex ken van gezicht en dat de wereld maar klein is.

Ik sta tot sluitingtijd vanavond bij de kassa, en als het zover is, dan verander ik in een uiterst chagrijnige goth. Woensdagen hebben iets waardoor je als mens gemeen wordt.

De *handschoen* swingt. Ga zo door!

B.

PS: Oké, ik beken dat ik naar het huis van Joan ben geweest. Ze was gemakkelijk te vinden. Gewoon gegoogeld. Ik maakte me zorgen om jou – je was van de aardbodem verdwenen, verdomme!, maar ik garandeer je dat ik niet overkwam als een stalker of een psychopaat, en ik heb in mijn leven genoeg echtscheidingsshit gezien om te weten dat je de betrokkenen per ongeluk zomaar op de kast kunt jagen. Onze ontmoeting verliep best soepel, en je hoeft je geen zorgen te maken dat ik je leven verziekt heb. Ze was best aardig en zei geen onvertogen woord over jou, en ik maakte me écht zorgen om je, Roger.

Dus.

Ik voel me nu een stuk beter. Maar wat heb je een mooie dochter, Roger. Je hebt het bijna nooit over haar. Mooi is dat!

DeeDee

Roger,

Ik heb eens nagedacht: wat weet jij eigenlijk van Kyle? Het is geweldig dat Bethany een vriendje heeft, maar... Goed, er zit me iets dwars. Hij is veel te knap om bij zo'n vuilnisbelt als Staples te werken (sorry, Roger). Hij schijnt Bethany best aardig te vinden, maar – en dit is heel gemeen, maar ik ben nu eenmaal een slechte moeder – is hij niet ver boven haar niveau? En dat zeg ík, de puinhoop die drie keer gescheiden is. Maar je weet dat ik gelijk heb. Is hij achterlijk of zo? Hij lijkt me geen junkie. Wiet misschien, omdat hij zo relaxed doet. Waarom kan Bethany niet gewoon verliefd worden op een puistenkop in een platenzaak? Dat had ik haar altijd toegewenst. Maar ik weet niet of er nog wel platenzaken bestaan. Bestaan die nog? Misschien is mijn wens daarom wel niet uitgekomen.

Oké, er is iets gebeurd waardoor ik ging nadenken. Kyle was op bezoek bij ons en we zaten tv te kijken. Hij trok de koelkast open, op zoek naar iets te eten of te drinken, keek erin, deed de deur dicht, en kwam de zitkamer weer in alsof hij helemaal niet in de buurt van de koelkast was geweest. Geen rare uitdrukking op zijn gezicht of zo, helemaal niks. Hij zei geen woord, alsof hij nooit in de koelkast had gekeken. Dus ik stond op (we zaten naar van die realityshit te kijken, waar anders naar?) en ging zelf kijken, en in gedachten zag ik Kyle voor me, opgevoed door een aantal eersteklas vrouwen, die zich stuk voor stuk voor de spiegel staan op te dirken en hun zonnebril van de dag kiezen, en allemaal tegen hem koeren: 'Er staat allemaal duur, gezond eten in de koelkast, Kyle, maar als je bij iemand anders op bezoek gaat, laat je dan in godsnaam geen troep aansmeren. Anders word je net zoals zij.'

Onze koelkast zat vol met vette en zoete troep, en het is geen wonder dat ik er tegenwoordig zo uitzie. Geen wonder dat Bethany dezelfde kant op gaat. Waarom had ze geen vegetariër kunnen worden? Dan had ik zelf ook wel mijn figuur gehouden. Maar nee hoor, toen dat hele gothic-gedoe begon, waren we een keer bij de supermarkt, en ze vroeg aan de slager of ze ook een liter bloed kon bestellen. Het was een van die zeldzame momenten in je leven dat je letterlijk bevriest. En nu heeft ze een vriendje van ergens ver boven haar in de voedselketen, en ik ben ten einde raad. Wie is die vent? Wat wil hij van haar?

Als je Bethany ooit vertelt dat ik dit geschreven heb, vermoord ik je.

DD

De handschoenvijver

'Die sojasaus is helemaal versteend,' zei Kyle.

'Wat bedoel je?' vroeg Gloria.

Hij schudde met het flesje La Choy. 'Hij is veranderd in een kleine ijshockeypuck en zit vastgekoekt aan de bodem.' Hij gaf het flesje aan Gloria.

'Het moet gewoon even opgewarmd worden, dat is alles. Ik zet het wel even in een pannetje water, dan is het zo gesmolten.'

'Er stond anders helemaal geen sojasaus in de koelkast of de keukenkastjes,' zei Kyle. 'Ik heb nog gekeken.'

'Natuurlijk niet. Dit flesje maakte deel uit van ons huwelijksgeschenk van de advocaat van mijn vader. Het was een Japanse kookset, die ik al die tijd bewaard heb in het souterrain, waar het lekker koel is, zodat het vers zou blijven voor een feestelijke gelegenheid zoals deze.'

'Hoe lang zijn jullie getrouwd?' vroeg Brittany.

'Zesendertig jaar.'

'Laat maar,' zei Brittany. 'Ik hoef geen sojasaus.'

'Ik ook niet,' zei Kyle.

'Laat dat flesje eens zien,' zei Steve. Hij draaide het open en begon met een wegwerppeetstokje in de inhoud te roeren. 'Het is helemaal niet hard,' zei hij. 'Het is korrelig geworden.' Steve strooide wat sojakorrels op de koude, olieachtige gletsjer die ooit moo goo gai pan was geweest, en stak een vork vol in zijn mond. 'Heerlijk. Een goede sojasaus is als wijn: hoe ouder, hoe beter.'

'Zeg Kyle,' zei Gloria, terwijl ze onbewust met haar wimpers knipperde, 'is jouw familie geletterd?'

'Geletterd?'

'Je weet wel: lezen ze boeken? Zijn ze bijvoorbeeld net zoals ik, en leven ze alleen maar voor kunst, muziek en meesterlijke literatuur?'

'Kyle praat liever niet over zijn familie,' zei Brittany.

'Waarom niet?' vroeg Steve.

'Ik vind dat het niemand iets aangaat,' zei Kyle.

Brittany zei: 'Kyle vindt zijn familie een stelletje emotioneel gemankeerde, passief-agressieve boerenhufters.'

'Echt waar?' vroeg Steve.

'Dat is niet waar,' zei Kyle.

'Wel waar,' zei Brittany, 'en dat je er nooit over wilt praten wil niet zeggen dat het niet waar is.' Ze keek Gloria aan. 'Bij ons thuis is het net als hier bij jullie: nergens een familiefoto te bekennen. Zelfs niet met een magneetje op de koelkast. Zodra ik informeer naar zijn familie, begint hij over iets anders.'

'Gloria,' zei Kyle, 'vertel eens verder over je aanstaande rol als lady Windermere in de plaatselijke theaterproductie van *Lady Windermere's Fan*.'

'Het is de hoofdrol, weet je.'

'Dat lijkt me best moeilijk.'

'Ze kan haar tekst niet onthouden,' zei Steve.

Gloria draaide zich met een ruk om naar Steve. 'Dat is niet waar! Je onthoudt je tekst niet, Steve. Je maakt je de tekst meester. Je raffelt je zinnen niet af als een idiot savant. Er moet een ziel in doorklinken, en muziek. Geef de whisky eens door, alsjeblieft.' Gloria schonk zich nog eens in.

'Ik heb de helft van alles wat de mensen weten vanbuiten

moeten leren om chirurg te worden,' zei Brittany, 'maar een rol heb ik nooit kunnen onthouden. En *Lady Windermere's Fan* is een lang stuk met complexe nuances.'

Kyle vroeg: 'Hoe studeer jij je rol eigenlijk in? Heb je daar speciale technieken voor?'

'Ik probeer de zinnen te lezen en laat de emotie achter de woorden in mijn lichaam dringen.'

'Ach kom,' zei Steve, 'jij hebt helemaal geen techniek. Proberen om iets in jouw geheugen vast te houden is net zo vruchteloos als proberen om pingpongballen tegen een muur te laten plakken.'

'Ik word anders een heel goede lady Windermere,' zei Gloria. 'Reken maar.'

Brittany veranderde van onderwerp. 'Voordat jullie die sojasaus gingen halen, hadden we het over jullie zoon,' zei ze. 'Die op de universiteit.'

'O ja,' zeiden Steve en Gloria tegelijkertijd.

'Hoe heet hij eigenlijk?' vroeg Kyle.

Steve en Gloria keken alsof ze overwogen schuld te bekennen in ruil voor strafvermindering.

'Ja,' zei Brittany, 'jullie hebben hem vast een mooie naam gegeven.'

Gloria nam een slok whisky en Steve schraapte nonchalant nog wat korrels sojasaus uit het flesje.

Niemand zei iets.

Uiteindelijk verbrak Steve de stilte: 'Kendall. Hij heet Kendall.'

Gloria keek hem aan alsof ze wilde zeggen: echt waar?, maar bedacht zich en zei: 'Ja, onze Kendall. Een geweldige zoon.'

Bethany

p/a Hampstead Heath Hostel
Wellgarth Road 4
Londen, Engeland

VIA FEDEX

Hoi Roger,

Verrassing! Ik ben in het goeie ouwe Londen. Ik ben ontsnapt. Vaarwel, Stompels! Sorry dat ik geen afscheid van je heb genomen. Ik wilde ook geen toestand maken van mijn vertrek. Het duurde een week voordat ik mijn paspoort had, en terwijl ik erop wachtte, heb ik wel vijftig keer getwijfeld of ik het zou doen. Was er alweer een nieuw hoofdstuk van *De handschoenvijver*, of iets voor het dagboek? Dat heb ik dan helaas gemist, sorry.

Het is hier fantastisch, Roger: overal kunst, schoonheid, muziek en wat al niet – ik voel me net als Gloria, het is gewoon eng –, maar telkens als ik kijk wat iets kost, val ik bijna flauw. Hoe kunnen die mensen het zich veroorloven om in hun eigen land te leven? We zijn hier een week geleden aangekomen en logeren in dit hotel in een wijk die Hampstead heet. Wallace en Gromit zouden hier ook wonen als ze Engels waren: schattige stenen huisjes, en ik voel dat zich achter iedere deur diverse soorten exotische cheddar bevinden. Het enige wat ze hier eten zijn sandwiches, van het soort dat je in je lunchtrommel mee naar school kreeg, schuin doorgesneden, per twee te koop in vacuümverpakking op iedere straathoek en op stations. Ik durf te wedden dat je ze zelfs kunt kopen in autoshowrooms en bij nierdialysecentra. Het is het enige wat we eten, omdat we iets anders niet kunnen betalen. Met 'we' bedoel ik Kyle en ik. Er was een, eh... akkefietje voordat ik naar het vliegveld vertrok. Die arme DeeDee. Ze heeft zich in het hoofd gehaald dat ik mijn leven aan het vergooien ben, en dat ik word zoals zij als ik niet terugga naar school. Tuurlijk. Alsof ik de rest van mijn leven alleen nog maar met een lichte hoofdpijn naar herhalingen op tv wil gaan zitten kijken. Als het even kan niet, zeg. Ik had wat geld opzijgelegd, en Kyle heeft de pijnstillers van zijn moeder en nog een paar dingen verkocht, en twiedeldie, twiedeldom: we zijn in Engeland!

Hoogtepunten:

We hebben een poppenkastvoorstelling gezien in het park, wat nogal een deprimerende ervaring was omdat het november is en dus koud en nat, en omdat alle kinderen op school zijn, dus ik weet niet wat de poppenspelers bezielde, tenzij het een try-out was. Maar lieve hemel, het is je reinste vrouwenmishandeling. Heb jij weleens zo'n poppenkastvoorstelling gezien? Er waren blijkbaar geen blijf-van-mijn-lijfhuizen in de middeleeuwen. Wat een ellende als je vóór 1980 geboren bent.

We zijn in een paar pubs geweest, en die bleken niet zo pubachtig te zijn als ik had gehoopt. Ik had zaagsel op de vloer verwacht, bonkige fabrieksarbeiders die darts speelden, en in een hoek een excentrieke vrouw in een tweedjas en met een eend op schoot. In plaats daarvan is alles digitaal, hightech en schitterend verlicht, en als je een biertje bestelt is het net of je op lord Twindlebury's bierfestijn bent. Het is allemaal heel luxueus en opgepoetst, zelfs de obscure kroegen, hoewel hier gewoon gerookt wordt en ik elke avond voordat ik naar bed ga mijn haar moet wassen.

O! Ik had voor het eerst van mijn leven last van een jetlag, en het was eigenlijk best leuk – dingen die ik vreemd vond, leken nog vreemder, werden versterkt. Het is net een soort smaakversterker.

Er zijn hier veel minder meisjes van mijn leeftijd die met Johnny Depp willen trouwen. Iedereen ziet er schatrijk uit. En hoe kun je nou rijk zijn in een land waar alles zo waanzinnig duur is? Mensen van mijn leeftijd hebben het financieel helemaal voor elkaar. Ik voel me momenteel een soort freak, en misschien ga ik het wat kalmer aan doen met mijn make-up. Of juist erg overdrijven. Geen idee.

Genoeg zo. Ik heb een afspraak met graaf Chocula en zijn met juwelen bezette dildo uit de tijd van de Kruistochten.

Doe je best met *De handschoenvijver*. Kyle is jaloers omdat ik naar jou schrijf, dus misschien schrijf ik je wel vaker dan ooit.

Nou doei,

B.

PS: Zoals je ziet heb ik het inmiddels aardig ver geschopt in de wereld, want ik stuur dit per FedEx. Er zit hier een filiaal verderop in de straat, en wat nog beter is: ik heb in mijn agenda het rekeningnummer staan van die enge baas van mama die drie dagen geleden, tijdens hun personeelsfeestje, zijn tong in mijn oor stak. Het is een seksmaniak, en ik laat mijn leven er niet door verpesten, maar zolang ik hier ben zal ik ruimschoots gebruikmaken van zijn rekeningnummer. ;)

Joan

Roger, de bruiloft is komend weekend, en in plaats van meteen vijfhonderd dollar in het kanaal te gooien en mijn advocaat jou een officiële aanzegging te laten sturen, schrijf ik je zelf maar even. Ik weet dat je een paar zware jaren achter de rug hebt, maar dat geldt ook voor mij, en het gaat niet om mij, het gaat om Zoë, en eerlijk gezegd is de reden van dit huwelijk ook dat Zoë een paar leuke beelden in haar hoofd heeft als ze aan het woord 'bruiloft' denkt. Wat mij betreft was ik gewoon naar het gemeentehuis gestapt, naar het loket voor de hondenbelasting, om een formulier in te vullen, en daarmee basta. Ik zou je dus vriendelijk willen verzoeken niet de Fuji Zeppelin te huren en nare dingen op het digitale scherm te zetten, of anders een Sopwith Camel uit de Eerste Wereldoorlog met een gore tekst erachteraan, of een straaljager die een doodskop boven de kerk in de lucht schrijft. Laat ons alsjeblieft met rust en ga iets anders doen. Oké?

Ik wil bij dezen bevestigen dat Zoë na de plechtigheid met ons mee op reis gaat naar Hawaii (merk je dat ik het woord 'huwelijksreis' niet gebruik? Een huwelijksreis is iets voor kinderen, net als blankhouten speelgoed), dus je drie uur met haar wordt uitgesteld voor twee weken.

Dat is het zo ongeveer.

O, ik vergat bijna te zeggen dat jij degene was die in de plaatselijke theaterrestaurantproductie van *Same Time, Next Year* een affaire begon met die derderangs actrice, en dat daardoor dit hele gedonder begonnen is.

Joan

ps: Ik heb niets meer gehoord van die jonge Lily Munster die een paar weken geleden bij mij op de stoep stond.

PPS: Ik vind het wel vervelend dat je geen alimentatie meer hoeft te betalen voor Zoë, maar ik ga weer trouwen, en wet is wet. Denk maar aan al dat extra bier dat je in je eentje kunt drinken in je souterrain. Joehoe! Het leven is één groot feest.

Bethany

p/a Hampstead Heath Hostel
Wellgarth Road 4
Londen, Engeland

VIA FEDEX

Hoi Roger,

Je ziet dat ik weer met pen en papier schrijf. Weg met die e-mail. Ik wil onze nobele traditie van het verhalen vertellen in ere houden. Kyle heeft al heimwee en woont zo'n beetje in het internetcafé hier vlakbij, naast een kebabrestaurant, zodat het er altijd stinkt naar vet en van die kruiden die normale mensen kopen en in hun kruidenrekje zetten maar zeker tien jaar nooit gebruiken. Vraag: Heb je weleens een döner kebab van dichtbij bekeken? Antwoord: Niet doen.

Ik ben hier nu tien dagen, en volgens mij ben ik Londen helemaal zat. We zitten alleen maar in de ondergrondse of staan op straathoeken op een plattegrond te turen, en we voelen ons voortdurend domme toeristen. Vraag: Roger, ben jij ooit depri geweest? Antwoord: Duiven. Die arme beesten en het soort leventje dat ze leiden. Ik... wil er niet verder op ingaan. Als Londen een maaltijd is, dan zijn de duiven de peterselie erbovenop, alleen zijn ze niet groen en vers, maar grijs en mank, en ze missen tenen. En hoewel ze strikt genomen schattig lijken te zijn, zitten ze onder de ziektes en ongedierte.

We hebben geprobeerd in contact te komen met Londenaren, maar wij vormen de vreemde, parasitaire schaduweconomie van Londen. Die bestaat uit mensen zoals wij, die het idee hebben dat we, gebruikmakend van het EU-geboortebewijs van onze oma's, gemakkelijk in Europa werk kunnen vinden. De enige mensen met wie we in contact komen zijn soortgenoten, van wie niemand Brits is. Meestal zijn het buitenlanders van onze leeftijd, zonder werk of met een lullig baantje, die je aantreft op van die feestjes die de hele nacht doorgaan. Ik besef nu dat ik niet veel kan waarmee ik de kost zou kunnen verdienen – zowel hier als thuis –, dus het enige wat ik tot mijn beschikking heb is mijn mentaliteit en mijn huid, waar ruim vijf jaar lang geen zonnestraal op geschenen heeft. Vandaag wandelde ik langs een van de filialen van Staples in Oxford High Street, en ik barstte in lachen uit: ze zijn hier precies hetzelfde als bij ons.

Denk je dat Kyle ooit kostwinner zou kunnen zijn?

Terwijl ik dit opschrijf, zit hij te e-mailen naar iedereen met wie hij heeft gewerkt of op school heeft gezeten, en probeert zo nog meer e-mails terug te krijgen. Volgens mij is hij niet gewend aan ongemakken, en dat is dan de man van wie ik hou. Hij heeft twee stiefmoeders gehad, die hij allebei onwijs veel zwijggeld heeft afgetroggeld – en als je dan bedenkt hoe schuldig zijn echte vader en moeder zich voelden, dan kun je je voorstellen met hoeveel liefde, zorg, aandacht en spulletjes hij sinds zijn geboorte overspoeld is. Was die laatste zin een beetje aan de lange kant? Hij is gewend om op een voetstuk te worden geplaatst, en hier is hij gewoon een lullige toerist.

Nou, Bethany, Roger wil je graag bedanken voor het champagneglas vol met negatieve energie dat je zojuist in zijn gezicht hebt gesmeten.

Sorry, Roger.

Er zijn hier ook dingen die ik wél leuk vind! Het Natuurkundig Museum. Alleen al dat kleine aquarium met ultra-diepzeewezens was het entreegeld waard: piepkleine, monsterlijke dingen in de vorm van dieren. Het museum had een soort attractie in de vorm van een dinosaurusnest, waar iemand sigarettenpeuken in had gelegd, en dat deed me denken aan die *Far Side*-cartoon van rokende dino's met als onderschrift: 'Waarom de dinosaurussen uitgestorven zijn.'

Maar het blijkt erg moeilijk om mijn golden boy zover te krijgen dat hij zijn avontuurlijke geest tentoonspreidt. Het liefst zou ik door de Kanaaltunnel naar Frankrijk gaan. Dromen kost niets. Ik heb het wel gehad in dat hostel. Volgens mij ben ik 1,6 jaar te oud om me druk te maken over de dingen waarover de meeste gasten zich druk maken (goedkoop bier, goedkope kaartjes, een nog goedkoper hostel), en zelfs zoiets simpels als de was doen kost evenveel tijd en moeite als een grote Ikea-boekenkast kopen en in elkaar zetten. En als ik dan door de stad loop en de onvoorstelbare huizen zie waarin de mensen wonen, en vervolgens naar mijn eigen leven kijk, dan voel ik me net een hamster.

Hoe gaat het met Steve en Gloria? Hebben we al kennisgemaakt met Kendall? En waar koopt Gloria de tonic voor bij haar gin? Dat punt blijft een beetje vaag in je plot. Misschien heeft haar familie haar wel een dranktoelage gegeven. Ik heb hier een paar jongelui leren kennen die leven van een door de familie beheerd fonds, en ik kan je verzekeren dat een verziekte, rijke familie tot alles in staat is met zijn geld.

Kyle is klaar om uit te gaan. We gaan naar Piccadilly, waar we hebben afgesproken met een deejay die we twee nachten geleden hebben ontmoet op een feest in Wimbledon. Die laatste zin klinkt veel glamoureuzer dan het is.

Zou je me een brief terug willen schrijven? Papier is ouder-wetser en excentrieker, zelfs als je het verstuurt per FedEx.

Mijn e-mailadres is blackchandelier@gmail.com, voor het geval je liever lui en modern dan moe bent. Ik check mijn mail-box iedere dag.

Dag, Roger.
Doei!
B.

DeeDee

Roger,

Ik was vandaag bij Staples, maar je had een vrije dag. Ze weiger-den mij je privéadres te geven, je hebt een geheim telefoon-nummer en je bent onbekend op Google. Ben je een soort *Una-bomber* of zo?

Bethany is 'm gesmeerd met die ellendeling van een Kyle. Ze vertelde me pas 's ochtends dat ze die middag naar Engeland zou vliegen, en ik verloor mijn zelfbeheersing en gooide haar van alles naar het hoofd wat je niet hoort te doen, waardoor zij de vermoorde onschuld kon spelen en haar mond hield, wat mij nog razender maakte. Toen die eikel haar kwam halen, smeet ik vanaf het balkon het koffiezetapparaat naar hem toe. Maar had ik haar dan zomaar moeten laten gaan en domme dingen laten doen? Zonder iets te zeggen? Wat voor moeder zou ik dan zijn geweest?

Wat moet ze daar in Engeland, verdomme? In Engeland! Wie gaat er nou naar Engeland? Schoolkoren, voetbalhooligans, theeverkopers en flikkers. Ze zei dat ze een halfjaar naar Euro-

pa wil en daar werk wil vinden, omdat de moeder van haar vader in Brussel is geboren – geklooi met een Europees visum of
zo. Zal wel. Ze gaan natuurlijk wiet roken, komen in contact
met losers, zitten de hele dag in de trein en eten junkfood. Dat
is het enige wat jongelui daar doen, afgezien van alles neuken
wat los- en vastzit. Ik ben ook ooit in Europa geweest, alleen
maakte ik me geen illusies over wat er allemaal te halen valt.
Seks en drugs. Niet meer en niet minder.

Mijn god, ik ben jaloers. En ik maak me verschrikkelijk zorgen, hoewel Bethany zich zelfs nog staande zou weten te houden in de goot van Hanoi, als ze moest. Ik voel me zo eenzaam
dat ik nauwelijks kan nadenken. Vandaag kreeg ik een ultra-
korte e-mail van haar, en het was nog erger dan een scheld-
brief: 'Mam. Alles oké met mij. Relax.'

Ze is daar met iemand anders, en zelfs al is die iemand anders die gluiperd, dan is ze in ieder geval niet alleen.

Heeft ze jou wel geschreven? Schrijft ze jou? Ik hoop het. Het
lijkt me goed voor haar dat ze een volwassene heeft met wie ze
kan praten. Ik zou het op prijs stellen als jij al die oenen daar bij
Staples eens flink onder handen neemt en zo veel mogelijk te
weten komt over Kyle. Heeft Bethany ook e-mailcontact met
hen? Heeft ze werk? Vindt ze het afschuwelijk, zodat ze misschien weer gauw naar huis komt?

Sorry, ik heb helemaal nog niet gevraagd hoe het met jou
gaat. Bethany zei dat je niet de griep had, maar dat je depressief
was over iets, en ze wist niet waarover, maar nu ben je weer aan
het werk. Hoe staat het met je roman? Hoe kun je je concentreren op iets dat zo lang duurt?

Ik heb nu een doktersafspraak.

Ik zou het erg op prijs stellen als je me kunt helpen.

Groeten.
DD

Roger

DeeDee,

Ik ben niet van plan als doorgeefluik te fungeren tussen een moeder en haar dochter. Laat Bethany toch lekker genieten van Europa. Ze heeft mij niet geschreven, maar ze is ook niet het type dat rare, maffe dingen uithaalt, zoals wij in de jaren zeventig. Ja, ze maakt zich inderdaad op als een vampier, maar dat is maar make-up – allemaal schijn – iets dat haar overeind houdt totdat zich iets realistisch aandient. En Kyle? Die stelt niets voor. Een knappe vent waarvan er dertien in een dozijn gaan, geen enkele ambitie en allemaal onvoldoendes – waarom zou hij anders bij Staples werken op zijn – hoe oud is hij? – vier-entwintigste? Hij en zijn soortgenoten lopen op hun vijfen-twintigste nog steeds gsm-sets te verkopen. Als ze dertig zijn hebben ze het wel bekeken, dan kopen ze een pick-uptruck en beginnen een lullig tuiniersbedrijfje, en op hun veertigste zit-ten ze in een instelling af te kicken van hun coke- en speedver-slaving, maar tegen die tijd heeft Bethany al ruim twintig jaar niets meer van onze Kyle gehoord of gezien. Wat ze nu samen ook mogen hebben, het zal niet lang duren. Dat weet jij. En dat weet ik. Dus relax maar.

Vandaag was een rare dag voor me. De eerlijkheid gebiedt mij te zeggen dat ik mijn moeder mis, iets wat ik nooit heb ge-had toen ze nog leefde. Dat ik dat ~~gemene, zure,~~ kritische oude takkewijf zou missen, is wel het laatste dat ik had verwacht, maar toen ik vandaag in de rij stond bij de pinautomaat bij de bank, stond er een vrouw voor me die, van achteren gezien, als twee druppels water leek op mijn moeder: hetzelfde kapsel en dezelfde haarkleur, en dezelfde houding als mijn moeder – dat hele lijf was kromgebogen. En ze droeg iets okergeels, de lieve-lingskleur van mijn moeder. Ik had geen idee dat een simpele kleur zoveel kon betekenen voor een mens. Hoe dan ook, de eerste dertig seconden dat ik van achteren naar die vrouw keek, drong het niet tot me door dat het mijn moeder helemaal niet was of dat mijn moeder dood was. Ik voelde me alsof ik weer een puber was en haar daar bij toeval bij de bank was tegengekomen, en zodra ze zich omdraaide en mij zag, zou ik weer de volle laag krijgen voor iets wat ik verkeerd had gedaan. Maar toen bewoog de vrouw zich; en het was mijn moeder helemaal niet, en het voelde alsof ik een stomp in mijn maag kreeg. Mijn lichaam werd helemaal slap en de tranen sprongen me in de ogen, en toen werd ik kwaad, want het laatste waar ik nu op zit te wachten is nog meer verdriet en herinneringen. Ik word er doodziek van dat ik alles kwijtraak in mijn leven en dat er niets nieuws voor in de plaats komt.

Wat mij op de been houdt, DeeDee, is het besef dat ik, ontdaan van iedere vorm van bescherming – van stompzinnigheid, jeugdigheid, onwetendheid of geld –, van alles waardoor ik mezelf voor de gek zou kunnen houden, het nog steeds weet vol te houden om iedere dag naar dat verrekte Staples te gaan, al die pakken met 500 vel papier op te stapelen en klanten te wijzen waar de gratis koffiehoek van Maxwell House is. Het mag een wonder heten dat ik niet op een ochtend met mijn auto door de etalageruiten rijd en met een breed en zegevierend gebaar zo veel mogelijk mensen met me meeneem.

Laat maar. Ik ben geen psychopaat. Als ik al iets doe, dan is het waarschijnlijk te veel wodka-Breezers drinken en aangeschoten raken bij de achterdeur, waar de meiden hun rookpauze houden. Mannen roken niet meer. Is dat je ook opgevallen?

Ik vind het leuk om dronken of high te zijn en tennisballen te gooien voor mijn hond Wayne. De meiden vinden het fantastisch, en voor tien minuten beschouwen ze me als een echt mens.

Hier zijn wat losse gedachten. Stel je voor dat je naar de maan kijkt, en hij staat in brand.

Stel dat het meisje bij de kassa van de kruidenier plotseling hoorntjes krijgt.

Stel je voor dat je steeds jonger werd in plaats van ouder.

Stel je voor dat je je iedere dag steeds sterker voelde en steeds beter in staat om verliefd te worden, in plaats van dat je bang en ziek bent en niet weet of je in bed moet blijven of je de kou in moet wagen.

De pauze is om. Ik word opgeleid tot gangpadmedewerker in het gangpad met Personal Digital Assistants. In onze high-tech wereld hier heet dat een 'PDA'.

Roger

Roger

DeeDee,

Ik heb nog eens nagedacht over de brief die ik je twee dagen geleden heb gestuurd, en realiseerde me dat het deprimerende shit was en dat je daar bepaald niet op zit te wachten. En dus stuur ik je deze madeliefjes – althans die stonden op de afbeelding op het scherm. Ik wilde er nog een zilveren Mylar-tekstballonnetje met 'Sorry' bij zetten, maar dan ga je misschien helemaal over je nek. Ik beloof je dat ik nooit meer zo'n deprimerende brief zal schrijven.

Roger

Roger

Aan Bethany
p/a Hampstead Heath Hostel
Wellgarth Road 4
Londen, Engeland
Via je geheime FedEx-nummer

Bethany... in de eerste plaats: schrijf je moeder, oké? Ze wordt gek van ongerustheid over jou. Maar genoeg daarover.

En dan: ik ben blij dat je op bezoek bent geweest bij Joan. Ik heb een tamelijk zware tijd achter de rug en daar ben ik nog niet helemaal overheen, maar Joan bruist niet bepaald van mededogen. Ik kan natuurlijk allerlei excuses verzinnen, maar in werkelijkheid blijf ik 's morgens gewoon in bed liggen en kom er de hele dag niet uit. Vooral in deze tijd van het jaar. Wat heeft het voor zin om wakker te worden? Dromen zijn veel interessanter dan het echte leven, en in een droom hoef je nooit uit bed te komen. Wat dat betreft kun je je afvragen waarom het leven gewoon doorgaat. Wat voor organisme je ook bekijkt – een amoebe, een eland of wat dan ook – het doet zijn uiterste best om vooruit te komen, om niet gedood te worden, om zich voort te planten, om niet te worden opgegeten. Wat is de bedoeling van dat goddelijke computerprogramma dat alles voortdurend aanzet om dóór te gaan? Waarom zegt het DNA soms niet tegen zichzelf: 'Weet je wat? Ik word doodziek van dat overleven en al die shit. Ik denk dat ik ermee ophoud. Einde verhaal.'

Driemaal raden wie dit jaar de kerstversiering moest ophangen... Goed geraden. Godverdomme, wat deprimerend. Ik voel me net als meneer Tirade. Moet je nagaan: wie kan het ook maar ene fuck schelen of een kantoorsupermarkt je wel of niet een prettige kerst wenst? Ik vind het beledigend. Ik zou veel liever hebben dat een keten van winkels met kantoorbehoeften in december een reclamecampagne zou starten met als motto 'We doen net of het februari is.' Als zo'n onderneming dat deed, zou ik de hele maand december in hun winkels doorbrengen. Zo'n beetje het enige dat een beetje aan december deed denken, zou een kartonnen bosmarmot zijn op een nep-Groundhog Day, om het winkelende publiek te herinneren aan het opladen van de geheugenkaart van hun pc.

Trouwens, in het nieuwe jaar word ik dus PDA-verkoper. Ik heb een seminar van drie dagen achter de rug, dat gegeven werd door een joch van elf zonder enige sociale vaardigheden; welkom in de eenentwintigste eeuw. Iedereen begreep waar die vent het over had behalve ik, en man, ik voelde me zo oud, dus om minder oud over te komen, heb ik mezelf gedwongen het hele handboek PDA van buiten te leren, zodat ik alles wist over die klotedingen. Ik kan je nu uitleggen hoe je zo'n ding zo instelt dat je moeder 's morgens om zes uur wordt gewekt op haar 117de verjaardag, gesteld dat je dat zou willen. Ik zou de stomverbaasde uitdrukking weleens willen zien op het gezicht van de gebruikers als ik hun moeiteloos voordoe hoe ze kunnen schakelen tussen de gregoriaanse kalender en de kalender die in gebruik is bij de keizerlijke familie van Japan. Ik weet dat ze allemaal zitten te wachten totdat zo'n ding ontploft of begint te roken, maar dat genoegen zullen ze niet smaken. Het gebruik van een PDA is gemakkelijker dan ik dacht, bovendien is het leuk, en het geeft me iets te doen als ik niet uit bed kan komen.

Het klinkt alsof ik er veel erger aan toe ben dan in werkelijkheid. Ik ben gewoon kwaad op de wereld.

Je kunt Wayne niet horen janken. Hij heeft iets onder de leden en eet niet goed. Ik denk dat ik vanochtend met hem naar de dierenarts ga, waardoor onze Leider Zonder Vrees zwaar over de zeik zal zijn. We hebben al te weinig personeel vandaag, het is namelijk Dell-dag. Er zal een ernstige uitbraak van de pleuris plaatsvinden.

Leuk om iets via FedEx te versturen... nooit eerder gedaan. Ik voel me als een zelfverzekerde ondernemer, en het komt prima uit dat de brievenbus vlak bij de voordeur van de winkel is. Alsof jij en ik een eigen postsysteem hebben.

Don't happy, be worry. Sorry... omgekeerd natuurlijk.

R.

Zoë

Hallo, pap.

Ik vind het heel mooi op ~~Mowie~~ Maui en vandaag heb ik een schelp gevonden. Gisteravond hebben we zwaardvis gegeten. Ik heb mijn eigen kamer met gratis zeep. Nu weet ik niets meer.

Zoë

De familie Epke

In dit bijzondere jaargetijde
willen wij u onze beste wensen doen toekomen voor
een prettig kerstfeest en een gelukkig nieuwjaar

Beste vrienden,

Excuses voor de onpersoonlijke *mass mailing* van de familie-krant, maar e-mail gaat zo lekker automatisch en ik heb geen zin om honderd kerstkaarten met de hand te schrijven!

De kans is groot dat u nog maar enkele weken geleden aan-wezig was op ons huwelijk. Joan heeft een fatsoenlijk mens van mij gemaakt. Onze huwelijksreis was mieters, de kleine Zoë kwam snel over haar angst voor de hoge golven heen en was al gauw niet meer van haar paddleboard te slaan tijdens ons Maui 'Wauwie'-avontuur. Het viel verdraaid niet mee om weer terug te keren naar de 'echte wereld'.

Het nieuwe huis schiet al aardig op, hoewel we in het voor-jaar achterop zijn geraakt tijdens het opknappen, en een aan-tal muren is wel gestuukt maar moet nog geschilderd worden. Een kamer die we zeker zo snel mogelijk gaan opknappen is de kinderkamer, want, jawel!, we hebben 'een verstekeling aan boord'! Er staan deze zomer grote dingen te gebeuren! En Joan wil dat ik van de daken schreeuw dat ze opgehouden is met ro-ken, maar alleen maar tot het najaar, want ze heeft me verze-kerd er dan weer eentje op te steken. Tot die tijd zal er hier in huis stevig gepraat worden over dat onderwerp!

Wat het werk betreft verloopt alles voorspoedig. Ik heb werk bij tien nieuwe producties, waarvan er drie nog twee seizoenen verlengd zijn, maar ik wil het niet verpesten, en ik werk hard en grijp deze kans met beide handen aan om het bedrijf te la-ten zien wat ik allemaal in mijn mars heb.

Iedereen is in blakende gezondheid, vooral pa, die in sep-tember nog röntgenfoto's heeft laten maken, maar 110 procent fit is. Hij heeft het bestaan van fleece jacks ontdekt en loopt ie-dere dag zeker anderhalve kilometer. Als we niet oppassen gaat hij nog de marathon lopen!

Iedereen nog bedankt voor de geweldige huwelijkscadeaus,

jullie hebben ertoe bijgedragen dat onze trouwdag de mooiste dag van ons leven is geworden. Laten we hopen dat het nieuwe jaar even veel goeds brengt als het oude jaar.

Groetjes van Brian, Joan en Zoë

Bethany

VIA FEDEX

Hoi Roger,

Ik hoop dat het weer goed gaat met Wayne. Hij zou het geweldig vinden in Engeland: overal honden, en nog eens verdraaid chique honden ook. Echt waar, van sommige honden zou je denken dat ze de *Elle* lezen en aan yoga doen.

We hebben twee kerels uit Canada ontmoet – hetzelfde type dat Kyle zou tegenkomen in een sportcafé aan Marine Drive – dus we trekken nu als groep op, maar het zijn van die sporteikels en helemaal niet leuk, dus als zij erbij zijn, voel ik me het vijfde wiel aan de wagen. Kyle blijkt toch niet helemaal het aardige joch te zijn dat me ooit zakjes studentenhaver gaf.

Kreun, kreun, kreun, klaag, klaag, klaag. Wanneer slaat die Europese magie nu eens toe, zodat mijn hele wereld op zijn kop staat? Wanneer raak ik bevriend met graaf Chocula? De enige mensen die ik hier ontmoet zijn drieëntwintigjarige Australische meiden die Tracy heten en die platjes hebben opgelopen in Praag en een stem hebben als de zoemer die ze gebruiken in een quiz als je het foute antwoord hebt gegeven.

Weet je nog dat ik je een poosje geleden schreef over Dee-Dee die me vertelde over vreemden die je ontmoet in vliegveldbars en aan wie je je hele levensverhaal vertelt omdat je weet dat je ze toch nooit meer zult zien? Ik hoop dat dát me hier nog eens zal overkomen. Is dat ziek van me? Eigenlijk zou ik alles aan Kyle moeten vertellen. Dus ik voel me een beetje een verraadster. Maar ik wou dat er Kyle een beetje meer van zou genieten dat we in een ander land zijn dan waar hij is opgegroeid. De enige keren dat hij enthousiast wordt, is als hij dingen of plekken ziet of mensen ontmoet die hem doen denken aan thuis. Meestal vind ik het nu leuker om alleen rond te wandelen. Toen we hier aankwamen, waren K. en ik altijd samen, maar volgens mij laat je de dingen niet zo goed op je inwerken als je met iemand anders bent. In plaats daarvan ben je altijd decaan van het zomerkamp. Ik vraag me af of het moederschap ook zo aanvoelt, mocht ook ik in de paai-modus komen.

Overal wordt de kerstversiering aangebracht, en dat is – laten we wel wezen – nogal deprimerend, hoewel ik moet toegeven dat ze het hier best wel smaakvol doen. In de loop der jaren heb ik steeds meer de pest aan kerstverlichting gekregen. Het was alsof je (letterlijk) een grote lichtbak aan je gevel hing waarop stond: 'Deze lichtbak kost 18 dollar 95.'

Ik ben vanavond in het plaatselijke internetcafé geweest en nu ben ik weer in het hostel. K. is met zijn vrienden naar een café in Shoreditch waar ze Canadees voetbal op tv hebben. Dát is nog eens een slimme zet van die kastelein. Zo krijgt hij zijn café natuurlijk stampvol met volk uit de buurt. Soms vraag ik me weleens af of ik wel in Londen ben. Het beste nieuws dat ik vandaag heb gehad was een e-mail waarin stond dat jij gisteren Wayne mee naar het werk hebt genomen en dat Shawn tijdens haar rookpauze een tennisbal naar hem heeft gegooid. Ik was hartstikke jaloers.

Rare geluiden in de gang. Heb jij weleens in een hostel gelogeerd? Het is net een drugshol, maar dan zonder drugs. Dat was eens maar nooit meer.

X
B.

PS: Er is nog iets waardoor ik stapelgek word van Kyle. Hij heeft een digitale camera, en als hij iets fotografeert, een brug of duizend duiven bijvoorbeeld, begint hij onmiddellijk door al zijn opnames te scrollen en gaat op zoek naar wat eigenlijk nog gewoon het heden is, maar hij doet alsof het een ver verleden is, terwijl de brug en zelfs de duiven er nog gewoon zijn.

's Avonds scroll ik samen met hem door de foto's van die dag, en zelfs op dat lullige schermpje trekt de hele dag weer aan me voorbij, wat op zich geen verrassing is, maar wat wél een verrassing is, zijn de achtergronddetails die ik me herinner en die ik anders misschien vergeten was: een vrachtwagen van Evian die blauwe rook uitbraakt, een vrouw die drie worsthondjes uitlaat, een wolk in de vorm van een muffin. Dus stel je eens voor hoe het is als je terug scrollt en zo je hele leven te zien zou krijgen. Joost mag weten hoeveel biljoenen herinneringen er in ons opgeslagen zijn – herinneringen die we nooit meer naar boven kunnen halen om de eenvoudige reden dat we geen apparaat hebben om ze te bekijken. Denk je dat jouw moeder al haar herinneringen nog had en dat ze zich die niet meer voor de geest kon halen? Of denk je dat haar herinneringen gewoon verdwenen waren? Wordt de kwaliteit van je bestaan bepaald door de kwaliteit van je geest op een bepaald moment? En als dat zo is, hoe zit dat dan met je ziel?

EXTRA BONUS: Op de volgende pagina staat nog een poging om het beboteren van een boterham te beschrijven. B.

De Boterhome-kronieken

Nieuw-Londen, 2110

Snee Nummer Zes bracht zijn luitenant op de hoogte van het hele gore verhaal achter de marmeladealgoritmen die gestolen waren van Bak-Asteroïde Teflon 32. Nummer Zes – slechts 'Snee' genoemd door zijn Onder-Brood – straalde een mannelijk zelfvertrouwen uit naar zijn team, waarvan de leden uitgeput waren na een hele eeuw te hebben gestreden met de geallieerde troepen van Geklopt Ei, Vanilleandroïden, kleinere gevechtsonderdelen Melk en, uiteraard, de Fransen.

'Luitenant, *sir*, er is nog nooit zo'n vorm van verzet geweest. En de clusterbommen van Poedersuiker tegen het einde van de oorlog waren een belediging van Boterhome en haar brave ingezetenen. Die laatste aanval was geen oorlog meer, dat was een slachtpartij.'

… Roger, ik snap niks van sciencefiction. Hoe mensen dat kunnen lezen… Hier strandt de botervloot, dank je.

Shawn

Beste Blair…

Jeetje, wat heeft de kosmos ons bij Staples vandaag te grazen gehad.

Zo is het gebeurd: bij wijze van uitzondering had Roger, die alcoholistische treinramp, besloten eens een keer op tijd op zijn werk te komen. Hij drinkt de laatste tijd meer dan ooit, alsof wij dat niet merken – een scheiding of een midlifecrisis of zoiets – en het scheelde een paar keer maar een haar of Pete had hem op staande voet ontslagen. Dus Roger ging eerst een halfuur lang de krant zitten lezen op de heren-wc, en daarna zwierf hij wat door de winkel, en hij leek meer op een dakloze die een uniform van Staples heeft gevonden in een vuilcontainer dan op een werknemer. Toen ging hij naar kantoor, krabbelde iets op een briefje en zei tegen ons dat hij met zijn hond naar de dierenarts moest (nou ja, dat kun je hem natuurlijk niet echt kwalijk nemen, maar het was vandaag Dell-dag en die arme Fahad moest helemaal alleen uitladen, ook al heeft hij de kracht van iemand met spierdystrofie).

Dus Roger liep naar buiten, naar zijn auto, en toen hij vijf minuten later terugkwam, stonk hij helemaal naar… het smerigste soort… stront… Het leek wel een lijk in ontbinding, zeg, en hij zat helemaal ónder. Ik was in de koffiekamer en rook het al voordat ik het had gezien, en ik zei: 'Roger, wat is dát, verdomme?', en hij zei dat zijn hond de hele auto onder had gescheten, dus ik zei: 'Dan kun je toch niet zomaar hier binnenkomen. Jeetje, ga even douchen, zeg!' Hij belde de dierenarts met de personeelstelefoon, en... ik bedoel, Blair, je had daarna die telefoon moeten zien – die had een duivelsuitdrijving nodig. Herinner je je Pigpen nog van Charlie Brown, dat die altijd zo'n wolkje met vliegjes achter zich aan had? Nou, zo zag die telefoon er dus ook uit. Later hebben we hem afgenomen met een halve fles Glassex, waarna er kortsluiting kwam, en nu hebben we geen personeelstelefoon meer – maar ik dwaal af.

Dus Roger stapte in die strontkar van hem (ha!), en ik stond te staren naar die telefoon alsof het een kermisattractie van tweehonderdvijftig kilo was met een pens van honderd kilo, en toen ontdekte ik dat Roger iets op het aanrecht had laten liggen. Wat is dát nou, dacht ik. Het was – hou je vast – een roman die Roger aan het schrijven is. Dat gelóóf je toch niet? Ik bedoel, hij, die alcoholistische loser, die een boek schrijft! En hij had ook echt zijn best gedaan, gebruikmakend van alle artikelen die wij hier verkopen om documenten er beter uit te laten zien (een omslag van kunstzijde, een rug met eiken motief, zwaar crèmekleurig velijnpapier...), maar desondanks zag het eruit als een stukje huisvlijt. En weet je wat de titel van het boek is? Ook dat geloof je niet: *De handschoenvijver*. Ik hoor je denken: wat is dat nu weer? En gelijk heb je. Onder aan de bladzijde staat: '*De handschoenvijver*, door Roger Thorpe. Voorlopige tekst, geen handelseditie.' Jeetje, Roger, heel New York staat natuurlijk te popelen om die toekomstige Pulitzer Prize-winnaar uit te geven.

Blair... het is het slechtste boek dat ooit geschreven is. Het gaat over twee universiteitsmedewerkers, een getrouwd stel, die niets anders doen dan whisky drinken en tegen elkaar schreeuwen, en dan komt er een ander jong stel bij hen eten,

en die worden meegezogen in de neerwaartse spiraal van ruziemaken en schreeuwen, en dan is er ook nog een geheimzin-
nig kind dat die professoren wel of niet hebben en... Nou ja,
dat moet ik Roger nageven: ik heb het in één ruk uitgelezen,
tot waar hij gekomen is. Maar nu komt het beste (en slechtste)
nieuws, Blair: een deel speelt zich af hier in Staples.

Wat vind je daar nu weer van?

Een van de personages werkt hier – het is gewoon Roger,
maar dan vermomd als iemand anders – en hij zegt steeds hoe
vreselijk hij het vindt om naar zijn werk te gaan (touché!), en ik
moet toegeven dat het heel raar is om je alledaagse werkelijkheid, hoe stom en fantasieloos ook, omgewerkt te zien tot een
roman. Plotseling is het niet stom en fantasieloos meer, het
wordt helemaal anders, zelfs als het boek geschreven is door
Roger Thorpe. En het interessante is dat hij onze goede vriendin, de levende dode Bethany, en haar fokstier Kyle als model
heeft gebruikt voor zijn personages. (Jij en ik hebben dat van
Kyle en Bethany tig keer besproken, en ik zal nooit kunnen begrijpen hoe dat heeft kunnen gebeuren), maar die goeie ouwe
Roger kan toch niet zó dom zijn dat hij voor zijn boek het Maf-
ste Stel van de Wereld heeft gekozen?

Nou ja, het zal allemaal wel...

Vervolgens heb ik Rogers oeuvre meegenomen naar de ko-
pieerafdeling, en in mijn koffiepauze heb ik het boek uit elkaar
gehaald en twintig kopieën gemaakt. Dat was nog een hele
klus, en het deed me denken aan de twee jaar die ik in de hel
heb doorgebracht, namelijk mijn nachtdienst op de kopieeraf-
deling.

De elektriciteit viel uit – door een plotseling opgestoken
storm of zoiets –, wat altijd leuk is, want dan moeten we de
klanten naar buiten drijven, de deuren op slot doen en ons terugtrekken. En dat deden we dan ook, naar de koffiekamer, en

daar hebben we *De handschoenvijver* gelezen.

Heb ik je al verteld hoe erg het is? Het is afschuwelijk. Het duurde niet lang of we zaten ieder een personage uit *De handschoenvijver* na te spelen. Zo van:

Steve: Gloria, geef me eens wat whisky.

Gloria: Nee, want ik heb de whisky nu.

Steve: Zullen we samen whisky drinken? Dan kunnen we daarna spitse dingen zeggen.

Gloria: Ik haat je.

Steve: Ik haat jou ook, stomme trut.

Gloria: Ik gooi mijn whisky in je gezicht.

Steve: Ik haat je.

Gloria: Zijn er nog ijsblokjes?

Steve: Dat dacht ik niet.

Gloria: Waar zijn onze gasten?

Steve: Zullen we nog wat whisky drinken?

Twee uur later deed de elektriciteit het weer, en inmiddels waren we er heel goed in geworden Steve en Gloria na te doen. Tegen drie uur kwam Roger weer op het werk, en hij zag er niet uit. Hij had het oude model Staples-shirt van anderhalf jaar geleden aan, voordat we allemaal nieuwe kregen, zijn haar was gewassen en hij had er gel in gesmeerd, maar hij zag eruit als een dakloze en had een krankzinnige blik in zijn ogen. Simon vroeg hoe het met zijn hond was, en hij zei: 'Oké.' Hij had Kinder-chocola gegeten (die de uitwerking van vergif heeft op honden), vandaar de shittificatie van Rogers Hyundai.

Op dat moment hoorde ik Tracy dwars door de winkel naar Geoff bij de kopieerapparaten roepen: 'Magazijn, geef me de whisky! Ik moet whisky hebben!'

Geoff schreeuwde terug: 'Het is mijn whisky, oplichter. Koop je eigen whisky.'

Roger spitste zijn oren als een hond die op drie straten afstand de auto van zijn baas hoort aankomen.

Jen stond bij de kassa en meldde via de bedrijfsintercom: 'Gloria, er moet marktonderzoek komen naar whisky', waarop Geoff, eveneens via de intercom, reageerde met: 'Dat gaan we niet doen voor jou, ouwe dragonder.'

'Wat zijn we weer geestig vandaag.'

'Lelijke heks.'

We lachten ons allemaal slap – het was zó leuk! En Jen en Geoff gingen maar door:

'Mislukkeling die je bent! Je bent mislukt als docent, en je kunt ook al niet tegen drank.'

'En jij bent mislukt als vrouw, dom, whisky zuipend wijf dat je bent.'

(Goed, zo ging de dialoog niet helemaal precies, maar je begrijpt wat ik bedoel.)

En hoe reageerde Roger? Hij liep helemaal paars aan, echt waar. We stonden natuurlijk allemaal aan het einde van zijn gangpad – van de pennen – om te zien hoe hij reageerde, en hij ging volkomen door het lint. Hij pakte de ene mand met pennen na de andere en smeet ze allemaal op de grond – tienduizenden pennen, Blair –, totdat die bedekt leek met blauw, rood en zwart hooi.

Niemand durfde natuurlijk bij hem in de buurt te komen. Zou jij dat durven? Dus nadat hij alle Bics had weggesmeten, boog hij voorover om op adem te komen. Als hij op dat moment een pistoolmitrailleur tevoorschijn had gehaald, zou het niemand van ons hebben verbaasd. Maar wat deed hij? Hij keek op en liep naar voren. De mensen aan het einde van het gangpad weken uiteen. Roger ging naar een van de kassa's, staarde zo'n vijftien seconden naar het rekje met kauwgom, koos een pakje Bubblicious met meloensmaak, stak het in zijn zak, en liep naar de personeelsuitgang achter in de zaak. Pete, die net die kant op was gekomen en alleen de laatste minuten had meegemaakt, krijste: 'Eruit, Roger – nu!'

En zo liep Roger de winkel uit, omgeven door zijn onzichtbare aura van poep, en met een gestolen pakje kauwgom op zak.

We staarden allemaal naar de pennen op de grond, Pete keek naar mij en zei: 'Shawn, jouw taak om dat allemaal op te ruimen. Aan de slag – nu!'

Dus nu snap je waarop ik pislink ben op die vent.

Blair, je mag blij zijn dat jij hier al ontslagen was.

En dat was het dan weer.

PS: Ik heb op YouTube gekeken, en om de een of andere reden heeft jouw clip van de kauwgomdiefstal 180.000 kijkers getrokken.

Bethany

Die lul van een Kyle is uit mijn leven verdwenen. Het is met geen pen te beschrijven hoe ik me nu voel... maar ik zal het proberen. Om te beginnen zou ik hem het liefst zes kogels door zijn hart schieten. Nee, laat ik preciezer zijn: door zijn hartkamers, zijn aorta, zijn atrium, zijn kathedraal, zijn fucking World Trade Centre.

Het was zondag en we zaten in een pub annex restaurant in Hampstead: we hadden besloten het ervan te nemen omdat we deze week allemaal een teleurstelling te verwerken hadden gehad. We zaten daar met Jason en Rafe, die sporteikels, en ze deden raar, zo van: wat moet je met een vriendin, en: kom, we gaan frisbee gooien. Dus we lunchten met gegrild varkensvlees, aardappelpuree en koolraap, en na het eten stonden we weer op straat, omringd door mama's en papa's met kinderen in wandelwagens, en duiven en voorbijrazende auto's, en Kyle zei dat hij met die sporteikels naar een of andere voetbalwedstrijd ging (dat had ik zien aankomen), maar belangrijker was dat hij zei: 'Bethany, het is uit tussen ons, en dat heb je vast wel zien aankomen.' (Eerlijk gezegd had ik dat niet; ik had wel andere dingen gezien, maar dat niet.) En aangezien ik nooit eerder een blauwtje had gelopen, had ik dus geen ervaring om op terug te vallen en wist ik niet hoe ik moest reageren, en dus bleef ik daar midden op straat staan.

'Je hoeft het niet moeilijker te maken dan het is, Bethany. Jezus, zeg eens iets.'

En wat dacht je? Het kwam niet eens bij me op hem te vragen waarom hij het eigenlijk wilde uitmaken. Hij bazelde maar door, en ik wachtte totdat ik weer met beide benen op de grond zou komen.

Hij zei: 'Ik vind dat ik je goed behandeld heb, Bethany. Ik heb nooit tegen je gelogen of iets van je gestolen of je met opzet belazerd.'

Ik vroeg wat er nu ging gebeuren. Hij zei dat zijn spullen al waren ingepakt en bij het hostel waren afgehaald door Denise.

'Denise?'

'Ja, eh… Denise.'

En wie, vraag je je natuurlijk af, mag Denise wel zijn? Denise is een hoer. Hij had die hoer die Denise heet blijkbaar een paar avonden geleden ontmoet in Wimbledon. Al die tochtjes, zogenaamd om in de plaatselijke pubs daar naar Canadees voetbal te kijken en zo, waren kennelijk voor iets heel anders bestemd geweest.

Hoe dan ook, Kyle deelde mee dat hij ging verhuizen naar Shepherd's Bush, een wijk in West-Londen.

'Wacht even, begrijp ik dit goed? Je hebt me nooit belazerd of tegen me gelogen, maar op ditzelfde moment is een snol die Denise heet bezig je spullen in te pakken, en ga je met haar verhuizen naar de andere kant van Londen?'

'Dacht je dat ik dat zo gepland had?'

Ik verstijfde.

... Dacht je dat ik dat zo gepland had?

Hoe vaak zal dat sprankelende zinnetje in de geschiedenis van de mensheid al niet gebruikt zijn? Ik had het gevoel dat ik keek naar een oude 16mm-voorlichtingsfilm uit de jaren tachtig over adrenaline en vechten of vluchten, en ik voelde inderdaad de enzymen en hormonen door mijn lijf racen, en het eindresultaat was dat ik veranderde in een standbeeld. Dus Kyle kuste het standbeeld op haar voorhoofd en liep weg. 'Mail me maar.' Hij verdween om de hoek bij een krantenkiosk die KitKat verkocht, en van die fucking sandwiches.

Huh?

Ik rende achter hem aan, en ik zag dat hij zijn schouders optrok toen hij mijn stem hoorde, en ik zag ook de geïrriteerde gezichten van Rafe en Jason. Kyle knikte naar hen dat ze even moesten doorlopen, alsof hij de *capo di capi* van een bende was. Ik verloor mijn zelfbeheersing en eiste een verklaring, in die zin dat je iemand niet naar de andere kant van de wereld sleept en haar daar een trap in haar maag geeft voor de deur van een restaurant dat koolraap serveert.

'Weet je wat het is, Bethany?' (En toen voelde ik me pas écht in mijn maag getrapt.) 'Bij jou gaat het alleen maar om de dood, en dat was wel een poosje interessant, maar ik ben nu weer terug in het land van de levenden. De laatste tijd... heb ik het gevoel dat jij niet helemaal doorhebt wat de bedoeling is van ademen en eten en neuken en slapen en al die andere dagelijkse shit die bij het gewone leven hoort. Het lijkt wel alsof het leven voor jou een soort streek is die jij de wereld probeert te flikken. Maar ik zie daar de lol niet meer van in.'

Ik zei: 'Maar…' (En is dat niet het sneuste zinnetje van één woord dat er bestaat?)

En Kyle zei: 'Sorry, maar ik moet nu weg. Tot ziens, Bethany. Zoals ik al zei: ik heb het zo niet gepland. En op een goeie dag denk jij er net zo over, dus wacht nog even met oordelen.'

En zo sta ik er nu voor, en ik weet eigenlijk niet wat ik nu ben. Een loser? Een slachtoffer? Een gedumpte bitch? Een sukkel? Een teef? Een driedubbel genaaide losertrut, die dacht dat ze *hot stuff* was? Mijn moeder had gelijk. Dat vind ik nu nog het allerergste. Mijn moeder, het driewerf getrouwde monster DeeDee, had volkomen gelijk met wat ze zei over Kyle, en ik ben zo'n ondankbare trut die wijze woorden niet herkent als ze haar worden aangeboden, en nu zit ik hier vast in een maf crackpand in een *middle-class* Engelse buitenwijk.

En de enige aan wie ik dit kan vertellen ben jij, Roger. Ik kan het DeeDee niet vertellen, nog niet. En ik heb geen vrienden. Is je dat nooit opgevallen? Shawn van gangpad 6 en 7? Dacht ik niet. Ik zou je wel willen bellen, maar ik heb je nummer niet, en bij de centrale in Engeland zeggen ze dat je een geheim nummer hebt.

Op dit moment draaien ze op de radio een oud nummer van David Bowie, 'Fame'. *Is it any wonder I reject you first?* Krijg de kanker, Kyle.

Ik neem de trein naar Parijs, verdomme. Ik word zo'n vrouw die alleen de trein nam naar Parijs nadat haar minnaar haar had laten barsten op de stoep van een lullig restaurant in Hampstead.

Dit is zo'n brief die ik maar beter meteen op de post kan

doen, voordat ik op andere gedachten kom.

Roger, waarom heb jij verdomme een geheim nummer? Wie denk je wel dat je bent, de fucking Beatles of zo?

B.

Bethany

VIA FEDEX

Roger,

Ik heb je gisteren een brief geschreven die ik niet verstuurd heb en ook niet zal versturen. Kyle heeft me gedumpt, en ik zit nu alleen in de Eurostar naar Parijs. Mijn hoofd bevindt zich op een plek waar het nog nooit geweest is, en ik heb geen enkele aanwijzing voor wat ik nu moet doen. Ik zal binnenkort weer naar huis moeten, en ik zie mama's triomfantelijke gezicht al voor me.

We zijn net de Kanaaltunnel uit en stormen nu met vierhonderdvijftig kilometer per uur op Parijs af. Ik heb een godsvermogen neergeteld voor een eersteklas kaartje – je zou er nog van staan te kijken als je wist hoeveel ik gespaard heb sinds mijn eerste baantje jaren geleden: tafels afruimen in een derderangs Mexicaans restaurant. Ik ben de enige passagier in het rijtuig, en er is zojuist een prima maaltijd voor me geserveerd, met zwaar metalen bestek dat door iemand anders zal worden afgeruimd. Als ik eenmaal in Parijs ben, ga ik weer een godsvermogen uitgeven aan een goed hotel met warm en koud stromend water en schone lakens, zonder jongelui en met een receptie die weet hoe je FedEx-formulieren moet invullen.

Ik zie dat buiten de lucht heel donkerblauw is, wat betekent dat het over tien minuten echt nacht is. Alles wat ik door het raam zie is oud, en ik zou me er eigenlijk meer voor moeten interesseren, maar álles is hier oud. Ik heb een hekel aan het verleden.

Roger, ik snap niet hoe ik zo stom heb kunnen zijn.

Ik herinner me dat ik een keer van de lagere school naar huis liep en dat er een auto tegen een kersenboom reed en alle bloesemblaadjes in één keer naar beneden vielen. Zo voel ik me nu ook.

Dag, Roger.

Schrijf me alsjeblieft terug – maar ik weet niet waar ik heen ga, dus ik kan je geen adres geven. Is dat niet het hele leven, samengevat in één zin?

B.

DeeDee

Hoi Roger,

Je vrienden bij Staples zeiden dat je daar niet meer werkt – dat je bent weggegaan om je roman af te maken. Wauw, wat een lef, Roger! Ik ben diep onder de indruk. Lang niet iedereen zou zo'n moedige stap durven zetten ter wille van de kunst. Gelukkig wilden ze me deze keer wel je huisadres geven, zodat ik tenminste dit bedankbriefje in je brievenbus kan stoppen.

Nu wil ik het even hebben over de bloemen die je me hebt gestuurd... Dank je wel! Ik ben tot alles bereid om maar bloemen te krijgen! Ik voelde me net een filmster toen ze op kantoor werden bezorgd. Ik voelde me net Meg Ryan, voordat ze dat parmantige kwijtraakte. Ja, er zaten ook blauwgeverfde witte margrieten bij – zoals je oma ze ook al bestelde –, maar wat maakt het uit? Ik heb bloemen gekregen! En je brief was helemaal niet zo depressief, hoor Roger. Hij was gewoon eerlijk, en dat is leuk.

Ik heb weer een e-mail met 'Alles goed, maak je geen zorgen' gekregen van Bethany. Nogmaals: als jij iets weet waardoor ik me geruster kan voelen over haar Europese reis, laat me dat dan weten. Ik weet dat jij je in een rare positie bevindt, en ik begrijp best dat je afstand neemt en je niet wilt bemoeien met de problemen in een ander gezin.

Dag, Roger.

Nogmaals bedankt,
DD

PS: Voordat Bethany en ik ruzie kregen en ze vertrok, zei ze nog dat jij Claritine gebruikt voor een of andere allergie. Ze zei ook dat je dromen daardoor aanvoelen als de werkelijkheid in plaats van je droomwereld. Zoiets zei ze ongeveer. Wat een raar bijeffect eigenlijk van een geneesmiddel – dat dingen 'echt' kunnen aanvoelen –, maar ik had eenzelfde soort ervaring. Door die mooie bloemen van jou moest ik niezen, dus toen heb ik bij de drogist ook Claritine gekocht. Toen ik gisteravond thuiskwam en naar bed ging, droomde ik – hocus-pocus! – dat het avond was en ik in een huis was, en dat er een tornado op komst was. Ik vond dat vreemd, want een tornado slaat alleen overdag toe, maar Bethany was er ook. Ze klampte zich vast aan de vensterbank en zei: 'Mam, alleen filmtornado's slaan overdag toe. In werkelijkheid zijn ze er ook 's nachts, zonder dat de zon erop schijnt en ze verlicht.'

Zelfs in mijn dromen staat Bethany steviger met beide benen op de grond dan ik.

Roger, mijn pen en papier voelen zo verdrietig aan.

Bethany

VIA FEDEX

Roger,

Waarom schrijf je niet terug? Ik ben dronken en beduusd, en ik zit in een bistro niet ver van de Seine – Linkeroever – en ik moet je vertellen wat me vanmiddag is overkomen. Ik liep mijn hotel uit en voelde me versuft en depri door de kerstversieringen hier – niet alleen omdat het kerstversieringen zijn die daarom automatisch een deprimerend effect hebben, maar omdat ze hier zoveel mooier en verfijnder zijn en, ik weet niet... toegewijder dan die kartonnen rotzooi die wij bij Staples in de etalages hangen. En ik voelde me dom en jong en alle schoonheid onwaardig die de Fransen hier iedere dag opzuigen. Ik kan er niet meer tegen, tegen al die schoonheid. Ik heb het gevoel dat de Fransen röntgenogen hebben en dwars door mij heen kijken en zien dat ik met mijn moeder in een schoenendoos aan de andere kant van de aardbol woon, dat ik niet kan koken, dat ik te veel tv-kijk, en nooit naar History Channel.

Dus daar liep ik, opgesloten in een neerwaartse spiraal, toen ik langs een hotel kwam en er een man naar buiten stapte die gekleed was als die dierenarts in *All Things Great and Small* – saliegroen en bruin en met zo'n colbert dat mannen dragen als iemand van het tijdschrift *Hello!* bij hen op bezoek komt in hun buitenhuis – en hij had twee kinderen en een vrouw bij zich, en toen stolde het bloed op slag in mijn aderen. Het was Johnny Depp, ik stond oog in oog met Johnny Depp. En hij zag er heel gewoon uit, met gewone kinderen, en volgens mij had Vanessa Paradis een rothumeur, maar hij keek in mijn richting, onze ogen vonden elkaar, hij glimlachte en knipoogde, en toen stapten ze allemaal in een Range Rover en reden weg. Roger, ik bleef daar zeker vijf minuten als aan de grond genageld staan, en ik probeerde te verwerken wat me was overkomen. Ik bracht mijn hand naar mijn wang en voelde daar alle witte make-up die ik al eeuwen droeg, en ik voelde me zo #$%& naïef en kinderachtig. Ik rende terug naar mijn hotel en mijn kamer, maar ik was mijn sleutel vergeten – #$%& Europa – en moest weer naar beneden om hem te halen. Door het huilen was mijn gezicht één grote moddertaart geworden. Ik ging onder de douche – zo'n belachelijk koperen geval waar je je onmogelijk mee kunt douchen – en spoelde alle foundation en eyeliner en polonium en andere rotzooi weg waar ik me al vijf jaar onder begraven had. En daaronder zat mijn gezicht, het gezicht waar ik nooit lang naar had kunnen kijken. Mijn verhouding tot de spiegel is ongeveer hetzelfde als wanneer je in de bus een vreemde aankijkt en onmiddellijk je blik afwendt. Maar deze keer wendde ik mijn blik niet af, en wat ik zag was mezelf: dom, naïef, roze, dik en saai, helemaal niks dus. Als ik mezelf in de bus tegenkwam, zou ik gniffelend gezegd hebben: 'Nou, gelukkig zie ik er zo niet uit.' Maar dat doe ik dus wel.

Roger, ik voel me zo dom, en ik probeer mezelf gevoelloos te drinken, en dat heb ik nooit eerder gedaan. Er is heel wat voor te zeggen, vind ik, om gevoelloos te zijn. De tijd verstrijkt sneller. Je eet minder, en omdat gevoelloosheid leidt tot luiheid, doe je ook minder dingen, zowel goede als slechte, zodat de wereld waarschijnlijk beter wordt. Als je gevoelloos bent, word je een misdaadbestrijder! Is dat ook met jou gebeurd? Wat ben ik toch egoïstisch – ik schrijf jou een brief en praat alleen maar over mezelf. Hoe gaat het met Zoë? Hoe is het bij Staples? Hoe is het weer? Ik pluis iedere dag de *International Herald Tribune* na, en je hebt geen idee hoe goed het voelt om te weten dat het thuis halfbewolkt is en twee graden boven nul. Ik zie de parkeerplaats voor me: verlaten winkelwagentjes, een dun laagje strooizout, suv's die af en aan rijden – een deprimerende gedachte dat ik heimwee kan krijgen door aan een parkeerplaats te denken.

Voor het avondeten heb ik mosselen besteld – *moules à la marinière*. Heb je die dingen weleens geproefd? Ze smaken naar kattenstront dat van een steiger is geschraapt. Ik heb er precies één gegeten, en probeerde de smaak weg te spoelen met pastis (die droplikeur), maar nu voel ik hoe de mossel zich in mijn maag aan het voortplanten is, zich vermenigvuldigt, zich uitbreidt en kleintjes krijgt... Ik hoop dat het geen al te zware nacht wordt.

Ik keek net omhoog naar de piepkleine geelwitte lampjes die ze hebben aangedaan voor Kerstmis. Ze hangen in de hele straat, sommige zijn feller dan andere of hebben een andere schakering wit. Ik moet ineens denken aan het boek over sterrenkunde dat mijn moeder op de wc had gelegd in de hoop dat ik me aangetrokken zou voelen tot de wereld van de wetenschap en de verpleging. Daarin werd de asteroïdengordel beschreven. De meeste mensen weten niet wat de asteroïdengordel is. Het is een soort gat tussen Mars en Jupiter waar ooit een andere planeet heeft gestaan. Om preciezer te zijn: wetenschappers denken dat er ooit een planeet heeft gestaan met een grote maan, maar die twee kwamen in elkaars dampkring, botsten en werden verwoest. Wat romantisch, het had zó uit een Japanse manga kunnen komen.

Het is hier zo fucking oud, Roger, zo fucking oud. De receptionist vertelde dat er niets gebouwd mag worden wat de indruk zou kunnen verpesten dat Parijs eruitziet zoals in de zeventiende eeuw, voor het geval ze er een film willen opnemen.

Bethany

PS: Vergeet niet dat je me altijd kunt e-mailen op blackchandelier@gmail.com

Bethany

VIA FEDEX

Roger,

Ik ben door mijn geld heen, omdat ik als Mademoiselle Fifi heb geleefd in dat chique kakhotel. Ik weet niet wat ik me in mijn hoofd had gehaald – ik zat daar in dat hotel en ik voelde het geld door mijn vingers glippen, maar ik zette geen stap, en nu ben ik blut. Ik ben naar het kantoor hier van de vliegtuigmaatschappij geweest, en nu blijkt dat ik het retourbiljet niet kan gebruiken omdat het een speciale aanbieding was, maar ik kon het wel omruilen en dus hoef ik niet eerst naar Londen om op te stappen. Ik zit nu weer in een hotel, maar deze keer in oostelijk Parijs, waardoor het hostel in Hampstead plotseling een soort Four Seasons lijkt. Het zit vol met hasjdealende Russische skinheads, die alleen maar reggae draaien. Ik weet zeker dat ze, als ze geen hasj verkopen, Franse huisvrouwen van hun portemonnees beroven. Ik durf mijn spullen hier niet achter te laten, dus als ik iets wil gaan eten, neem ik alles mee wat ook maar enige waarde heeft. Ik neem morgen de trein naar Frankfurt, waar ik een rechtstreekse vlucht naar huis neem. Als alles goed gaat, heb ik als ik terugkom nog één euro in mijn zak.

Ik vind het vreselijk om naar buiten te gaan – ik kan mijn kleren niet meer zien, laat staan dragen. Ze zijn zo sjofel en ouderwets en kinderachtig. Zwarte kleren staan alleen maar goed als ze gloednieuw zijn of pas gestoomd. Als ik mijn oude kleren aantrek, voel ik me ontzettend achterlijk, en ik ben ervan overtuigd dat de mensen op straat voortdurend naar me kijken, alsof ik ontsnapt ben uit een inrichting of zo. Een paar weken geleden zou ik dat erg prettig hebben gevonden. Nu voel ik me een enorme loser.

Maar dat is niet het meest schokkende nieuws. Dit wel: weet je wie ik gisteren tegen het lijf liep? Meneer Tirade! Hoe vind je die, hè? Hij stond in St.-Germain-des-Prés voor de etalage van een bloemenwinkel. Hij draaide zich om, zag mij en zei: 'Hé, ik ben op zoek naar een nieuwe cartridge voor een HP LaserJet 1320. Waar kan ik die vinden?' Ik kreeg zo'n heftige aanval van heimwee en eenzaamheid dat ik hem om zijn nek vloog. Typisch voor hem zei hij: 'O, je ziet er heel anders uit zonder die witte plamuur op je gezicht. Wat moet jij hier in dit afschuwelijke land?'

Ik legde hem uit hoe ik eraan toe was. Hij heet Greg. Ouderwets, hè? Stel je voor dat je tegenwoordig je kind Greg noemt. Ik zie die vrouw in het ziekenhuis al de naam invullen op zo'n formulier, even wachten, en dan om zich heen kijken of niemand het ziet.

Maar goed, Greg nodigde me uit voor de lunch, en als je me twee maanden geleden gezegd had dat een lunch met Meneer Tirade het mooiste moment van mijn leven was, zou ik je voor gek hebben verklaard, maar toch is het zo. Hij is hier op bezoek bij fabrikanten van roestvrij staal. Hij werkt thuis voor een bedrijf in de scheepsbouw, en blijkbaar komt hij om het jaar voor zaken naar Parijs.

Dus we gingen naar een bistro waar echt Frans eten werd geserveerd: biefstuk met frietjes, paté en een groene salade. Het menu was er waarschijnlijk in geen honderd jaar veranderd. Het was zo leuk om een bekend gezicht te zien dat ik eerst geen aandacht besteedde aan wat hij zei, maar dat was overwegend gekanker over de bediening, het weer, de euro, het hotelbed, de twintig dollar per dag die hij moest betalen om op internet te mogen; de vlucht daarheen, de duiven – hij ging maar door. Toen kreeg ik er genoeg van. Ik probeerde hem op een aantal goede dingen hier te wijzen, zoals het eten, en zijn enige reactie was: 'Transvetten', dus toen begon ik over hoe goed iedereen hier gekleed ging, en hij zei: 'Omdat ze geen huis hebben waar ze hun geld aan kunnen uitgeven. Ze wonen allemaal in huurflats en hebben geen grond.' Ik moet zeggen, Roger, dat ik me echt aan hem ergerde. Toen de ober de tafel kwam afruimen, knapte er iets in me. Ik begon tegen hem te schreeuwen, en dat was heel raar, want ik merkte dat iedereen om ons heen dacht dat het een liefdesruzie was – joehoe! – en wij waren, als het ware, 'op camera' en dat wakkerde mijn woede alleen maar aan, en ik schreeuwde iets in de geest van: 'Wat is er verdomme met jou aan de hand? Ben je aan de drugs of? Zit je onder de medicijnen of ben je juist vergeten ze in te nemen? Waarom kun je niet eens vijf fucking minuten naar de wereld kijken zonder hem te willen verpesten voor mensen die het er misschien wél naar hun zin hebben, of die er het beste van proberen te maken? Waarom moet je alles kapotmaken?'

Waarschijnlijk voor het eerst in zijn leven stond die arme vent met zijn mond vol tanden. Toen zei hij: 'Ik wist niet dat mijn woorden zo'n effect konden hebben.' Hij klonk niet hatelijk of zo. Volgens mij had hij echt geen flauw idee wat voor effect hij heeft op mensen.

Ik zei: 'Nou, dat effect hebben ze wel degelijk, en ik heb er schoon genoeg van. Hoeveel vrienden heb je eigenlijk?'

'Wat?'

'Hoeveel vrienden heb je?'

'Volgens mij zijn dat jouw...'

'Dat zijn mijn zaken wél, want door jou ben ik zo kwaad geworden. En je hebt helemaal geen vrienden, of wel soms?' Zijn gezicht sprak boekdelen. 'Dat dacht ik al. En gaan er dan geen bellen bij je rinkelen? Iedereen heeft vrienden, Greg. Iedereen.'

'Ik dacht dat we hier gewoon zouden gaan lunchen.'

'Dat zouden we ook. Maar toen moest jij het zo nodig verpesten met je eindeloze gezanik. Jij bent het psychische equivalent van een hakselaar: alles wat er aan de ene kant in gaat, komt er aan de andere kant in snippers uit.'

Toen diende hij me een taekwondo-trap toe: 'Jij hebt ook geen vrienden, hè?'

'Ik... Ik...' Ik gooide wat geld op tafel – zo'n twintig munten van allerlei soort – wat lekker veel herrie maakte op het tafelblad. 'Ik heb toevallig een heleboel vrienden. En ik ga nu weg – Greg. En trouwens, als jij in de winkel komt, moeten we altijd vreselijk om je lachen, omdat je zo'n hopeloos figuur bent.'

Ik stormde naar buiten voordat hij met een rake reactie kon komen – die ik natuurlijk wel verdiend had – en eenmaal buiten op de stoep voelde ik me een vals secreet. Ik bedoel, stel je voor dat er een medische aandoening aan zijn gedrag ten grondslag lag en hij er helemaal niets aan kon doen? In hoeverre was het zijn persoonlijkheid en in hoeverre een hersenbeschadiging? En waarom kan ik niet normaal doen? Waarom moet ik altijd de freak uithangen? Ik wil helemaal niet de freak uithangen, maar mijn hele leven balanceer ik al op de rand, en de mensen om me heen vallen neer als vliegen. Blut, sjofel gekleed, in een Frans hostel als een soort aarsgat, en Mars-repen etend totdat mijn vliegtuig vertrekt. Ik kan me niet voorstellen dat ik weer naar huis ga, Roger. Ik voel me een enorme mislukkeling. Ik was van plan de persoonlijk assistente van graaf Chocula te worden. Ik was van plan...

Nou ja, dat maakt ook allemaal geen ene reet meer uit. Ik ben waarschijnlijk eerder thuis dan dat jij deze brief krijgt. Ik heb geen idee wat ik ga doen als ik terug ben, en het kan me ook niets schelen. Bedankt dat je me hebt willen aanhoren, Roger. Ik hoop dat je roman flink is opgeschoten. Het wordt de ergste Kerstmis ooit.

X
Bethany

DeeDee

Hoi, Roger!
Als ik opgewekt klink, dan komt dat doordat ik een e-mail van Bethany heb gekregen waarin staat dat ze op de terugreis is uit Europa. (Ze zei niet of ze alleen komt of met haar loverboy, maar mijn moederlijke intuïtie zegt me dat ze alleen is, vreugde op aarde!) Ze heeft met flinke korting een of ander vreemd ticket geboekt via internet, en ze vertrekt over drie dagen uit Frankfurt, dus ik breng het huis op orde voor haar terugkomst: ik huur een stapel dvd's (het complete oeuvre van Depp) en hang alle kerstverlichting op (ook al duurt het nog drie weken voordat het Kerstmis is). Ik heb extra slingers gekocht om alles nog feestelijker voor haar te maken. Ik heb ook een voorraad aangelegd van haar lievelingsjunkfood. Ik durf te wedden dat jij niet weet wat haar lievelingssnack is, en dus ga ik het je ver-

tellen: gezouten crackers met pindakaas, maar daar smeert ze zelf dan nog margarine op kamertemperatuur bovenop. Echt waar, dat ziet eruit als het coronaire weefsel van een vrouw van negenentachtig na een hartaanval. Maar ze is er heel dol op, en mijn meisje komt weer naar huis, dus ze krijgt wat ze hebben wil.

Nog bedankt voor de bloemen van vorige week, Roger. ~~Dat had niet gehoeven.~~ Het betekende erg veel voor me.

Ik hoop dat jij en je ex en je dochter en weet ik wie nog meer een fijne kerst zullen hebben dit jaar. Meestal voel ik me in deze tijd van het jaar behoorlijk ellendig, maar dit jaar is het anders – ik voel me alsof ik zwanger ben en over drie dagen ben uitgerekend.

Vrolijk kerstfeest,
DD

Roger, ben je wel in je flat maar wil je niet opendoen? Ik zou zweren dat ik iemand hoorde lopen. Maak je geen zorgen. Je had je waarschijnlijk nog niet geschoren en aangekleed. Ik zou de deur ook niet hebben opengedaan. Maar in de geest van *De handschoenvijver* laat ik wat eten voor je achter: een pakje pannenkoekmix (zonder meelwormen), een doosje eieren, marmelade, boter en een brood waarmee je lekker veel geroosterd brood kunt maken.

DD

Staples

Zoals u waarschijnlijk hebt gehoord, is Bethany weer terug, als parttime kracht in de kersttijd. Als een van u vóór 24 december vrij wil nemen om uw 'privé-elfjes van de Kerstman' te helpen, kunnen we Bethany inzetten om uw dienst over te nemen.

NB: de bak met blanco cd's aan het einde van Gangpad 12-Zuid is tijdelijk verplaatst, zodat het gangpad opnieuw betegeld kan worden.

Fahad

....

PS: Vergeet niet de 'Margarita's & Waanzin' (!!!) op 22 december om 9 uur. Fran heeft een tafel voor twintig personen gereserveerd in de Keg & Cleaver, en het zou geweldig zijn als jullie haar een bijdrage van vijf dollar konden geven.

....

Bethany

Ja, ik ben weer terug bij Staples, en daar wilde ik het verder bij laten. Pete was zo aardig om mij parttime werk aan te bieden, vooral na mijn verdwijntruc van de vorige maand. Maar na Europa met al zijn schoonheid is het moeilijk om me verantwoordelijk te voelen voor de verlichting en al die saaie producten hier in de zaak. Het lijkt wel alsof ik ín een kopieerapparaat werk. En zoals de mensen zich kleden, in vergelijking met Europa... Iedereen loopt er hier bij als een krantenjongen in een Broadway-productie.

Roger, wat vervelend dat je ontslagen bent. Jij was het enige bij Staples waar ik me op verheugde. En iedereen stond te popelen om me het verhaal over *De handschoenvijver* te vertellen. Wat vreselijk dat ze je dat hebben aangedaan. Ik werd er beroerd van toen ik hoorde wat ze hadden gedaan, en ik wilde dat ze ophielden met vertellen. Wat een nare, afschuwelijke mensen, maar dat wist ik al, dus ik kan niet zeggen dat ik echt verbaasd ben. In feite zijn ze kenmerkend voor hoe de hele wereld in elkaar zit. Ik kom hier, doe mijn werk en praat met niemand. Ik probeer zo veel mogelijk uren te maken om mijn spaargeld weer wat aan te vullen, maar verder gaat mijn ambitie niet. Maar ik heb *De handschoenvijver* herlezen, ik vind het beter dan ooit, en ik hoop dat je het zult afmaken. Je móét – je kunt me niet zo in het onzekere laten!

Een andere grote schok voor me was dat ik toen ik hier terugkwam een stapel van mijn FedEx-brieven zag liggen, die jij dus nooit hebt gekregen. Shawn vroeg waarom ik jou al die pakjes uit Europa had gestuurd, en ik bedacht ter plekke iets over genealogisch onderzoek dat ik voor je had gedaan. Haar nieuwsgierigheid was prompt bevredigd. Dan weet je dus waarschijnlijk ook niets over Kyle en dat we uit elkaar zijn, over Parijs, of over Greg. Ik voeg de ongeopende FedEx-enveloppen hierbij. Je kunt net zo goed in chronologische volgorde lezen over mijn emotionele ontreddering. Ik wil er hier verder niet op ingaan.

Het goede nieuws, Roger, is dat je als je me nu zag een nieuwe, supergezonde Bethany zou zien. Van mama heb ik een abonnement op Fitness World gekregen, en ik ga daar twee keer per dag heen. Het enige wat ik tegenwoordig eet zijn verse groenten, mager vlees en kauwgom, maar ik kijk nu wel beter uit als ik die jat, nu kauwgom stelen een hype is geworden op internet. Ik heb mijn make-up afgewassen en probeer de gemiddelde meisje-uit-de-buurt-look aan te nemen, misschien zelfs wel een sportieve look, of zelfs een bergbeklimmerslook, met allemaal clips, ritsen, nylon en flappen met klittenband. In Europa is de goth voorgoed uit mij verdwenen.

Het was een lange week, Roger. Het gaat niet zo tof tussen mama en mij, en ik ben bekaf van de fitness en de jetlag en van alle diensten die ik draai. Iedereen weet dat ik zwaar in de shit zit. In plaats van 'Hoe was de reis?' krijg ik te horen: 'O, o, je ziet er goed uit, Bethany', gevolgd door een afgewende blik. Ik neem aan dat ze dit hele voorval snel zullen vergeten – het geroddel neemt al af, hoewel je natuurlijk nooit kunt weten wat Kyle hun allemaal mailt. Mijn god, heeft het maar vier weken geduurd? Het voelt als een heel jaar. Het voelt alsof het een ander is overkomen – nee, alsof ík een ander ben geworden. Dus uiteindelijk is er in Europa toch iets magisch gebeurt, maar... dit is niet degene die ik had willen worden.

Ik moet het hierbij laten, Roger. Jamie moet een maltipoopup ophalen als verrassingscadeau met Kerstmis voor haar vader, en ik neem haar dienst over. Ik heb nog nooit in Gangpad 9-Zuid gewerkt. Het leven is één rijkelijk voorziene dis aan ervaringen.

Hoe gaat het met je, Roger? Vertel, ik ben een en al oor.

B.

DeeDee

Roger,
Ik heb nog meer inspiratie voor *De handschoenvijver* voor je: Triscuit-crackers, oranje cheddarkaas, en (in plaats van whisky) een fles Sonoma Valley-chardonnay van twintig dollar. Ik neem

aan dat je niet opendoet als ik bij je aanbel, en dus zet ik deze doos voor je deur, in de hoop dat de wasberen er niet mee vandoor gaan. Er is geen spoor meer te bekennen van het laatste overlevingspakket dat ik voor je heb meegebracht, dus ik neem aan dat het goed terecht is gekomen.

Bethany vertelde me wat er in de winkel is gebeurd. Wat een schandelijke manier om met zo'n geweldig werkstuk om te gaan – *De handschoenvijver* is prachtig, Roger, en je moet je niets aantrekken van wat een stelletje domme idioten ervan vindt. Ze zijn gewoon jaloers. Ik bedoel, in een tijd waarin niemand nog iets bereikt, begin jíj aan een roman – dat is een fantastische prestatie. Het enige wat die sukkels ooit zullen bereiken is een levenslange schuld aan een creditcardmaatschappij. Blijf schrijven, ik beschouw het als een eer om als proeflezer te fungeren, als je dat wilt.

En dan nu over Bethany, Roger, ik word hartstikke ~~geschift krankjorum lijp~~ gek als ik mijn hart niet lucht over Mejuffrouw Fitness en Frisse Lucht. Wat is er in godsnaam met haar aan de hand?! Het enige wat ze eet zijn stukjes rauwe vis die ze uit de rijst van sushi pulkt. En grapefruitsap. Ze slaapt met de ramen wijd open, en haar kamer is net een diepvriezer. Ze heeft al haar gothic kleren weggedaan. Nadat ze alles in de vuilnisbak had gegooid, ben ik teruggegaan om het er weer uit te halen. Dat weet ze niet, maar op een goede dag zal ze me er dankbaar voor zijn – gothic ziet er dan misschien macaber uit, maar het is hartstikke duur spul, dat kan ik je verzekeren.

Het raarste van alles is dat ze geen ruzie meer met me wil maken. Als ik iets zeg om haar te provoceren, zoals 'Zet je koffiekop eens op een onderzetter', dan biedt ze haar excuses aan, bijna kruiperig zelfs. Ze maakte de kerstverlichting niet belachelijk, noemde me niet eens een burgertrut of een godsdienstfanaat. Ze zei dat het er mooi uitzag en omhelsde me. Het lijkt wel alsof haar ziel verwisseld is, en ik heb geen idee wie die nieuwe Bethany is. Het moeilijkste was toen ik popcorn maakte voor een late film op tv. Ik had mijn blauwgroene trainingsbroek aan en zag eruit als een moddervette del uit een woonwagenkamp. Toen ik bij de tv kwam, hoopte ik dat ze een lullige opmerking zou maken, maar in plaats daarvan zei ze: 'Mam, ik vind het te gek dat jij tevreden bent met hoe je bent.' Mijn god, wat kunnen jongelui toch neerbuigend doen, maar volgens mij bedoelde ze het niet zo. Misschien vindt ze het écht niet erg dat ik zo'n puinhoop ben, wat ik verschrikkelijk eng vind, want dat betekent dus dat het écht zo is. Jeetje.

Dus ik kreeg geen hap van die popcorn door mijn keel, en tijdens de reclameblokken ging ik naar de badkamer om mezelf te bekijken in de spiegel; ik deed alsof ik een ander was en was ontsteld. Roger, zeg nog eens dat ik ooit heel mooi was. Daar heb ik behoefte aan. Ik weet dat ik naar complimenten vis, en niet zo zuinig ook, maar ik ben aan het eind van mijn Latijn, ik loop op mijn tandvlees.

En wat moet ik aan met mijn Zonnestraaltje? Heb je suggesties? Moet ik haar naar een therapeut sturen? Ze doet me denken aan zo'n puber die in een nonnenfase zit. Ik zou eigenlijk blij moeten zijn dat Bethany probeert af te vallen, maar ik ken haar beweegredenen niet, en mijn moederinstinct zegt mij dat het de verkeerde redenen zijn.

Zo.

Dat ben ik kwijt.

Roger, als jij weer wat aan *De handschoenvijver* kon schrijven, dan zou dat Bethany echt inspireren en motiveren. Is er een kansje dat het ervan komt?

X
DD

Roger

DeeDee...

Toen Brendan werd doodgereden op zijn fiets (op de hoek van Capilano Road en Canyon Boulevard; op zondagmiddag, geen dronken chauffeur, gewoon een ongeluk), besefte ik dat het leven afgelopen was en dat er iets anders begon. Ik zou wel gewoon blijven leven, maar je zou het geen 'leven' meer kunnen noemen. Joan wist dat ook. We hebben het nooit zo besproken, maar na die middag hebben we elkaar nooit meer recht in de ogen kunnen kijken, niet echt. Joan is langdurig in therapie geweest en ze vindt nu dat ze mij wel recht in de ogen kan kijken, maar het is een onechte blik, en zij weet dat ik dat weet. Zoë was te jong om zich er iets van te kunnen herinneren.

Ik nam ontslag als verkoper van skivakanties in het naseizoen, omdat ik er niet meer tegen kon dat iedereen naar me keek en tegen elkaar fluisterde wat er met Brendan was gebeurd. Ik verbrak het contact met iedereen die ik kende voor Brendans dood. Daarom ben ik lid geworden van die stomme toneel-eetclub, omdat ik daar met een schone lei kon beginnen. Ik kan helemaal niet acteren. Ik bladerde wat door het weekendkrantje en dacht dat het een soort toevluchtsoord zou kunnen zijn, met alleen maar vreemden, en dat ik daar misschien in op zou kunnen gaan. Het bleek heel gemakkelijk te zijn. Zoals in ieder milieu is er ook in de theaterwereld altijd een plekje voor iemand die stipt op tijd is en niet roddelt, en dus was ik welkom om het gordijn open en dicht te doen en de stoelen op te ruimen.

Toen kwam de seks, in de persoon van Diana Tigg: aanschouw de opkomst van het razende, zelfingenomen, nymfomane monster – het zieke kreng dat de hoofdrol speelde in *Same Time, Next Year*. (Voelt u iets voor dineren en acteren?

Denk dan eens aan de North Shore Players en het midweekse Bards Buffet-arrangement van twee-voor-de-prijs-van-één bij de Keg & Cleaver. Bravo!) Ik verwacht geen mededogen wat betreft die vrouw, omdat ik het niet verdien. Sterker nog: als ik iets verdien, dan is het hoon. Ik viel gedurende korte tijd voor een actrice, een gewetenloze, pulserende quasar vol met een niet te bevredigen behoefte aan genot en kleinzielige rancune.

Zoals de meeste tweederangs actrices was 'la Tigg' in het echte leven veel interessanter dan op het podium. Een oude gemeenplaats zegt dat wij allemaal slechte acteurs zijn die rondbanjeren op een toneel en dan doodgaan – nou, daar geloof ik dus niets van. Let de volgende keer dat je buiten komt eens op hoe gewone mensen zelfs de meest subtiele gebaartjes acteren met een ongelooflijke gratie en vloeiende bewegingen. Hoe zo iemand bijvoorbeeld haar stoomgoed van de toonbank pakt, wat mompelt met de eigenaresse, een Koreaanse mama-san, over het weer van die dag, en ondertussen de muntjes uit de hoekjes van haar portemonnee en jaszak vandaan plukt. Meesterlijk. Maar als je zo iemand vooraf dezelfde tekst en regieaanwijzingen gaf? Dan zou ze er een puinhoop van maken. Dan zou ze een puinhoop maken van het echte leven.

Dat is dus Diana ten voeten uit. Die vrouw was niet in staat natuurlijk te doen. Ze beschouwde het leven van alledag als theater, maar in plaats van een behoorlijke tekst had ze slechts woorden en maniertjes die ze had gejat uit tv-soaps. Ze kon in ieder geval niet haar eigen teksten schrijven, en ze beschikte over een door god gegeven gebrek aan talent om het effect dat ze had op anderen te analyseren. Ze wist nooit wanneer ze moest vertragen of versnellen of haar bek moest houden, maar voordat ik haar spelletje doorzag, hadden we een afspraak bij haar thuis en verliepen de dingen... zoals ze verliepen. Binnen achtenveertig uur sprak ze je weet wel wat voor berichten in op het antwoordapparaat thuis, die Joan onmiddellijk onderschepte, en ik stond op straat. En het ergste van alles was dat Diana het alleen met me had aangelegd uit medelijden, omdat een meisje dat tijdelijk bij mijn reisbureau had gewerkt haar mond voorbijpraatte tegen de toneelclub over Brendan.

Daar gingen de resten van mijn oude bestaan... en zo begon mijn leven in een souterrainflat en als werknemer bij Staples, een werkplek die zo ontzettend anoniem en onpersoonlijk is dat ik genoot van de steriele atmosfeer, de volmaakte afwezigheid van communicatie. En bovendien had ik de heer Wodka als mijn persoonlijk assistent.

Totdat ik Bethany leerde kennen, was ik ongeveer zo menselijk als een doos met afgeprijsde belastingsoftware. Toen Bethany per ongeluk mijn dingen ging lezen, voelde ik me plotseling alsof... creativiteit me misschien zou kunnen redden, ik misschien een meer begerenswaardige wereld zou kunnen uitvinden. En misschien zou ik ook iets kunnen redden uit de puinhopen, het verlies en de pijn, en misschien zou ik zelfs wel rijk kunnen worden! En misschien... Nou ja, bedenk zelf maar de misschiens van al die would-be figuren.

De afgelopen twee weken zijn niet bepaald een hoogtepunt voor me geweest. Ik heb Wayne, en zo heel af en toe Zoë.

Ik zal proberen verder te gaan met *De handschoenvijver*. Het maakt een enorm verschil om trouwe lezers te hebben die aan mijn kant staan. Alleen red ik het niet. Heb geduld met me. Dank je voor het eten. Het gaat helemaal op, tot de laatste kruimel.

Roger

PS: Tussen haakjes: Diana heeft mij nooit opgezocht bij Staples. Als je ooit een acteur uit je leven wilt bannen, zeg dan gewoon dat hij niet kan acteren. En: *poef!* Weg. Als sneeuw voor de zon. Geloof me.

De handschoenvijver

Het leek wel alsof het een maand geleden was dat Kyle en Brittany waren komen eten in het aantrekkelijke en gastvrije huis van Steve en Gloria. Het jonge stel voelde zich inmiddels anders dan toen ze gekomen waren.

'Op welke universiteit zit Kendall eigenlijk?' vroeg Brittany.

'Harvard,' zei Steve.

Gloria draaide zich om en beet hem toe: 'Ik had liever gehad dat hij naar Yale was gegaan.'

'Als je zo dol bent op Yale, Gloria, vertel dan eens in welke stad Yale University is.'

Gloria verstijfde. 'Dat vind ik een rotstreek. Niemand weet in welke stad Yale gevestigd is. Het is zelf al een soort plaats. Het heeft geen stad nodig.'

'Je had alleen maar New Haven hoeven zeggen, hoor.'

'Dat wist ik best. Door die stad niet te noemen geef ik aan hoe belangrijk Yale volgens mij is.'

Er verscheen een lichtje in Steves ogen. 'Gewoon uit nieuwsgierigheid, Gloria: hoe heet de stad waar Harvard is gevestigd?'

'Doe niet zo raar.'

'Nou, waar dan?'

'Harvard is gewoon Harvard.' Ze zweeg even. 'Ik bedoel, we hebben Kendall een paar weken geleden nog bezocht. Weet je dat niet meer? We hebben hem toen allerlei hapjes gebracht en een doos vol huishoudelijke artikelen.'

De naam 'Kendall' bracht Steve weer helemaal terug in de werkelijkheid – althans, wat daar in de eetkamer voor moest doorgaan. 'Natuurlijk.' Steve keek naar Kyle en Brittany. 'Kendall is een uitstekend student. We zoeken hem regelmatig op.'

Kyle vroeg: 'Weet je zeker dat jullie hier nergens foto's van Kendall hebben? Kiekjes? JPEG's? Polaroidfoto's? Een jaarboek of zo?'

'Nee,' zei Steve.

'Echt niet?'

'Echt niet.'

'Ze worden momenteel allemaal schoongemaakt,' zei Gloria.

'Ach, kom nou,' zei Kyle. 'Jullie moeten toch ergens een foto hebben?'

'Nee,' zei Steve. 'Dat is trouwens de nieuwste trend: je foto's laten schoonmaken. Niet alleen krijg je ze als nieuw terug, maar ze worden ook keurig en op volgorde ingebonden in albums.'

'Belachelijk,' zei Kyle. 'Er moet toch érgens wel íéts zijn?'

'Hé,' zei Steve, 'weet je wat we nog wél hebben? Een grote voorraad van Kendalls speelgoed. Dat kunnen we wel laten zien.'

'Waarom zou ik zijn speelgoed willen zien?' vroeg Kyle.

'Blijf hier,' zei Gloria. 'Ik ben zo terug.'

'Echt Gloria, doe geen moeite...'

Maar Gloria haastte zich naar het souterrain, en Steve deed heel hartelijk. 'Kendall was een heel lief kind. Hij was dol op zijn speelgoed. Nog wat whisky?'

Kyle keek naar Brittany, die in gedachten verzonken leek. 'Brit?'

'O, sorry. Ik zat naar die klok daar te kijken.'

'Rotdingen, klokken,' zei Steve. 'Doe mij maar een zandloper of een zonnewijzer of zo.'

Uit het souterrain klonk gerommel, en Steve schonk Kyle nog wat whisky in. Toen keek hij naar Brittany. 'En vertel eens: is het leven anders met je gezicht voortdurend onder de make-up?'

'Dit?' Brittany bracht haar hand naar haar wang, masseerde de huid en bekeek toen de ovale kabuki-vlekken op haar vingertoppen. 'Ik geloof dat ik nu wel genoeg heb van make-up,' zei ze. 'Die heeft me een tijdje beschermd, maar het is net een soort magie: zodra je er niet meer in gelooft, blijft er alleen maar troep over.'

Kyle sloeg zijn whisky achterover.

Door de stilte die viel klonk het gerommel van Gloria in het souterrain des te dreigender. Steve zei: 'Wat is een JPEG, waar je het net over had?'

'Een JPEG?' zei Kyle. 'Dat is een afbeelding die je van de ene computer naar de andere kunt sturen.'

'En waarom heet dat dan een JPEG?'

Brittany zei: 'Dat is een acroniem voor Joint Photographics Experts Group.'

'Zuspeg, zopeg – waarom zijn mensen niet gewoon tevreden met een sepiakleurige daguerreotype? Aha, kijk, daar heb je Gloria met een representatieve selectie uit Kendalls speelgoed.'

Uit de deur die naar het souterrain leidde – in een halletje vlak bij de keuken – kwam een afschuwelijk getrommel dat steeds hoger werd naarmate Gloria de eetkamer naderde. Met zweetdruppels die door de lagen foundation op haar gezicht heen sijpelden, strompelde ze naar binnen en gooide een stapel verweerde plastic dieren, driewielers en allerlei ander buitenspeelgoed op de grond. 'Zo, kijk eens aan!' zei ze. 'Kendalls speelgoed. Hij bestaat.'

De handschoenvijver: Brittany

Brittany besloot Kyle niet te vertellen waar Kendalls speelgoed vandaan kwam. Waarom zou ze ook? Steve en Gloria waren een excentriek stel, zacht uitgedrukt, maar waren ze gek?
Misschien niet. Ze vroeg zich in ieder geval wel af wat voor
soort kind dit soort mensen had voortgebracht. Het was ver-
dacht dat er geen foto's van Kendall waren, maar als Kendall
een beetje verstandig was, zou hij dit nest zo jong mogelijk
hebben verlaten. En misschien had hij alle foto's wel meegenomen.

Ik krijg schoon genoeg van die make-up.

Brittany herinnerde zich hoe die in Gloria's roze boudoir
was opgebracht, hoe vreemd bevrijd ze zich daarna had gevoeld – hoe ze zich korte tijd geïncarneerd voelde in een nieuwe persoon die niet zo in beslag werd genomen door de wereld met al zijn problemen. Maar ze kreeg er nu genoeg van.
Het was een korte fase in haar leven geweest; ze voelde dat ze
alweer een nieuwe binnen ging.

Ondertussen bespraken Steve en Gloria een voor een het
speelgoed van 'Kendall'.

'Aha,' zei Steve. 'De superhippe autoped van Kendall, ver-
sierd met de karikatuur van een vis, zodat hij zó de wijde wereld in kon.' De vis kwam uit *Finding Nemo* van Walt Disney,
dus dan zou Kendall hooguit twaalf kunnen zijn.

'Kijk eens wat lief!' zei Gloria, en ze hield een beschadigde gele hoepel omhoog. 'Kendalls lievelingshoelahoep!'

'Wat was hij dol op die hoelahoep, hè?' zei Steve met het enthousiasme van een puber die een nieuw vloekwoord heeft geleerd. 'Al dat moderne spul. We konden het allemaal niet bijhouden.' Steve keek naar Brittany en Kyle, die hun hersens pijnigden om bij benadering Kendalls leeftijd uit te rekenen. 'Ik maak maar een grapje,' zei Steve. 'Zó oud ben ik nu ook weer niet.'

Gloria stortte zich op een stoomtreintje van Fisher-Price, dat door te veel winters en te veel zon alle kleur verloren had en waarvan het plastic voelbaar aan het desintegreren was. 'Moet je zien wat er gebeurt als ik het over de vloer laat rijden,' zei ze, en ze liet zich op haar knieën op het Perzische tapijt vallen. 'Het maakt zó'n lief *toettoet*-geluid.' Het gepiep van het treintje deed eerder vermoeden dat het leed aan longemfyseem. Gloria en Steve straalden als trotse ouders.

Extreem geval van het 'legenest-syndroom'? Alcoholische psychose?

Steve ging ook op de grond zitten en morste whisky op zijn broek. 'Kijk nou eens!' zei hij. 'Een plastic puppy!'

'Ik ben zo terug,' zei Brittany. Ze vluchtte naar de gasten-wc, een stoffig vertrek met maar één gloeilamp die het deed. Kyles eerste hoofdstuk lag boven op de stortbak. Ze draaide de kraan open. Het warme water deed het niet, dus ze spoelde haar gezicht af met koud water, zocht naar zeep en vond alleen de stokoude ingedroogde resten.

Ze waste haar gezicht en zag hoe de make-upresten als melk door de afvoer spoelden, totdat het water uiteindelijk helder was. Er was geen handdoek. Ze mompelde: 'Niet persoonlijk bedoeld, Kyle', en veegde het water met zijn eerste hoofdstuk van haar gezicht.

Ze schudde haar handen om ze sneller droog te krijgen,

liep de wc uit, pakte haar jas en ging door de voordeur naar buiten.

'Even een frisse neus halen, jongens. Ik ben zo terug.'

Ze stapte naar buiten, en de nacht was inmiddels zo koud dat de sterren trilden.

Bethany

Hoi Roger,

De handschoenvijver is terug – dank je wel. En wat briljant van je dat je het me per FedEx hebt toegestuurd. Ik denk dat mama's baas echt peuken schijt als hij de rekening van FedEx ziet, maar dat maakt niks uit. Zoals Gloria zou zeggen: de kunst komt op de eerste plaats. En het is een grappig idee dat het 's nachts eerst helemaal naar Kentucky of zo is gevlogen voordat het uiteindelijk hier terechtkwam.

Ik ben deze week bijna drie kilo afgevallen. Niet slecht, hè? Al die extra diensten en mijn lidmaatschap van het fitnesscentrum leggen me geen windeieren, en ik vind het helemaal niet slecht of eng dat ik nu belang stel in mijn lichaam. Ik kan een sterke vrouw worden, echt waar. Ik kan slank en lenig worden als een kat, als iemand van wie de wereld zal zeggen: Wauw, dat is een meid om rekening mee te houden.

Ik kon niet slapen vannacht, en er was een oude film van Stephen King op kanaal 62, waarin aan boord van een jumbojet die op weg is naar Boston bijna iedereen tijdens de vlucht verdwijnt, op zes mensen na die aan het slapen waren. Dus die zes mensen worden wakker, en op de stoelen waar al die verdwenen passagiers hadden gezeten lagen nu alleen de kleren en schoenen die ze hadden gedragen. Ik denk dat de regisseur ons het idee wilde geven van: o, hun lichamen zijn verdwenen maar dat zijn alleen hun lichamen. Alles wat geen onderdeel was van hun lichaam is achtergebleven! Maar dat is natuurlijk volslagen onzin. Wat kan er nou achterblijven als alles wat met jou te maken heeft verdwenen is? Het enige wat echt van jou is, zijn de cellen met je DNA. Dus dat betekent dat alles wat geen DNA-bevattende cel was, was achtergebleven in de 747. Er zouden natuurlijk schoenen en kleding achterblijven, maar ook tandvullingen, borstimplantaten, haarstukjes, valse wimpers, porseleinen kronen, make-up, contactlenzen, nagellak, kunstheupen, donornieren, kunstharten, pacemakers, eau de toilette, hartstents – en als je zo nog even doordenkt ook de niet-DNA-bevattende materialen in het lichaam: onverteerd voedsel, bacteriën, virussen, prionen, snot, oorsmeer, pis en medicijnen. En het laatste van alles is natuurlijk het water waarop alles drijft – vele liters water, want in water zit geen DNA. Speeksel zou achterblijven, afgezien van de dode huidcellen in de mond. Op die manier hebben ze trouwens de Unabomber kunnen pakken: door de dode huidcellen in het speeksel waarmee hij de enveloppen van de bombrieven dicht likte. Ik denk dat zelfs eitjes en sperma zouden achterblijven, want bevatten die niet een halve streng DNA die op zoek is naar een andere helft?

In die jumbojet zouden dus 250 vliegtuigstoelen bedekt zijn onder een smerige, stroperige troep waar ooit mensen hadden gezeten. Stel je de stank eens voor…

We gaan verder. Vergeet even wat er achterbleef op de vliegtuigstoelen – wat is er eigenlijk precies verdwenen tijdens de verdwijntruc in deze actiefilm? Een of ander vreemd, volledig uitgedroogd soort bieflap? Misschien zelfs dat niet – dan zouden we een soort bodystocking zijn.

Wacht even – ik weet niet of botten wel meetellen.

Dat ga ik even googelen.

Vijf minuten later: weet je wat? Botten bevatten geen DNA, maar beenmerg wél, dus wat er achterbleef in de 747 zouden skeletten zijn zonder beenmerg. Haar blijkt ook geen DNA te bevatten – dat zit alleen in de haarwortels –, dus er zou ook haar achterblijven. En vergeet de tanden niet, minus de troep die erin zit. Wat we beschouwen als ons lichaam zijn wij maar gedeeltelijk zelf. Wij bestaan in feite uit vulling. We zijn een soort hotdogs, Roger. DNA is eigenlijk niet meer dan een verpakkingssysteem dat alle troep bij elkaar houdt die wij hooghartig als heilige materie beschouwen.

Maar... het blijkt dat ik me vergist heb met het sperma. Sperma bevat vijftig keer zoveel DNA als bloed. Het is een soort forensische goudmijn. Gek, hè? Maar er is iets dat ik nooit begrepen heb. Ik herinner me dat ik op een keer in mijn jaarboek zat te bladeren, en dat het me opviel dat er evenveel jongens als meisjes waren. Laten we wel wezen, er zou eigenlijk één man op elke vierhonderd vrouwen moeten zijn. Een biljoen zaadcellen voor ieder eitje? Wat was de natuur van plan? Ik heb het altijd idioot gevonden. Ik herinner me dat ik documentaires over de Tweede Wereldoorlog heb gezien, en dat er in 1946 in Duitsland tweemaal zoveel vrouwen als mannen waren, en zelfs als kind van zes dacht ik: tja, dat klinkt veel realistischer.

Tijd voor een ander onderwerp.

Willekeurig feit: als je een vierliterfles melk in één keer achteroverslaat, kots je jezelf binnen een uur helemaal schoon.

Interruptie...

Yves van de afdeling printers vroeg me of ik zijn mobiele telefoon had gezien. Hij is zo iemand die al zijn kerstcadeaus de dag voor Kerstmis koopt bij een buurtwinkel. Zijn familieleden krijgen een exemplaar van *Vanity Fair*, verpakt in Reynolds-cadeaupapier.

Ja, Bethany, alsof jij zo'n liefhebber van Kerstmis bent of zo...

Dank je, monologue intérieur. Je hebt gelijk. Ik ben een hypocriet.

Maar wat had de kosmos in gedachten toen hij het kerstfeest bedacht? Hé, weet je wat? We gaan een periode van zes weken in het kalenderjaar verzieken met schuldgevoel, eenzaamheid en volstrekt overbodige, lullige troep! En dan bedenken we kantoorsupermarkten waar ze van alles kunnen kopen – zoals pennen en hoogglansprinterpapier – en emotionele travestie kunnen plegen door die troep te verpakken als cadeautjes voor hun dierbaren!

Volgens mij is Kerstmis het punt waarop wij mensen ons afsplitsen van de rest van de kosmos en gevangenen van onszelf worden, in plaats van onbezorgd en vrij te leven zoals de vogels en de dieren. Ja, we hebben auto's, straaljagers en Hollywood-films gekregen, maar we zijn ook opgezadeld met kalenders en met tijd, en met het feit dat we daar, ofwel te veel ofwel te weinig van hebben. En we zijn ook opgezadeld met de wetenschap dat we ofwel onze tijd kunnen benutten door waardevolle dingen te doen, ofwel die kunnen verdoen door naar eindeloze herhalingen van de *Partridge Family* op kabel-tv te kijken onder het genot van een van de vele nieuwe energiedrankjes die plotseling op de markt zijn verschenen. Ik vind Red Bull lekker omdat het naar penicilline smaakt. Ziek, hè?

De koffiepauze zit er weer op. Ik moet de bak met afgeprijsde cd's gaan opruimen.

Vrede op aarde.

Ik zal mijn moeder de nieuwe hoofdstukken laten lezen. Ze is je grootste fan.

En je hebt me nog steeds niet laten weten hoe het met je gaat.

B.

PS: Het is nu vijf minuten later, en ik ben teruggekomen om dit erbij te schrijven. Volgens mij vieren we met Kerstmis het moment in onze geschiedenis als soort dat we ophielden prooi te zijn en wapens en valstrikken begonnen te maken, en veranderden in roofdieren – net als die apen in het begin van *2001*. Er is nooit een andere soort geweest die dat heeft gedaan. Wij zijn uniek. We zijn op een andere modus overgeschakeld.

De handschoenvijver: Kyle

De bel ging.

Kyle vroeg zich af of hij er nog achter zou komen waarom zijn gastheer en -vrouw er vijf minuten mee hadden gewacht de deur open te doen toen Brittany en hij eerder die avond hadden gebeld. Daar was nog geen mededeling over gedaan. Gloria zette Kendalls plastic stoomtreintje neer, voelde aan haar haar en deed de voordeur open. Er stond een lange, magere, aristocratisch ogende witharige man met een bij de ellebogen versleten tweedjas op de stoep. Zijn oren waren roze van de kou. Ze reageerde opgewonden. 'Hé, daar hebben we de internationaal bekende regisseur en de sikkeneurige, maar ook mondaine stapper Leonard Van Cleef! Hallo, Leonard. Welkom in mijn aantrekkelijke en gastvrije woning!'

'Ja. Hallo, Gloria.' Leonard wreef in zijn handen en kwam binnen.

Steve zat nog op de grond afwezig met Kendalls plastic *Finding Nemo*-step te spelen. 'Hallo, Leonard.'

'Hallo, Steve.'

'Kan ik iets voor je inschenken?'

'Whisky, graag.'

'Goed.'

Kyle voelde geen enkele hartelijkheid tussen beide mannen. Gloria stond inmiddels naast de stoel een verleidelijke pose te oefenen. 'Wat brengt jou hier vanavond?'

'Ik had gedacht dat we het misschien even over het stuk konden hebben.'

'Echt waar?' Gloria sperde haar ogen wijd open. 'Natuurlijk kunnen we het over het stuk hebben. Dat móét zelfs. Kunst komt altijd op de eerste plaats.'

Kyle kuchte.

'O, sorry,' zei Gloria. 'Ik zal je even voorstellen aan onze gasten van vanavond.' Door Gloria's pose moest Kyle denken aan een negentiende-eeuwse afbeelding van een Britse lord die met een musket staat te zwaaien boven een reusachtige gedode luipaard. 'Dit is de beroemde jonge en schatrijke romancier Kyle Falconcrest. Kyle en zijn vrouw dineren vanavond bij ons. Niets bijzonders, hoor, gewoon iets van de Chinees. Zo hebben we het hier het liefst bij ons thuis: vriendschappelijk, informeel, nonchalant, en tegelijkertijd aantrekkelijk en gastvrij.'

'Jezus.' Kyle keek naar Leonard. 'Ben jij familie of zo?'

'Nee.'

'Bofkont. Deze twee slaan alles.'

Steve gaf Leonard zijn drankje. Leonard liet de whisky in het glas rondtollen en keek om zich heen. 'Leuk optrekje. Wonen jullie hier al lang?'

'Sinds de publicatie van mijn eerste roman.'

Gloria bemoeide zich ermee: 'Die kreeg lovende kritieken, maar verkocht niet erg goed.'

'Huh.'

Steve nam een slok en Gloria vervolgde: 'Van Kyles laatste boek zijn tien miljoen exemplaren verkocht.'

Leonard keek naar Kyle, alsof Kyle plotseling een gewei had gekregen. 'Echt waar?'

'Eh... ja.'

'Dat moet dan wel heel wat zijn geweest, om zulke verkoopcijfers te halen. Waar ging het over? Over een stel katjes die in het geniep de macht overnemen in een afvalkliniek? En dan veranderen die katjes een zootje losers in magere types met een rijk seksleven, onvoorwaardelijk bemind door hun familieleden?'

'Dat zou pas écht een bestseller zijn,' zei Kyle.

'Wat is een afvalkliniek?' vroeg Steve.

'Ach kom, Steve, iedereen weet toch wat een afvalkliniek is? Allerlei mensen gaan erheen. Ze zijn ontzettend in. Je maakt gebruik van hun wetenschappelijk opgestelde programma's om af te vallen, terwijl je vanaf affiches en brochures wordt aangemoedigd door beroemde Hollywood-sterren en leden van de Britse koninklijke familie, die je stimuleren met zedenpreken en banaliteiten. Sommige van die klinieken hebben ook zonnestudio's.'

'Hoe weet jij dat allemaal?'

'O, Steve. Steve, Steve, Steve, Steve, Steve.' Gloria schonk haar man een wijze, tijdloze glimlach en keek toen naar Leonard alsof ze zich ervoor wilde verontschuldigen dat Steve de nieuwste ontwikkelingen niet kon volgen. 'Niet één van zijn romans heeft ooit echt goed verkocht, weet je.'

'Wauw,' zei Leonard. 'Jullie slaan inderdaad alles.'

Kyle keek Leonard aan. 'Ja, zeg dat wel. Het zijn net personages uit een roman van John Cheever. Alleen speelt dit zich allemaal af in de hel. Kijk maar eens om je heen, het lijkt wel of de tijd is blijven stilstaan tien minuten voordat het Apollo-programma werd afgeblazen.'

'Heb jij soms lopen snuffelen?' vroeg Steve.

'Ik heb mijn ogen de kost gegeven. Met snuffelen zou er te veel stof zijn vrijgekomen.' Hij keek Leonard aan. 'Het hele huis zit onder het stof en pluis.'

Drie straten verderop schakelde een vrachtwagen. Een

overvliegende helikopter klapperde in de nachtlucht.

'Juist,' zei Leonard. 'Genoeg van die spitsvondigheden en formaliteiten. Ik kom hier niet voor de gezelligheid. Ik heb nieuws.'

DeeDee

Roger,

Ik maak me vreselijke zorgen over Bethany. Ze is echt totaal zichzelf niet meer. Om eerlijk te zijn, vind ik haar zelfs... eng. Ze deed gisteravond de afwas zonder te mopperen, en toen ik de woonkamer in liep, zat ze in een stoel zonder te lezen of iets anders te doen – ze zat gewoon in een stoel! Dat klinkt natuurlijk heel normaal, maar is dus reuze griezelig. Het leek wel een sciencefictionfilm, waarin een geroofd mensenlichaam beweginloos in een stoel zit, terwijl de aanvallende alien zich in haar nestelt. En het raam stond wagenwijd open. Ze denkt dat als ze het koud heeft, haar lichaam meer calorieën verbrandt en ze vanzelf afvalt.

Waarom maakt ze zich plotseling zo druk om haar uiterlijk? Dat deed ze natuurlijk al in haar gothic-tijd, maar dat was een kwestie van opstandigheid, terwijl deze nieuwe gekte van fitness en diëten juist heel erg conformistisch aandoet. Bethany zou me niet blijer kunnen maken dan wanneer ze de woonkamer binnen zou lopen met een bak vol roomijs en mij ondertussen de les zou lezen over mijn doelloze leven, gekleed in een zwarte tanktop van The Cure en haar ogen zwart geverfd als Alice Cooper. Alice Cooper is niet echt gothic, dat weet ik heus wel, maar je snapt wel wat ik bedoel. Waar is de echte Bethany gebleven? Wat is er gebeurd in Europa? Ze wil er niet over praten. Goed, ze is gedumpt, maar als ik er tegen haar over begin op een toon van ik-weet-hoe-je-je-voelt, krijg ik iets terug van ja, maar-jij-wordt-altijd-al-gedumpt-dus-wat-heb-ik-aan-dat-advies-van-jou?

O, dat gebroken hartje van haar! Ik moet ervan huilen, Roger. Stel je dat kleine, zwarte gebroken hartje van Bethany eens voor, dat als afval op een Londense klinkerstraat ligt!

Ik kan me mijn eerste gebroken hart nauwelijks herinneren. Ik werd altijd zo snel verliefd dat het einde van de verliefdheid altijd een onvermijdelijk eindresultaat leek te zijn. Ik herinner me wel dat ik soms gelukkig met iemand was, in paniek raakte en er min of meer voor koos mijn verliefdheid op te zeggen om maar niet gedumpt te worden. Alleen een jong iemand kan zoiets doms doen. Pas nu ik zover ben dat niemand ooit nog van me zal houden, besef ik hoe kostbaar het hele proces is. Wat is het leven toch een feest, hè?

Als jij een manier weet waarop ze weer zichzelf kan worden, wees dan een echte vriend voor me – en voor haar – en vertel het ook aan mij.

DD

PS: Het is grappig hoe vaak ik moet denken aan Steve en Gloria.

Roger

Bethany…

De laatste twee weken van het jaar zijn de ergste twee weken van het jaar. Welke idioot heeft december uitgevonden? Ik vervloek je, paus Gregorius. Het is een rampmaand, een tragische verspilling van die eenendertig dagen. En januari is niet veel beter.

Ik wist het niet van Kyle, ik hoop dat je het niet vervelend vindt als ik hem bij naam noem. Wat een lul, maar gelukkig voor jou is hij nu uit beeld. Gelukkig liet hij al snel zijn ware aard zien, al was het dan duizenden kilometers van huis. Heb je nog wel kunnen genieten van Europa, ondanks je persoonlijke ellende? Ergens ben ik best jaloers op je omdat je verliefd was toen je naar Europa afreisde, en omdat je iets heel intens hebt doorvoeld. Je kunt aan mij zien dat ik niet zo jong meer ben, maar stuur me maar een kaartje als je zelf in de veertig bent – wedden dat je er ook zo uitziet?

Het belangrijkste is dat je je niet concentreert op sombere zaken. Ik kan me voorstellen dat je denkt: nou, bedankt voor je wijze raad, Roger. Maar het is wel degelijk een goede raad. Over twintig jaar zul je je duidelijker het verschil herinneren tussen het goede en het slechte. En hier kom je heus wel overheen. Dat is nog het moeilijkst te geloven van alles: dat de pijn zal af-nemen en verdwijnen.

Nog een goede raad: trek je geen reet aan van wat die stom-me collega's van je hiervan vinden. Het enige wat hen interes-seert is welke beltoon ze moeten kiezen voor hun mobieltjes. Ze stellen helemaal niets voor.

En het is heel goed dat je aan lichaamsbeweging doet; ik be-gin me zelfs te schamen voor mijn eigen luie levenswandel. Gisteren heb ik bij de winkel op de hoek jus d'orange gekocht en in een koffiebar een krant gejat. Verbruikte calorieën: ze-venendertig. Ik ben een wandelende coronaire tijdbom.

Je vraagt al geruime tijd hoe het met me gaat. Het antwoord is: niet geweldig, maar daar kan ik maar beter niet op ingaan. Ik ben eigenlijk wel blij dat ik weg ben bij Staples. Vorige week een geweldige middag gehad met Zoë; we zijn gaan schaatsen op het meer bij Grouse Mountain. Het was heel erg *Charlie Brown Christmas*. Ik voel me ontzettend opgesloten in mijn eigen leven, omdat ik niet weet wat ik moet gaan doen, maar volgens mij overkomt zoiets mensen van mijn leeftijd gewoon, ook al hebben ze hun leven nog volledig op de rails. Ik probeer het vol te houden.

Beste vriendin, wees niet te streng voor jezelf. Jij hebt mensen in je leven die om je geven. Dat kan niet iedereen zeggen. Ik heb vanmorgen gesproken met Steve en Gloria, en ze raden je aan een dagboek bij te houden – op een goede dag zul je jezelf daar dankbaar voor zijn.

Roger

De handschoenvijver: Brittany

Brittany's avondwandeling werd verlicht door een toneelgordijn van sterren en van achtergrondgeluid voorzien door gedempte stadsgeluiden: een blaffende hond, een puber die een blauwe Honda in de fik stak, zoemende transformatoren boven in de telefoonpalen. Ze kon zich de laatste keer niet herinneren dat ze was gaan wandelen omwille van het wandelen; er moest altijd sprake zijn van enig nut: eindeloze reeksen hersenen die geopereerd moesten worden, galabijeenkomsten waarvoor overijverige gasten moesten worden uitgenodigd. Wat een heerlijke, nieuwe sensatie om gewoon rond te banjeren! Om vrij te ademen! Om (als ze dat zou willen) te zingen!

Dit was de eerste avond waarop levende dingen begonnen te bevriezen. Ze herinnerde zich dat ze een paar maanden geleden over het strak geschoren gazon van de afdeling Neurochirurgie liep – eind augustus? – en zich er bewust van was dat de temperatuur van haar longen en die van de buitenlucht hetzelfde waren. En ook van het gras. En ook van de roodborstjes die over het gras hipten, en van de krekels in het struikgewas. Al die levende wezens die vreedzaam co-existeerden en de wereld deelden. Toen dacht Brittany aan haar eigen DNA en aan het DNA van al die wezens die haar omringden – triljoenen cellen, allemaal barstensvol DNA, en al dat spiraalvormige DNA roteerde net zo mechanisch en onverschillig als de kilometerteller van een auto. Plotseling voelde ze zich omringd door miljarden kilometertellers, een kosmos die draaide, maalde, boorde en ploegde. Ze had het gevoel dat haar lichaam zich binnenstebuiten keerde. Ze had het gevoel dat het vanbinnen bruiste alsof er stapelwolken ontstonden. Ze voelde hoe kilometertellers zich een weg baanden in haar tanden, haar vlees en haar botten.

En nu ze rondwandelde in de buitenwijk van Steve en Gloria, voelde ze hoe om haar heen het leven tot stilstand kwam, hoe alle kilometertellertjes vertraagden door de kou, en toch voelde ze zich heel krachtig, warm en levendig – heel anders dan de rest van de wereld. Ze had het gevoel dat ze op het punt stond een boodschap te ontvangen: instructies, aanwijzingen. En het enige wat ze kon bedenken was verder lopen, de wereld in, wachtend op wat er vervolgens te gebeuren stond, wat dat ook mocht zijn.

Brittany dacht aan Steve en ze dacht aan Gloria. Ze herinnerde zich dat Gloria de hele avond haar milt had zitten masseren. Mijn god, Gloria heeft miltkanker. Die diagnose schoot haar zomaar te binnen.

Ze dacht nog even verder over Gloria. Gloria heeft alzheimer. Daarom krijgt ze haar tekst niet in haar hoofd.

Toen dacht Brittany aan zichzelf, en plotseling drong het tot haar door: ik ben geen kind meer. En dat is gebeurd terwijl ik even niet oplette.

Shawn

Aan: Blair
Van: Shawn Paxton
Tijd: Drie uur geleden

Blair, je gelooft niet wat mij vandaag is overkomen midden in
die krankzinnige kerstdrukte hier in de winkel. (Nogmaals: je
mag blij zijn dat je ontslagen bent uit deze puinzooi.) Ik heb je
toch al verteld dat Cruella De Vil met de staart tussen haar benen teruggekomen is na haar grote reis naar Europa met Dekhengst? Nou, hij heeft haar dus lelijk gedumpt (alsof het ooit
iets had kunnen worden tussen die twee), en sindsdien werkt
ze hier weer parttime, wat prima is, want er is altijd behoefte
aan invalkrachten, maar ze is een schim van haar vroegere zelf
en het is gewoon eng om haar in de buurt te hebben. Alsof ze er
al niet eng genoeg uitzag. Maar ze heeft al die gothic-troep die
ze altijd droeg uitgetrokken en nu probeert ze heel gezond te
doen, wat een lachertje is, want ze is gewoon ouderwets, zeg
maar, en ze draagt haar badstofsokken binnenstebuiten. Wat
een doos.

    Het is laat in de middag en Cruella is achter in de zaak bezig
mappen op kleur te sorteren. Na een afwezigheid van zes weken komt Dekhengst ineens binnen, en hij heeft zo'n geil Engels wijf bij zich. Iedereen is blij om Kyle weer te zien, dus we
wimpelen allemaal onze klanten af om met hem te praten, en

Miss Engeland trekt haar muil open en haar stem klinkt als een Cockney-kettingzaag, wat schitterend is, en dan blijkt iedereen hetzelfde te denken, namelijk: moet je straks Cruella's smoel zien als ze haar ziet. En dan zegt Eliza Doolittle: 'En waar is dingetje nou?', en perfect getimed komt Cruella Gangpad 3-Zuid in gelopen en ziet iedereen staan. Je had het smoel van dat geile wijf moeten zien: ze was plotseling pisnijdig op Dekhengst. Ze rent de zaak uit richting parkeerplaats. Het zeikt van de regen en Dekhengst gaat haar achterna, en zodra ze buiten zijn, ramt een oma haar Cadillac van achteren in een wagen van FedEx, maar Denkhengst en zijn snol verblikken of verblozen niet. Ze krijst iets in de geest van: 'Heb jij iets met háár gehad? Vind je háár van hetzelfde kaliber als míj?'

Blair, het is echt ontzettend leuk om mensen ruzie te zien maken in de stromende regen en naast een auto-ongeluk. Het is als een soort drug, waardoor de tijd voorbijvliegt. Iedereen in de zaak – personeel en leidinggevenden – kwam kijken, maar als je slim was geweest, had je op dat moment de hele tent kunnen leegroven. Je had kunnen weglopen met een bureaustoel onder je jas zonder dat iemand het had gemerkt.

Maar goed, ik moet zeggen dat ik wel een beetje te doen had met die arme Cruella, maar ze wekte de indruk dat die hele toestand haar niets deed, en nog geen minuut later was ze weer mappen aan het sorteren. Je kunt je nauwelijks voorstellen dat ze een innerlijk leven heeft. Dat gothic gedoe was een en al bullshit.

De pauze is voorbij.

Kom jij dit jaar ook naar dat lullige personeelsfeest?

S.

Bethany

Roger, ik moet je schrijven, anders word ik gek. ~~De afgelopen~~
~~dagen lijkt het wel alsof het echte leven en mijn dromen sa-~~
~~menvallen, en ik zie het verschil niet meer. Vanuit het niets zie~~
~~ik beelden van brandende huizen en van mensen die ruw door~~
~~vertrekken worden gesmeten. Auto's vallen uit de lucht en ver-~~
~~morzelen pizzatenten. Verzopen pubers komen de zee uit gelo-~~
~~pen. Dakloze mannen vechten op parkeerplaatsen met de blo-~~
~~te vuist over de heerschappij van gestolen zielen. Er komt een~~
~~tornado naar beneden die hemel en aarde wegzuigt. Krankzin-~~
~~nig allemaal. En hoe meer ik probeer er niet aan te denken, hoe~~
~~meer dat gebeurt. Dus dan probeer ik te denken aan het tegen-~~
~~overgestelde van die enge beelden. Ik probeer te denken aan de~~
~~volmaakte stad waar het altijd mooi weer is en waar mensen~~
~~niet doodgaan — een plek waar je op ieder moment dat je wilt~~
~~kalkoen kunt eten of een goed boek kunt lezen, en waar je al-~~
~~tijd genoeg ruimte hebt op je arm voor een coole tatoeage,~~
~~maar die beelden houden nooit stand, en in plaats daarvan~~
~~vraag ik me af of ik wakker ben of slaap, en of ik mezelf moet~~
~~prikken met een vork om te zien wat het is: droom of werke-~~
~~lijkheid.~~

Kyle is terug, en hij is met die snol van hem in de winkel geweest – en mocht ik me ooit hebben afgevraagd hoe het voelt
om een bacterie onder de lens van een microscoop te zijn, dan
weet ik het nu. Het was zo ongelooflijk dom en gemeen van
hem. Zó gemeen! Wat wilde hij ermee bereiken? En alle ogen
waren natuurlijk op mij gericht, en iedereen wachtte, wachtte
en wachtte totdat ik een scène ging trappen, maar die lol gun-
de ik ze niet.

Roger, de afgelopen maand is zo moeilijk geweest, en dat jij
ontslagen werd, was bijna te veel voor me. ~~In gedachten wist ik~~

~~zeker dat~~ Vroeger, als het leven klote was, kon ik altijd tegen mezelf zeggen: Nou ja, ik kan dit in ieder geval delen met Roger.

O god, ik zit hier maar en dat stemmetje in mijn hoofd ratelt maar door. Heb jij dat nooit? Het enige wat je wilt is stilte, maar in plaats daarvan zit je, zonder dat je het wilt, keihard tegen jezelf te kankeren. Geld! Mislukking! Seks! Lichaam! Vijanden! Spijt!

En iedereen doet hetzelfde – vrienden, familie, die vrouw achter de kassa bij het tankstation, je favoriete filmster –, iedereen denkt alleen maar: ik, ik, ik, ik, en niemand weet hoe je het stopzet. Dit is een planeet geworden van egoïstische ik-robots. Afschuwelijk vind ik het. Ik probeer het stil te zetten. Het enige wat helpt is me proberen voor te stellen hoe het is als je in iemands hoofd zou zitten, hoe het stemmetje in zíjn hoofd tekeergaat. Daar koelt mijn hoofd een beetje van af. Dat vond ik zo goed aan *De handschoenvijver*, Roger: dat je iemand anders was. En dat vond ik een paar maanden geleden ook zo goed toen je deed alsof je mij was. Daarom is Greg waarschijnlijk ook zo leuk, omdat hij dezelfde idiote, egoïstische bullshit denkt als iedereen, maar van hem krijg je het te horen als je het volume opendraait.

Mijn god, ik ben strontziek van mezelf.

O, Roger, ik wilde echt dat ik godsdienstig was opgevoed, want geloven in iets zou die stem in mijn hoofd tot zwijgen kunnen brengen – en misschien kreeg ik dan ook het gevoel dat ik iets deelde met mijn familie, een gemeenschappelijk inzicht. Het enige wat mijn familie mij geeft is dood, echtscheiding en bedrog. Bedenk alsjeblieft ideeën die je kunt delen met Zoë. Tot haar eenentwintigste haat ze je waarschijnlijk, maar daarna zal ze je eeuwig dankbaar zijn. Je boft geweldig dat je nog de kans hebt om iemand niet te verkloten.

Weet je, een uur geleden was ik in het fitnesscentrum, ik was bezig op een drukbank, mijn hoofd hing ondersteboven en ik keek uit het raam naar duizenden kraaien die in oostelijke richting vlogen, naar hun roest aan de Saskatchewan Wheat Pool, zo'n eindeloze vlucht kraaien. Plotseling hield die vlucht op. Ik kwam overeind en het bloed stroomde weer gedeeltelijk weg uit mijn hoofd. Ik keek uit over het parkeerterrein en daar zag ik geen mensen en geen vogels; er bewoog niets, alles was levenloos, auto's en afval, het leek het eind van de wereld wel. Ik ga niet meer naar dat fitnesscentrum.

Dat afvallen van mij. Die obsessie met mijn lichaam? Ik word er zelf ook bang van, en ik begrijp het niet. Volgens mij dacht ik dat, als ik maar genoeg aanklooide met mijn lichaam, mijn geest ook wel zou veranderen, en dan zou ik eindelijk die monologue intérieur tot zwijgen kunnen brengen. Misschien werd ik dan wel zo'n schriel, bruinverbrand iemand in korte broek en nylon windjack en met wandelschoenen aan – zo iemand die drie weken lang gaat kamperen en alleen maar wilde cranberry's en paddenstoelen eet, zo iemand die de wildernis in trekt en niet gek wordt van het alleen zijn. Ik dacht altijd dat Kyle zo iemand was, maar dat denk ik nu niet meer.

Kyle.

Ik wil niet meer aan dat soort dingen denken, Roger. Ik ben zó moe. Ik kan niet eens meer naar Europa kijken op een weerkaart zonder wagenziek te worden. Er was ook zo'n stomme idioot in dat akelige Parijse hotel, een godsdienstwaanzinnige uit België die steeds beweerde dat wij allemaal in twee werelden leven: de echte wereld en het einde van de wereld. Ik vraag me nog steeds af wat hij bedoelde. Het is natuurlijk slap gelul, maar ik krijg het niet uit mijn hoofd.

Roger, hoe komt het toch dat mensen wachten tot het einde van een relatie voordat ze elkaar de gemeenste shit naar het hoofd gooien? Waarom leggen mensen hele voorraden rancune aan alsof het munitie is? Waarom moet het altijd zo klote eindigen?

Bethany

ps: Ik ben weg bij Staples

pps: Tot slot sluit ik nog een gesmeerde boterham bij. Dag, Roger.

Een sneetje leven uit een kleine stad

Karen Snee voelde zich lekker in haar peignoir, waarvan het zachte, toegeeflijke flanel rook naar gemorste thee, de lelies die ze gisteren zo fraai geschikt had in de vaas van haar oma, en het gistige aroma van haar twee slapende kinderen, Melba en Crouton.

Kijkend uit het keukenraam, dat nog smerig was na de lange winter (Ik moet snel de ramen lappen – er zijn zoveel dingen waar je aan moet denken, zelfs in een kalm, onbetekenend leven!), zag Karen hoe het zalige schouwspel van het voorjaar zich ontvouwde: fraaie paardenbloemen geel en giechelend, stapelwolken als hompen rauwe boter en, helaas, een paar kraaien die nestelden in de lindeboom, hun zwarte, gulzige snavels open als de Kaken van het Leven, hoewel Kaken van de Dood in dit geval toepasselijker was.

O-o... weer een jaar waarin ik geen stap buiten de deur kan zetten.

Op het aanrecht stonden twee glazen schaaltjes waarin haar bijna volgroeide kinderen lagen te rijzen, en ze vervulden het vertrek met een warm, voedzaam, bloemig aroma. Karen Snee voelde zich veilig in de keuken, een ruimte die misschien nooit de krant zou halen, maar waarin liefdevolle en belangrijke dingen gebeurden. Karen hoorde Melba's lieve babygesnurk verderop in de gang. Het zou niet lang meer duren of Melba zou springlevend zijn, net als de kleine Crouton – een pittig, knapperig joch zoals je ze niet vaak zag, sprekend zijn vader.

Buiten kraste een kraai, en er ging een rilling door Karen heen. Waarom moet de dood toch altijd zijn tegenwoordigheid kenbaar maken? Kunnen we geen uitstel krijgen van de dood, al is het maar één dag?

Ze keek naar het rijzende deeg – bijna volgroeide kindjes – en ze voelde een golf van zen-energie door zich heen gaan, het besef dat dood en leven waren samengevouwen in een complexe, existentiële origami. Maar wat voor vorm zou die origami aannemen? Een boom misschien... of een gans! Karen had documentaires op tv gezien over ganzen in de vijvers van gemeentelijke parken, die met een zekere moordlust gulzig hele broden naar binnen schrokten; zwanen waren nog erger. Nee, de complexe origami van het leven zou de vorm moeten krijgen van... een oven. Zonder ovens zou het leven niet meer mogelijk zijn. Ze liep naar de schaaltjes om te voelen hoe stevig haar ongeborenen waren. Ze voelde zich als... als... een wiel in een wiel in een wiel.

Karen besefte dat ze behoefte had aan boter. Oud worden is heel moeilijk. Oudbakken, de verloren elasticiteit van de jeugd. Je let even niet op en voor je het weet is het uien en salie, en misschien een stukje worst of het vettige karkas van een kalkoen.

Ze zag zichzelf weerspiegeld in het zwarte glas van de magnetron. Karen Snee, er zit nog pit in je. En vergeet niet dat je twee kinderen hebt, een man die van je houdt, en binnenkort ook nog een paar kleintjes in de oven. Tel je zegeningen.

Ze hoorde buiten de kraaien krassen. Ze hadden haar gezien door het raam en verzamelden zich dreigend in de bomen en het struikgewas, maar Karen had lang geleden geleerd zich onverschillig op te stellen tegenover dergelijk intimiderend gedrag.

Ze wilde net thee gaan zetten toen ze een geluid hoorde dat haar korst deed verstijven: het geluid van de kleine Crouton die achter door de gang schuifelde, gevolgd door het zachte klapperen van de hordeur.

Hij was naar buiten gegaan. Crouton!

Ze rende naar de deur en zag Crouton in de achtertuin. De kraaien kwamen vanuit het oosten in zwermen aan gevlogen.

'Crouton! Binnenkomen!'

'Nee!'

Karen rende de tuin in en riep: 'Crouton, opschieten, anders eten de kraaien je op! Ga onmiddellijk het huis in!'

Crouton rende nog verder weg en verborg zich tegen de stammen van een bloeiende forsythiastruik, een plek waar de kraaien niet konden komen.

Karen kwam bij hem, en daar stonden ze dan, naar adem happend.

'Crouton, wat denk je wel niet? Je kunt toch niet in de tuin blijven!'

'Maar moeder, ik kan toch ook niet eeuwig in huis blijven?'

'Je zult wel moeten, Crouton, want anders eten de kraaien je op. En dan ga je dood.'

'Maar moeder, altijd in huis blijven – dat is toch geen leven, of wel?'

Karen had geen andere keus dan met hem in te stemmen: 'Nee, je hebt gelijk – dat is geen leven.'

Ze rilden allebei. Het was koud.

'Kom mee naar binnen, Crouton. Dan zal ik je beboteren.'

'Goed, moeder.'

Roger

Bethany, Bethany, Bethany...

Weet je wat ik aan het doen was toen ik hoorde wat je jezelf hebt aangedaan? Ik zat thuis in een stoel. Wayne was in de keuken en keek door het achterraam naar buiten, naar een stukje lucht tussen de sneeuwmobiel van mijn huisbaas en de overblijfselen van zijn bovengrondse zwembad. Het was bijna donker buiten, maar nog niet helemaal – het is bijna de kortste dag van het jaar – en ik keek toe terwijl dat laatste stukje blauw zijn kleur verloor. Toen hoorde ik voetstappen over de oprit in de richting van mijn voordeur komen. Het was je moeder – ja, je moeder. Ze komt me de laatste tijd eten brengen, en ik ben al een poosje haar klankbord voor haar problemen met... nou ja, met jou. Tot dan toe deed ik nooit open, en we communiceerden door middel van briefjes, maar vanavond veranderde er iets in mij, alsof een bevroren meer in mij plotseling ontdooide – ik voelde hoe het leven in me terugkeerde –, dus in plaats van me te verschuilen in mijn kamer, ging ik naar de deur en deed open. Het was inderdaad je moeder. In haar linkerhand had ze een doorzichtig plastic tasje met een doosje van twaalf pakjes Juicy Fruit-kauwgom en een paar miniflesjes whisky. In haar rechterhand had ze een mobiele telefoon waarop ze zojuist was gebeld door het ziekenhuis over jou. Dat wist ik niet. Maar je moeder stond dus plotseling voor mijn neus, in shock, en zo angstig en ongerust dat ze alleen maar piepende geluidjes kon uitbrengen. Wayne, die voelde dat er iets mis was, kwam op ons af gestormd. Ik probeerde je moeder overeind te houden, wurmde de tas met kauwgom en whisky los uit haar hand en nam haar mee mijn flat in om haar een beetje te laten kalmeren en om erachter te komen wat er verdorie aan de hand was.

Bethany, Bethany, Bethany. Wat haal je allemaal in je hoofd, zeg?

Oké, Roger…

… even diep ademhalen.

Je slaapt. Je moeder is naar je flat om wat spulletjes op te halen, hoop ik, en zelf ook een beetje bij te slapen, maar ik vraag me af of dat zal lukken. In de ziekenhuiskamer ruikt het naar oude kranten. Ik vind het er nog vreselijker vanwege die kersttroep die overal staat en hangt. Dit vind je vast leuk: weet je waar ik nu aan moet denken? Aan dat grapje dat jij afgelopen zomer in de winkel maakte toen we een doos openmaakten waar duizend muismatjes met kerstversiering in zaten, en jij je afvroeg hoe het toch kwam dat alles wat de Italianen doen met hun nationale kleuren rood, wit en groen er Italiaans uitziet, maar als wij niet-Italianen dat doen, het alleen maar aan kerst doet denken. Een willekeurige herinnering uit het Dossier Bethany.

Goed, hier is nog niets uit het Dossier Bethany, waaraan ik moest denken door het tumult dat ik zojuist op de gang hoorde: zou het niet grappig zijn als iemand het Tourette-syndroom had, maar dan in een milde vorm? Dat die dan de hele dag rondliep en dingen zei als: 'Zuurtjes! Zuurtjes! Verhip! Verhip!', en de omstanders geen flauw idee hadden wat er aan de hand was?

Ha ha.

Dat is niet grappig, en de kans is groot dat een medeaardbewoner dat grapje al eerder heeft gemaakt. Maar ik ben ook niet in een grappige bui! Hoe zou ik ook kunnen? Bethany! Wat is er aan de hand? Ik vroeg het je moeder, en ze zei dat ze geen idee had – die arme vrouw is in alle staten. En ik snap er ook niets van. Jezus! Kut! Het enige wat je moeder zei was dat toen de buschauffeur je achter in de bus aantrof, hij niets begreep van wat je zei, behalve dat je er genoeg van had om jezelf te zijn – dat je het erg vond wie je was geworden.

Bethany, niemand weet wie hij is zolang hij jong is – niemand! Je bent nog niet volgroeid! Je bent nog vloeibaar! Je bent nog lava! Je bent een larve! Je bent gesmolten plastic! En vat dat niet verkeerd op. Ik bedoel, het is niet zo dat het beter wordt naarmate je ouder wordt – en dat word je –, maar in ieder geval zul je er een beetje achter komen wie je bent. Niet veel, maar een beetje. En als dat gebeurt, ben je misschien niet al te gelukkig met wie je blijkt te zijn, maar in ieder geval weet je het dan. Maar nu? Op jouw leeftijd? Nogmaals: vat het niet te persoonlijk op, maar nee: geen schijn van kans!

Weet je nog dat ik, toen wij elkaar begonnen te schrijven, dat ik het erover had hoe ik was toen ik een stuk jonger was, en daar toen mee opgehouden ben? Dat was omdat ik me realiseerde dat het geen zin had. Ik heb in de loop van de tijd verstandige dingen gedaan en stomme dingen gedaan, maar het viel allemaal tegen elkaar weg, en ik vind dat ik moreel gezien een gemiddeld geval blijk te zijn, net als ieder ander. Jeanne d'Arc en Superman kom je ook niet iedere dag tegen. Over het algemeen bestaat de wereld uit mensen zoals ik, die gewoon voortploeteren. Dat doen mensen namelijk: ploeter, ploeter, ploeter. Terwijl ik ervan baal dat ik net zo ben als iedereen, wordt die pijn verzacht door de troost dat ik er gewoon bij hoor.

Stel dat je rechter bent, of wetenschapper, en je hebt je eerste grote zaak of doet je eerste grote ontdekking, en je wordt wereldberoemd – dan ben je een genie! Maar dan word je ouder en ontdek je geen nieuwe dingen meer, je hebt je top bereikt. En dan zie je mensen je rechtszaal of je laboratorium of wat dan ook binnenkomen, die allemaal dezelfde fouten hebben gemaakt als alle mensen voor hen. Er gaat een koude rilling door je heen, en je beseft: o, god, dit is het dan. Beter of slimmer worden we dus niet meer als soort. Onze herseninhoud zal niet groter worden. Onze verzamelde hoeveelheid menselijke kennis kan slechts mondjesmaat worden opgenomen. Als soort hebben we het plafond van onze intelligentie bereikt...

... en je ploetert gewoon verder.

Ik herinner me een leuke anekdote uit mijn jeugd. Ik speelde graag met groene plastic soldaatjes, maar mijn moeder was anti-oorlog (gek eigenlijk, als je beseft wat voor een dragonder ze was) en wilde geen soldaatjes voor me kopen. Ik was te jong voor een krantenwijk om mijn eigen geld te verdienen, en de dichtstbijzijnde winkel was kilometers van ons huis. Op een avond bracht mijn vader een zak vol soldaatjes voor me mee, en ik was buiten zinnen van blijdschap. Ik begon ermee te spelen, maar mijn moeder kwam mijn kamer in met een telefoon aan een verlengsnoer. Ze gingen zitten en zei: 'Goed, speel jij maar lekker met je soldaatjes. Maar ik blijf hier zitten, en elke keer als er een sneuvelt, bel ik zijn moeder op. Klaar? Een, twee, drie, spelen maar...' Nou, je kunt je voorstellen hoe leuk dát was.

Waar het om gaat is dat je familie altijd een ramp is. Soms is het een luidruchtige ramp, soms een stille maar dodelijke ramp, maar we zitten allemaal in hetzelfde schuitje. Ik weet niet of ik het eens ben met de manier waarop je familie mag bepalen of beperken wat je allemaal kunt doen in je leven. Volgens mij zijn we op een bepaalde manier geboren, en onze familie kan ons maar in zeer beperkte mate beïnvloeden. Wat geeft het als er familieleden doodgaan? Je gaat zelf ook dood! Maar pas als je in de tachtig bent, in een goed verzorgingstehuis, omgeven door je liefhebbende familie en door personeel dat je sieraden niet jat of je morfine verdunt.

Wie denk ik wel dat ik ben om je hier allemaal mee lastig te vallen? Eerlijk gezegd: de kennis over wie ik zelf ben is het enige wat ik heb, in iedere betekenis van het woord. Het is het enige waarover ik zonder angst durf te praten. Het is het enige wat ik een ander kan aanbieden. Ik heb die zelfkennis verdiend, verdomme! En ik ben je vriend. En je moeder houdt erg veel van je – sterker nog: ze aanbidt je – en ze is een geweldige vrouw. Volgens mij verdient ze het om voor jou te mogen zorgen en van je te houden. Voor geen goud zou ik nog een keer twintig willen zijn, maar tegelijkertijd ben ik jaloers omdat jij bijna je hele leven nog vóór je hebt. Het spreekt vanzelf dat je gaandeweg nog veel meer fouten zult maken, en ik verwacht dat de meeste ook best grappig zullen zijn. Ik wil dat je contact met me blijft houden, al was het alleen maar omdat er geen beter vermaak is dan leedvermaak.

Bethany, de wereld is schitterend. Het leven is kort, maar het is ook lang. Het is een geschenk om te mogen leven.

En er is altijd wel een of andere kluns die de kartonnen toonbankdisplay met Sharpie-pennen in Gangpad 3-Zuid omgooit. Dus ga er maar gauw heen en ruim de boel op!

Je vriend,
Roger

DeeDee

Beste Roger,

Nu ben jij degene die slaapt. Bethany staat onder de douche, en ik zit hier op een ongelooflijk ongemakkelijke stoel en probeer er het beste van te maken. Ik voel me een stuk beter dan gisteravond. Bethany is duizelig en een beetje bedeesd. Ik ben er niet honderd procent zeker van of ze echt wilde dat het lukte. Ze heeft een overdosis genomen in de bus, en voor mij klinkt dat niet alsof ze het echt wilde. Bovendien is ze volgens mij zo overwerkt en ondervoed dat één pijnstiller al genoeg had kunnen zijn. Als kind at ze de gekste dingen (potgrond, langpootmuggen, strooizout) en dat ging altijd goed. Dus ze heeft een prima conditie en een maag als een betonmolen.

Roger, ik was niet van plan om te snuffelen, maar ik las je brief aan haar en ik vond hem prachtig. Ik weet precies wat je bedoelt met ouder worden en jezelf leren kennen. Maar hoe leg je dat uit aan iemand die zo jong is? Rond je vijfentwintigste weet je wel dat je nooit een rockster zult worden, rond je dertigste weet je dat je nooit tandarts zult worden, en rond je veertigste blijven er misschien nog drie dingen over die je kunt worden – en dan nog alleen maar als je je benen uit het lijf loopt om nog op de trein te springen.

Zelf heb ik momenteel nog twee opties. Ik kan doorgaan met mijn leven zoals het nu is, of ik kan Bethany's advies opvolgen (dat ze in een briefje had geschreven en op de keukentafel had gelegd) en de hypotheek op mijn huis verhogen en het geld besteden aan een opleiding, en dat laatste ben ik dus van plan. Er zat geen greintje sarcasme in Bethany's briefje, maar ze maakte wel glashelder dat het leven dat ik nu leid een soort dood in vermomming is. Dat moet zij nodig zeggen! Tussen jou en mij gezegd en gezwegen: we gaan haar vastketenen aan het hek van het aanmeldingskantoor van de school hier om zeker te weten dat ze begint aan iets wat ergens toe leidt, waarheen ook. Ik hou mijn oren en ogen open, en doe die niet meer dicht.

Ik hoor haar nu lopen in de gang.

Roger, misschien wil jij ook wel veranderen wie je nu bent. Zullen we een club vormen?

Bethany mag van geluk spreken dat ze jou heeft leren kennen.

Dank je wel.
DD

Bethany

Roger,

Luister: geloof me, ik schaam me rot. Maar... aan de andere kant raad je nooit wie me een paar uur geleden is komen opzoeken. Juist, dat klopt: Greg. Wauw! Hoezo, niet raar? Iemand bij Stompels moet het hem hebben verteld. Hij kwam binnen op het moment dat ik me net beroerd voelde (ziekenhuisvoer; ja, ik eet weer), en hij had een bosje van die blauwgeverfde margrieten in zijn hand, en het eerste wat hij zei was: 'Oké, ik weet het, dit zijn van die lullige blauwgeverfde margrieten, maar wat ze verder beneden nog hadden – oranje gladiolen – deed me denken aan de begrafenis van je oma, als je oma tenminste is overleden in 1948 en de begrafenis is gefilmd in KankerVision. Wie kiest die bloemen eigenlijk – de mummie? En ik had natuurlijk een kaart voor je kunnen kopen met "Gefeliciteerd, een jongen!", of: "Gefeliciteerd, een meisje!" erop, maar die zagen er nogal eng uit. Als ik net uit de baarmoeder kwam en dat soort dingen zag, dan zou ik tegen mezelf zeggen: man, wat een ongeïnspireerd zootje, deze aardkloot.' Toen keek hij me aan en ik keek naar hem en zijn reversspeld met de tekst 'Vraag naar mijn antidepressiva'. 'Dus, Bethany, ik hoorde dat je zelfmoord wilde plegen. Interessant. Zoals ik al zei: deze wereld is volstrekt ongeïnspireerd, maar dat heeft zo zijn voordelen. Het eerste wat we gaan doen, jongedame, is weer wat van die zwarte lippenstift op je gezicht smeren, en vlug een beetje. Er is in de hal beneden een motorrijdster neergestoken, en haar vriendin is zo te zien van het type Zwarte Dahlia. Ik ben zo terug.'

Toen hij weer terugkwam met zijn buit, smeerde ik het spul op mijn mond, en hij zei: 'Zo, dat is een heel stuk beter.' Toen begon hij te tieren over al die mensen die het woord 'gepassioneerd' gebruiken. In de lift had iemand iets gezegd in de trant van: 'Je moet in je leven alleen iets doen als je er gepassioneerd over bent.' Het commentaar van Greg kwam hierop neer: 'Ik vind dit een alarmerende trend, Bethany, dat hele "gepassioneerde" gedoe. Volgens mij is het een paar jaar geleden begonnen, en ik word er zo langzamerhand gek van. Laten we praktisch zijn: de aarde is nooit ontworpen voor zes miljard mensen die eroverheen krioelen en "gepassioneerd" raken. De wereld is gemaakt voor ongeveer twintig miljoen mensen die naar wortels zoeken en kruiden verzamelen.' (Inmiddels zat hij de chocolaatjes op te eten van de vrouw in coma in het bed naast mij.) 'Ik heb zo'n gevoel dat er een paar jaar geleden een bestseller moet zijn geweest, zo'n zelfhulpboek dat de lezers ertoe aanzette "hun passie te volgen". Wat een lullige uitdrukking, zeg. Ik heb het meestal meteen door als mensen dat boek pas hebben gelezen, want dan zijn ze ietwat afwezig, en misschien hebben ze zich een nieuw kapsel laten aanmeten, en willen ze het voortdurend hebben over het Grote Beeld van het

Leven, en dat mislukt dan grandioos. En als je hen een halfjaar later weer tegen het lijf loopt, dan zijn ze afgetobd en verbitterd, en alle lol is weggelekt – en dat betekent dat alles in de kosmos weer normaal is, en dat ze hun zoektocht naar een passie die ze toch nooit zouden vinden hebben opgegeven. Wil je ook een chocolaatje?'

Ik zei: 'Greg, ik heb het gevoel dat we op een afspraakje zijn of zo', en hij zei: 'Ja, Bethany, een afspraak met de dood.'

O, Roger, ik geloof dat ik verliefd ben.

B.

De handschoenvijver: Kyle

'Ik vrees dat ik je moet ontslaan, Glo,' zei Leonard Van Cleef.

'Wát?' zei Gloria.

'Wat ik al zei. Je bent te oud voor de rol, je bent te mollig voor de kostuums, je krijgt je tekst niet in je hoofd en je ziet er de laatste tijd – nou ja, er zijn geen andere woorden voor – niét uit.'

Kyle had Steve en Gloria nooit eerder met hun mond vol tanden zien staan, maar voor alles is er een eerste keer.

'Nou,' vervolgde Leonard, 'als jullie zatlappen verder niets te melden hebben, dan sla ik mijn whisky achterover en vertrek.' Hij dronk zijn glas leeg, zette het op tafel en keek Kyle aan. 'Deze twee zenuwlijders moeten toch genoeg stof opleveren voor minstens één roman, jochie. Je kunt ze helemaal leegschrapen.' Hij liep naar de deur. 'Goedenavond samen.'

Kyle keek naar Steve en Gloria en voelde zich plotseling bedroefder dan hij in jaren was geweest. Hij wilde hier weg, maar kon zo snel geen vertrekstrategie bedenken. Hij durfde Gloria niet aan te kijken, maar voelde zich verplicht dat wel te doen – niet kijken zou nog onfatsoenlijker zijn geweest. Haar ogen waren rood en betraand. Ze had haar handen in haar schoot gevouwen. Haar houding was schitterend. Ze verkeerde in shock. Steve ging naast haar zitten, stak zijn hand uit en legde die op haar knie.

Het drong tot Kyle door dat Brittany al een hele tijd weg

was – wanneer kwam ze eindelijk terug? Hoeveel frisse lucht had die vrouw wel niet nodig?'

Gloria bewoog zich. 'Ik weet wat ik ga doen,' zei ze. 'Ik ga buiten op zoek naar Brittany en dan vraag ik haar of ze cosmetische chirurgie op me wil toepassen, zodat ik er weer jong uitzie. Ik kan dingen veranderen. Ik kan mezelf veranderen. Ik heb brochures gelezen. Het feminisme heeft alles veranderd. We kunnen tegenwoordig heel veel dingen doen die vroeger niet mogelijk waren. Ik verkoop het tafelzilver om de operatie mee te betalen.' Ze stond op en keek naar de deur. 'En als Brittany toch met me bezig is, kan ze ook eens naar mijn milt kijken.'

'Die vind je nooit,' zei Kyle. 'Ze stapt altijd stevig door.'

'Nou, ik ga het toch proberen.' Ze draaide zich om en keek Steve aan. 'Als je me de volgende keer ziet, ben ik weer jong en mooi.'

'Gloria...'

'Nee. Steve. Ik moet nu weg.' Ze slalomde tussen Kendalls plastic speelgoed door. Ze pakte een jas van een hanger en liep de nacht in. Een paar seconden lang voelde het huis zo stil aan als een foto. Toen keek Steve naar Kyle en zei: 'Wat zou jij nu doen?'

Kyle haalde zijn schouders op.

'Daar ben je trouwens nog te jong voor, om dat te weten,' zei Steve, en hij liet zijn blik over het plastic om hen heen gaan. 'Zijn je vrouw en jij nog van plan om kinderen te krijgen?'

'Ik weet niet of we wel bij elkaar blijven.'

'Kendall was een lief joch.'

Kyle had geen idee hoe hij moest omgaan met Steves schertsvertoning. 'Dat geloof ik direct.'

'Jij denkt dat Gloria en ik hem bedacht hebben, hè?'

'Dat heb ik nooit gezegd.'

'Wacht maar een paar jaar tot de wereld jou te grazen heeft genomen, Kyle. Wacht maar af.' Steve liep naar de deur. Uit de kast haalde hij een dikke jopper tevoorschijn, die hij hoog dichtknoopte. Hij zette een jachtpet met kleppen op en draaide zich om naar Kyle. 'Prettige avond verder. Ik ga op zoek naar Gloria.' Hij ging de deur uit.

Kyle liep rond door de woonkamer, die de beladen blanco sfeer ademde van een vertrek vlak na een feest. Iedere stoel en ieder hoekje bevatte een recente herinnering. Hij probeerde de flarden van de avond aaneen te voegen door zijn blik heen en weer te laten schieten van deur tot deur, van glas tot glas. Steves werkkamer schoot hem weer te binnen, en er liep een koude rilling over zijn rug. Hij ging erheen en had het gevoel dat hij zich in een grot bevond: koud, klam en alleen. Het leek alsof hij een kaars vasthield en of slechts één ademtocht hem zou kunnen scheiden van zijn enige verbinding met het licht en met de rest van de mensheid. Er klonk geen enkel geluid terwijl Kyle de overloop overstak en Steves werkkamer binnenging, die niet veranderd was sinds zijn bezoek van een uur geleden, en waarschijnlijk al tientallen jaren niet veranderd was. Hij liep naar Steves bureau, keek ernaar, en richtte zijn aandacht op de onderste la en het geheim dat zich daarin bevond.

Hij ging op Steves stoel zitten.

Hij richtte zijn blik op de greep van de la.

Hij dacht aan schrijven.

Hij dacht eraan dat mensen in boeken nooit helemaal op één persoon zijn gebaseerd, dat personages zich gaandeweg ontwikkelen, en dat hij in een verhaal soms personages schiep en geen idee had waarom, maar zijn gevoel volgde en zich door het personage liet meevoeren. Hij bedacht dat een personage waarvan hij had gedacht dat het gebaseerd was op één persoon, soms op heel iemand anders gebaseerd bleek te zijn, en hoe ver hij al gevorderd kon zijn in het boek voordat hij dat in de gaten kreeg.

Had Kendall ooit bestaan? Waren Steve en Gloria geschift?

Hij realiseerde zich dat Brittany niet meer terug zou komen. Hij voelde zich als een prachtige glazen vaas waar een stukje van af was gesprongen.

Hij keek naar de eikenhouten la. Hij vroeg zich af wat er gebeurd kon zijn met twee mensen, dat ze zo ernstig beschadigd waren. Wat voor gebeurtenis kon hen, of willekeurig wie, zo uit hun evenwicht brengen dat ze niet meer dan karikaturen werden van de echte en gezonde mensen die ze ooit waren geweest?

Hij trok de la open, maar de inhoud verbijsterde hem. Hij had het gevoel dat hij naar Mount Rushmore of de Niagarawatervallen zat te kijken. Hij voelde zich een toerist in de wereld die hier was neergeplant als een soort Superman, die hier niet thuishoorde en nooit thuis zou horen. Het bewijs dat hij in ongenade was gevallen, lag nu voor hem in een stoffige eikenhouten lade – niets kosmisch en niets poëtisch wat de treurnis van het leven of het uitzichtloze lijden van de mensheid zou kunnen omschrijven, maar slechts een acht meter lang, feloranje verlengsnoer. Wat moet dát ding in godsnaam hier?

De handschoenvijver: Brittany

Brittany Falconcrest vervolgde haar nachtelijke wandeling, en toen ze langs een paar laatbloeiende, met rijp bedekte krokussen liep, werd haar plots geopenbaard dat er in het leven twee soorten wandelingen bestaan. Bij het eerste loop je de deur uit en weet je dat je terugkomt. Bij het tweede loop je de deur uit en weet je dat je nooit meer terugkomt.

De stad was veel lichter dan een paar uur geleden. Geluiden klonken helderder, en in plaats van dat de wereld doods leek, wekte die eerder de indruk dat hij in slaap was gevallen en droomde.

En hoe moest het nu met Kyle? Die redde zich wel. Hij zou licht beschadigd zijn, maar hij redde zich wel, en wat is er zo erg aan een beetje blikschade? De vorige Kerstmis was hij erdoor geobsedeerd geweest de volmaakte kerstboom te vinden, terwijl Brittany een boom met karakter had gewild. Kyle was nu zelf een boom met karakter. Nou, en? Hij is een volwassen vent.

Brittany stond dit op een straathoek te overpeinzen, toen er een bus naast haar stopte en de deur openging. De chauffeur keek naar haar. 'Kom maar gauw, jongedame.'

De bus zag er vanbinnen fris uit en het was er lekker warm. Nou, dacht Brittany, ik weet dan misschien niet waar ik heen ga, maar wat maakt het uit? Ik kan er net zo goed een stuk sneller heen gaan. Ze stapte in, twijfelde of ze voorin of achterin zou gaan zitten, en besloot toen plaats te nemen vlak achter de chauffeur.

De handschoenvijver: Steve

Steve wandelde in de richting van het verlichte winkelcentrum – het was eerder snelwandelen –, langs een groepje jonge criminelen dat vuurwerk afstak, en ging de hoek om waar een auto, een Hyundai, in brand stond. De kern van het vuur was zo heet dat de kleurige gevels van de huizen wit oplichtten. Het was windstil, en de rook van de brandende auto steeg op in een kaarsrechte kolom; het vuur was vrijwel geluidloos en klonk als een ballon met een minuscuul lekje. Steve volgde de rookpluim met zijn blik, en daarachter ontdekte hij op zo'n achthonderd meter afstand de schijnwerpers van een theater – een première! Een betere plek om Gloria te zoeken was er niet. Terwijl hij naar het theater liep, scheurden er tientallen politieauto's langs hem heen, zonder sirene maar met zwaailicht.

Tegen de tijd dat hij het theater had bereikt, was de première afgelopen en waren de schijnwerpers met elektrische plofjes uitgeschakeld. Het was weer donker op straat. Steve besloot zijn zoektocht voort te zetten in het stadscentrum. Toen zijn ogen gewend waren aan het duister, werd zijn blikveld gevuld door neonreclames van winkels en een onophoudelijke rij autolampen, van die robuuste witte en rode bakens. In een restaurant zag hij rijen tafeltjes met wit linnen en votiefkaarsen, en een drieling die zich te goed deed aan een verjaardagstaart waarop tientallen helwitte sterretjes stonden te fonkelen. Hij keek naar rechts en daar stond Gloria. Zij keek ook naar de drieling, hun taart en hun witte fonkellichtjes. Ze huilde, en Steve zei: 'Niet huilen, Gloria. Er is geen enkele reden om te huilen.' Hij sloeg een arm om haar heen en vervolgde: 'Kom mee, ik wil je iets laten zien.'

'Wat dan?'

'Dat is een verrassing.'

Steve nam Gloria mee de hoek om, waar een fontein sprankelde in zuurtjeskleurig licht, en hij zei: 'Daarginds, aan de overkant van het plein...' en Gloria vroeg: 'Wat is dat?', en Steve antwoordde: 'Laten we maar eens gaan kijken.'

Het was een wit gebouw dat van onderaf beneden verlicht was als een taart in een film, een taart waaruit ieder moment een reusachtig revuemeisje tevoorschijn kon springen.

'Ga maar mee naar binnen,' zei Steve.

Gloria zag een naambord waaruit bleek dat ze een planetarium binnengingen. 'Steve,' zei ze, 'wat heeft dit te betekenen?'

'Stil maar.' Hij pakte haar bij haar schouder, en terwijl het personeel even niet oplette, glipten ze langs een bordeauxrood fluwelen koord en schoten een lange, donkere, stille gang in. 'Hier,' zei hij. Ze openden een deur en liepen een zuivere en heldere kosmos in, waarin de sterren als plasjes flesvoeding over het uitspansel verspreid lagen. Ze waren de enige twee bezoekers in het planetarium, en Steve nodigde Gloria uit naast hem te komen zitten, en dat deed ze. Ergens in het apparaat midden in het planetarium zoemde een radertje en draaide een lens, en de centrale projectoren kwamen tot leven. Steve pakte Gloria's hand vast en voelde hoe koud de ringen aan haar vingers waren. Samen keken ze naar een brede strook noorderlicht dat langs de hemel flitste.

Steve keek naar Gloria en zei: 'Stel je voor dat zou blijken dat jij en ik geen mensen waren, maar dat we van een andere, verre planeet zouden komen... Stel dat jij en ik buitenaardse wezens waren, anders dan ieder ander op aarde, en dat alles wat we deden bovennatuurlijk en diepzinnig zou zijn – zelfs de kleinste dagelijkse dingen zouden vervuld zijn van genade, wonderbaarlijkheid en hoop – dat zou wat zijn, hè?'

'Dat zou het zeker,' zei Gloria.

'En stel dat we alles weggooiden wat we hadden – ons huis, ons fornuis, onze boeken, onze vloerkleden, ons stóf – en we ergens anders helemaal opnieuw zouden beginnen, ons helemaal zouden losmaken van het verleden en ons in het onbekende zouden storten als een ruimteraket – dat zou ook wat zijn, hè?'

'Dat zou ik dolgraag willen, Steve. Dat zou inderdaad wat zijn.'

Het enige wat Steve hoorde was zijn ademhaling en die van Gloria. De sterren deden er het zwijgen toe. Steve stootte Gloria aan: 'Kijk, de Grote Beer.'

'Ja, dat klopt.'

'En daar is Orion.'

'Ja.'

'Weet je, Gloria...'

'Sst. Steve.'

'Waarom, liefje?

'Omdat woorden soms iets stuk kunnen maken wat we nu hebben.'

'Zeg Gloria, ik geloof niet dat ik het je ooit met zoveel woorden verteld heb, maar ik vind je erg... mooi.'

Gloria kneep in Steves hand, en Steve herinnerde zich iets dat hij al de hele dag in zijn zak had en dat hij vergeten was. 'Lieve hemel, hoe kan ik zoiets simpels vergeten?' Hij stak zijn hand in zijn zak, haalde er een klein pakje uit en bood het Gloria aan. 'Gloria, schatje – kauwgom?'

6-

Roger, als je docent moet ik je erop wijzen dat een echt goede schrijver een roman creëert die zo authentiek is dat de stem van de individuele auteur verstomt. We streven er allemaal naar 'het universele boek' te schrijven, een boek dat zo goed is dat het zonder schepper lijkt te zijn ontstaan. Jouw *handschoenvijver* (Roger, wat is dat in godsnaam voor een titel?) heeft een stem die te persoonlijk is. Je moet leren afstand te nemen van je ego en een werkstuk te scheppen met de stem van de 'platonische doorsneemens' en niet alleen met de stem die jij, Roger Thorpe, laat horen.

Je personages lijken ook op echte mensen, wat misschien klinkt als een compliment, maar trek geen overhaaste conclusies. Personages moeten de indruk wekken dat ze bedacht zijn, want anders heeft de lezer niet het gevoel dat hij een geschreven tekst leest – een gedurfde, pittige, magistrale tekst – en hij krijgt dan ook niet het gevoel dat hij mensen ontmoet die alleen maar kunnen bestaan in boeken.

Wat de locatie betreft: je boek speelt zich af in een alledaagse wereld, en dat is helemaal verkeerd. Boeken dienen zich af te spelen in een denkbeeldige omgeving – hoe weet de lezer anders dat je je verbeelding hebt gebruikt? Ik weet dat jij bij Staples hebt gewerkt, Roger, en dus is het niet eerlijk tegenover de andere schrijvers in deze klas die hebben geprobeerd hun boeken zich te laten afspelen op andere, exotische, denkbeeldige plaatsen. Hilary situeerde haar schrijfopdracht in een vampiergrot – kijk, dát is nog eens een locatie. Dhanni situeerde zijn verzameling vrije associatieve poëzie op een andere planeet – een fraai stukje werk. Maar Staples? Daar kan ik gewoon zelf heen gaan en ervaren hoe het er is. Ik heb geen kunst nodig om mij dingen te vertellen over mijn leven van alledag. Ik wil dat kunst mij iets vertelt over iemand anders – wie dan ook – dan ik.

Even ter zijde wil ik opmerken dat ik het nogal ongepast van je vond om melding te maken van onze lesoefeningen over brood smeren. Je klasgenoten hebben hun uiterste best gedaan om zich in te leven in het beboterde sneetje brood. Nadat je vorige week na de les was weggegaan, bleven we met een paar mensen nog even na, en er ontstond een discussie over jouw houding naar jouw brood toe. In het kader van het scheppen van betere kunst, moet ik je toch meedelen dat wij jouw houding een beetje... zelfvoldaan vonden. Wie beweert er dat een sneetje brood geen ziel, gevoel voor drama of een standpunt kan hebben? Van het botersmeerstuk van Julie kreeg ik bijna tranen in mijn ogen toen ik dacht aan de benarde toestand van het sneetje brood. Door het boterstuk van André ging ik verlangen naar een sterkere Verenigde Naties. Jouw stuk liet ons gewoon... koud.

Maar goed, het lijkt me dat er nog wel hoop voor je is – dat boek van je kan heel aardig dienstdoen als oefenmateriaal in de les. Ik ben van plan hoofdstukken ervan uit te delen, en dan zullen wij die als groep eerst analyseren, dan duiken we erin, verwijderen grievende passages en vervangen die door wat wij unaniem creatieve oplossingen vinden. Pas dan kunnen jouw personages tintelen van oprechte levendigheid, en pas dan krijgt de lezer het gevoel dat hij een nieuwe plek heeft bezocht, nieuwe mensen heeft ontmoet en zich kan verbinden aan hun zoektocht!

Als ik jou was, zou ik niet proberen dit uit te geven, Roger. Dat kan alleen maar tot teleurstelling leiden. Ik heb zelf diverse boeken geschreven, waarvan er één is gepubliceerd, dus ik vind dat ik enig recht van spreken heb op dit punt. Mijn bundel korte verhalen, *Mama's Cranberry's*, is uitgegeven door To Catch a Dream Press en werd in 2004 bekroond met de Eileen Braithwaite Herdenkingsprijs voor Fictie over Gelijkheid.

Ik ben een fan van de kunsten, Roger – ik hou van kunst en cultuur en muziek – en dat doen we toch allemaal? Het geeft het leven kleur en betekenis. Wij schrijvers – ik vind dat ik jou op dit punt rechtstreeks mag aanspreken – maken deel uit van een ruimhartige, liefhebbende, door feedback gevoede samenleving die overstroomt van grootmoedigheid en altruïstische jovialiteit. Als een van de schrijvers iets positiefs overkomt, lezen alle schrijvers dat en verheugen ze zich daarover! Pak aan, tv! Pak aan, filmindustrie! Pak aan, internet! Wij schrijvers zullen nooit versagen! Wij staan sterk!

Ik moet je toch nog even vragen waarom je niet bijdraagt aan het koffiepotje. Het gaat om een paar kwartjes, maar vele kleintjes maken één grote, en ik zie het niet als mijn verantwoordelijkheid om de 'verslaving' van mijn klas te subsidiëren. Zou je er de volgende keer aan willen denken om je steentje bij te dragen?

Je hebt een boek geschreven, Roger, dat moet ik toegeven. Als je wilt (en ik vind niet dat ik hier een grens overschrijd) kan ik je helpen het in eigen beheer uit te geven tegen een tarief van veertig dollar per uur, het gangbare tarief voor redacteuren met mijn achtergrond. Er komt dan nog een 'herleeshonorarium' overheen, omdat ik je roman nog een keer helemaal zal moeten doornemen, maar dat is eveneens standaard.

Tot woensdag in de les,

Ed Matheson, BA

Docent creatief schrijven en winnaar van de Eileen Braithwaite Herdenkingsprijs voor Fictie over Gelijkheid 2004.

www.edmatheson.com